霜华引

古琴奇缘 之

下册

第六章

欲将沉醉换悲凉

月向西斜，已经是后半夜了。

我在篝火堆里又添了些许柴草。火势渐旺，映红了山洞中嶙峋的内壁，师父一动不动地盘坐在一边闭目养神，而夙莨也木然地将视线凝聚在跳跃的火苗上，似乎对周围的一切都漠不关心。

我僵硬地动了动右手，那里已经缓缓恢复了些知觉，或许是在大营时师父给我喂下去的那粒丹药起的作用，我中的毒已经被慢慢化去了。可是，看着那浓烈的青黑色顺着我手臂的筋脉逐渐退去，我的心里却并不觉得有多轻松。

气氛太压抑了，沉重得让人窒息。

这里是栖霞山山腰一处非常隐秘的洞穴，深入山体蜿蜒盘旋了好几折，若不是师父领路，外人即使从洞外路过也不可能找到这里来。因此，我们便暂时在这里休息疗养，好养足体力等天亮后下山。

再次见到师父，我除了激动还有那么一点微微的失落，我并不知道自己为何会有这种感觉，应该是对今后的生活有些渺茫了吧。我答应帮夙莨找到师父，现在诺言实现，然而我心中却没有任何卸下负担的轻松感。

像是有什么更沉重的东西压在上面一样。

师父缓缓睁开了眼睛，黑亮的眸子扫过我的脸，淡淡地说："璞儿，你很惊讶吧。"

我点点头，又摇摇头，并没有直接回答。

他似乎是猜到我会有这般动作，低声道："其实我并不是故意要瞒你，但是现在时局混乱，为了某些必要的事情，我也只有这样不得已而为之。"

我笑了笑："但是你最后也没有一直隐瞒下去，不是吗？"顿了顿，我又说："其实我实在是想不到……这人会是你……"

"这只不过是一种自保的伎俩。"师父抬起手在面具上轻抚了几下，"江湖险恶，若无一些保全自己的招数，只会将自己置于风口浪尖之上。"

我凝视他，沉声说："其实你很早之前就开始跟着我们了，对不对？"

他点头。

我又问："那你到底是从什么时候开始跟着我们的？"

一记轻笑从面具后传来："如果我说，这七年来我从未离开过你的身边，而是在暗处悄然观察着你的成长，你信是不信？"

我摇摇头，坚定地道："不信。"

"哦？"他道，"为何不信？"

"我就是不信。"我把头一偏，"这种无凭无据的事情，你大可胡编乱造，我为什么要相信？我宁愿相信你和我这次不过是碰巧遇上的。"

过了片刻，才听见他叹气道："璞儿，没想到你长大了，脾气也变得这般厉害。"

"与其去研究我脾气变坏的问题，倒不如来说说你的问题。"我冷笑道，"师父，你应该一直都对我身上的力量了如指掌吧，可为何就是不告诉我那是什么力量？还有，那本是用来修身养性的《无极剑诀》什么时候变成了祈灵山妖尊的《天剑神诀》？为何只有我们两人能够驾驭瑶琴？你到底是谁？我又是谁？我们之间有什么关系？为何你什么都不愿意对我说？"

我一股脑地抛出了萦绕在头脑里的诸多问题，然后安静下来，淡定地望着他。

可是，他只是静静地看着我，回答了一句："因为我是公孙锦，而你是璇璞，这，就是所有问题的答案。"

我叹了一口气："你还是在敷衍。"

他却没有再回答我，而是并着手指对我眉心一点，光影闪过，洞穴中突然传出一记低吼，黑崎巨大的蛇身顿时出现在了洞穴里，他渐渐幻化为人形，一双眸子跳跃着怒火，一动不动地盯着师父。

而师父却不为所动，指尖一划，蜉漓娇小的身躯也在一片青色光晕中出现在了凤莨身边，她看见师父，轻轻啊了一声，惊道："是你？"

师父微微一笑："小蜉漓，难得你还记得我。"

蜉漓点了下头，目光悄然瞟向黑崎。

黑崎冷哼一声，握紧的拳头里传来清脆的咔嚓声，他好半天才扭转过头，在我身边坐下，对面带微笑的师父是理也不理。

"呵呵，黑崎妖尊，你似乎对我有些意见？"师父看着黑崎道。

过了半晌，黑崎才沉声道："阁下既然是璇璞的师父，我也不好多说什么，只是想问一句，方才在那重兵重围中，是不是你将我与蜉漓禁锢起来的？"

师父笑着点点头。

我恍然大悟，怪不得那个时候我完全感受不到黑崎的存在，原来是师父在其中做了手脚。

"哼，果然。"黑崎眼中寒芒一闪，"我奉劝阁下一句，最好不要用别人的性命开玩笑，那并不好玩。"

面对带有浓重火药味的质问，师父也只是淡然地道："妖尊多虑了，该怎么做，我自有分寸。"

"你明明没有！"黑崎一记重喝，连着我的心也跟着一跳，浑然天成的霸气从他身上散开，凤莨与蜉漓都抬头望向他。这一刻的黑崎，才真真正正地显露出了他一代妖尊的气势。"且不说璇璞是你的弟子，你居然还能如此漠不关心，刚才那等千钧一发的场合，如果我能出手助他一臂之力，那璞小子就根本不会遇到什么危险，你这是在玩弄他们的性命！"

黑崎一番铿锵的语调，却全然没有挑起师父低垂的眉首，只听见他平淡的嗓音缓缓在空旷的山洞内回旋："没人有资格玩弄他们的性命，若到必要时，我一定会出手。"

"对啊，你确实出手了，公孙师父，你真的好厉害啊。"黑崎冷笑道，"你口口声声说这些年来一直在暗中观察璞小子的成长，也不可能对他近来的遭遇不清楚，他被人冤枉，被人陷害，有家归不得，有亲不能认，你这个师父，倒还真是当得心安理得！"

"黑崎……"我插嘴喝道。

"璇璞你闭嘴！"他的声音越来越高昂，"公孙锦，你既然可以如此冷血地看着这一切，为何不干脆继续冷眼旁观我们被瑾国官兵尽数诛杀，那样岂不更好？"

"黑崎！"我忍不住了，"你有完没完，这根本就不关你的事，你完全没有必要再掺和上一脚！"

"不，他很有必要。"师父低垂的眸子突然抬起来，"璞儿，妖尊现在是以你的身体为宿主栖身，你们可以说是共生体，他当然有必要关心你的死活，因为若是你死了，他，自然也活不了。"

师父的语气发冷，眼角带着讥讽瞟向黑崎。黑崎霍地站起，眉间青筋直跳，怒喝道："你以为我是为了自己在装伪善？"

师父淡然自若："难道不是吗？"

浓烈的玄光一闪，我还没有做出任何的反应，黑崎高大的身体已经化为一道急光而起，拳头带着一股撼天动地的力量直直朝师父打去，力道所带起的劲风，让整个洞穴都在轻微地颤抖着。

"不要！"我大喊着站起，就想扑过去拦住，不过夙葽与蜉漓的动作更快，一左一右来到我身边，制住了我的动作。

拳头状若流星，周围的空气似乎都被撕裂成了一块块的碎片，我骇然地望着这一切，黑崎身上的伤拖拖拉拉这么久，总算好了大半，这一拳威力之大，绝不容小视。

然而我却阻止不了，经过连夜大战，我的身体早已疲乏不堪，再加上夙葽清凉的灵力急速进入我身体里，封住我的经络，让我动弹不得。可就算我能动又能怎么样呢，一边是敬仰万分的恩师，另一边是同生共死的伙伴，这样的难题，世人都难以做出选择。

所以，我只能眼睁睁地看着黑崎的身体眨眼间便冲到了师父身前，那拳头不偏不倚正好击在师父的眉心处。

时间在这一刻仿佛定格了。

刹那间，师父的周身爆发出一层浓厚的金光，光影瞬间扩散将整个洞穴照耀得亮如白昼，接着急速收缩，形成一个金色的圆形光茧，将师父与黑崎的身体都包裹在了里面。

一直到这时，我才感觉到夙葽与蜉漓松开了我，蜉漓两只小手垂在身侧紧紧握着，一动不动地凝视着那层光茧，眼里透露着担心。我疑惑却焦急地望向夙葽，她只是看着我轻叹一声，道："就在刚才，你师父传音入密告诉我与蜉漓，如果黑崎有什么过激的反应，只要我们帮他拦住你就可以了，并且还说，这样做绝无坏处，让我们不用多想。"

听见这样的解释，我虽然无奈，却也只能与他们一同看着那光华流转的光茧，就算担心也无济于事。

师父身上的那层迷雾似乎越来越浓了。

约莫过了一炷香的时间，那光茧猛然向外膨胀了两下，接着便轰然破碎散成漫天星光，一个高大的黑影从金光中急速弹了出来，蜉漓立刻飘身而上，接住了那道身影缓缓沉落，正是黑崎。

然而，此时的黑崎却是一脸震惊，他声音透着颤抖，对着金光余晕中一道修长飘逸的身影道："你……你……"

我不知道发生了什么，却分外焦急，看着黑崎似乎无事的样子，自然朝师父的方向快步而去，然而迎面却传来了一股柔和的力量，将我推回到凤茛的身边。

片刻之后，金光终于消失，师父站立在原地，深邃的目光对着火焰，似乎跳跃开一层若有若无的光晕，他看着黑崎，轻声道："请问妖尊，对于璞儿的事情，你又有多少了解呢？"

一第七章一

易水萧萧西风冷

黑崎沉默片刻，牛头不对马嘴地说出了两个字："谢谢。"

我一阵愕然，不知这两人在打什么哑谜，而黑崎这时却干脆利落地盘膝坐下，五心朝天，宝相庄严，仿佛老僧入定。

蜉漓伸手探了探黑崎的脉门，脸上跳跃着兴奋的光芒，对着师父道："公孙师父，谢谢你！"

"看来刚才你师父帮黑老妖重新将元丹给凝结出来了。"我尚在疑惑间，凤葭已经在一边缓缓说出了答案。

我定眼望去，果然，黑崎头顶上缓缓出现一个拳头大小的玄色光球的影子，正徐徐旋转着，散发出一层层的光晕将黑崎的身体笼罩在里面。

"小蜉漓，照这个速度下去，不出三个月，妖尊的修为就能尽复，到那时化妖水所带来的伤害也可一并除去了。"师父笑着对蜉漓道。

蜉漓激动地一点头，小脸蛋红扑扑的，分外可爱。

此时黑崎身上的光影渐收，头顶上的元丹化为一道流光遁入体内，他长吐出一口浊气，站起身来，对着师父一抱拳："大师今日之恩，黑崎没齿难忘。"

师父只是挥挥手，会意地点点头。

对于黑崎突然而来的变化我也能理解，这段日子由于身体上的重创，昔日妖尊可是受了不少气，现在修为大复，自然可以吐气扬眉，不用再受什么窝囊气了。

黑崎又道："大师这等修为，恐怕早已功参天地，濒至真仙境界，小妖刚才是唐突了。"

功参天地，濒至真仙？

我听见黑崎这般形容，不可置信地看着师父波澜不惊的脸，他也转头看向我，露出会心的微笑。

我一直以为在学琴的那些年里了解到了师父的全部，然而他这个天下第一琴师的光环掩盖的背后又是一个怎样的人，我突然发现，自己对此一无所知。

"师父……"我怔怔出声，不料还没有开口，他却已经抬起手制止住了我，道："璞儿，有些事情为师现在还不能说，但你要明白，若是时机到了，你自然会了解这其中的一切缘由。"

我默然地埋下头。

"璞小子，你不要怀疑你师父，他……其实他一直都很关心你。"黑崎现在的态度和刚才简直完全换了一个人，道，"刚才我是真正地被愚弄了一回，我这才想明白，其实你师父那是在试探我，因为我若是不为了你的安危据理力争，恐怕现在我已经从这个世界上消失了。"

我疑惑地望着他们，想了想，猛然间惊出一身冷汗。

"嘿嘿，你想到了吧。"他说，"我若是对你的安危不闻不问，刚才你师父就不是帮我疗伤，而是直接一巴掌拍死了我。他会那么说，只是想弄清楚我对你到底有没有什么恶意而已。"

"哼，我倒不觉得公孙锦这师父当得怎么样。"凤莨突然在一边出声道，"抢了紫煌倒也罢了，刚才偏偏要到最后关头才肯现身，白白让璇璞跟着差点丧命。"

师父淡定地凝视着凤莨，缓缓道："你真的这样认为？如果我说，若是你没有下毒弄死左承轩他们，今天又会是另外一种结果，你是信还是不信？"

凤莨的身体明显一颤，喝道："你不要血口喷人，我怎么会下毒？"

师父冷笑一声，道："你只顾着杀人灭口好掩盖风声，但是你知不知道，那八人的身上都被刚才那个叫作莲笙的蛊道传人种下了'知命蛊'！"

凤莨脸上的表情凝滞了，好半天才喃喃道："知命蛊……难道说……"

师父继续道："你以为你在那茶肆的小动作能逃过我的眼睛？在你将茶水泼向璞儿的那一刻，已经悄然将隐藏在袖中的毒粉送到那几人的嘴唇上，就等他们茶入咽喉……这毒，自然是下得神不知鬼不觉，但是你万万想不到他们身上都被种下了'知命蛊'，在死亡的那一刻，夏祝情就已经知晓，自己的计划失败了。"

"所以，他们才会变换策略，布上天罗地网等着我们跳进去？"凤莨埋首一笑，"我这一步棋，当真是走得失败。"

听到这里，我难以置信地道："夙葭，那八人真的是你毒死的？"

"当然是。"夙葭这次却爽快地承认了，"璇璞，难道你会认为他们死得不值吗？"

我一时哑然，只能道："他们即便恶贯满盈，也要交予律法审判，你这样，着实过分了些。"

"律法？律法在哪里？"夙葭反问我，"在你被赶出宫的那一刻，律法在哪里？在我们数次被奸人算计，处于风口浪尖的时候，律法在哪里？在如今奸臣当道、掌权弄势的时代，律法在哪里？你说啊，上有昏君，下有奸臣，嫔妃作乱，内贼难防，别的且不说，黄胤黄嫂的遭遇你是真真切切看在眼里的，你说说，在这些事情就这样眼睁睁地在你面前发生的时候，那些所谓的大义，所谓的律法，又在哪里？"

她越说越急，果真句句难以反驳。

然而师父却不理她，而是徐徐道："其实你们在看到那封信时都很惊讶吧，但是如果我要说，夏祝情他们从来就没有想过要刺杀璇武帝，你们会怎么想？"

我们皆是一愣，就连黑崎也来了兴致，道："既然她不想，那她何必如此大费周章地弄这些幌子，难道只是单纯地为了加害璞小子？"

"不对。"我当即反驳道，"他们应该没有掌握我的行踪，如果真要对付我，大可直接派人来抓，不用这么费心。"

师父赞许地点点头，接着道："就我所知，所谓的刺杀计划，不过是夏祝情操弄的又一个夺嫡伎俩。"

我惊道："什么？难道大皇兄他……"

师父看着我："璞儿，在你的印象里，大皇子璇玮是个什么样的人？"

我想了想，道："说他刚正不阿，有勇有谋，完全不为过。"

"这便是了。"师父笑道，"这样的一个人，会甘心被人像傀儡一般操控吗？"

电光石火间，我立刻想通了其中的关键，但我只是静静地看着师父，只等他道出最后的答案。

"允国雄踞北方，民风彪悍，自古就一直想要扫平各国称霸神州，但他们虽然骁勇善战，却少了能够运筹帷幄的人物，再加上瑾国千余年来国力殷实，商都国更是数千年来神州第一强国，若是两国联合，恐怕就算允国再强横，也逃不了被灭国的命运。"

"神州三国鼎立，总有些利益争端，虽然表面上三国和睦，风平浪静，但私底下允国皇室与百姓从来没有放弃过称霸天下的梦想，这种蠢蠢欲动的欲望一直被压制到上代皇帝炎帝这一代，终于不可抑制地爆发了。"

"炎帝在位时，并不像先帝一样一味地扩充兵马，他明白即使允国百姓都去参军，也不够商都和瑾国联合起来啃的，只有从内里缓慢渗透。若是能控制住其中一国，合两国之力，取下另外一国完全不在话下，而成功之后，他也可以毫不费力地吞并掉盟友，从此三国仅剩一国，允国人千余年来的梦想，也能得以实现了。"

"然后他把这个渗透的目标，瞄准了瑾国……"我缓缓道。

师父赞许地点头，继续道："璞儿，瑾国应该有记载，四十年前在瑾国怀州城发生了一件什么事？"

我想了想，道："四十年前，怀州突发瘟疫，短短三天便有数千人丧生，当时先皇曾对全国下诏，若有人能遏制恶疾，立刻册封其为安国侯，且代代世袭……"说到这里，我脸色渐渐变了。

凤莨看着我，疑惑地道："这又有什么关系？"

我凝视着师父了然的双眼，缓缓道："后来怀州出现了一名年轻医者，用他的家传秘方治好了所有人的病。先皇大喜，亲自于璇仪殿接见他，并兑现承诺，册封他为安国侯，并赏黄金千两、良田万亩……"

师父接过我的话："这名安国侯，就是贵妃夏祝情的亲爷爷，而且我如果说出我查探到的一件惊天秘密，恐怕，你们立刻就知道允国的用心是多么的险恶了。"

"四十年前的瘟疫，并不是平白无故开始扩散的，怀州城地处瑾国北部，跟南方比起来贫瘠不少，缺水少粮，而整座城唯一的水源，就是城外不远处的一条小河。当年的事情，就是那安国侯先把致病的药粉撒到河里，让全城的人都染病，然后等皇室颁布了这道赏赐的圣旨，他再大义凛然地站出来，用解药的药方，换取了安国侯的爵位。"

我怔怔地听完，才道："原来四十年前的那场大乱，不过是允国因为野心而下出的第一步棋，我算是明白了。"

我稳住情绪，"我一直以为夏祝情不过是受了旬帝的蛊惑，谁料名动瑾国的安国侯夏家竟然有这样的身份！"

"现在明白些缘由了？"师父道，"所以你这次被陷害出宫，不过是允国这百年大计所迈出的又一步，只要你消失，夏贵妃的儿子璇玮就能立刻当上太子，到时候再想个法子害了璇武帝，太子登基，夏祝情再架空新帝的皇权，辅以旬帝从后操控，到那时再集合两国之力齐对商都，允国数十年前播下的种子，也就到了收成的时候了。"

我点头，了然道："但是，他们却万万想不到事情会在这个时候出了岔子，因为太子璇玮完全不是一个能任意掌控的人，如果一个傀儡不再是傀儡，那炎帝旬帝两代帝王数十年的经营，也统统化作泡影了。"

师父满意地看着我，继续道："既然傀儡不愿意当傀儡，那么傀儡师也只能另换一个傀儡，于是，与璇武帝失散多年的六皇子璇璞就理所当然地被找到并接回宫中了。"

"呵。"夙葭轻笑道，"若真是这样，那他们大可效仿对付璇璞一样对付璇玮，为什么又要这么大费周章地玩这刺杀的把戏？你们只是在这里猜来猜去，恐怕真相根本没有这么复杂。"

我看向夙葭，道："不对，我觉得我们没有猜错，他们之所以没有选择干脆利落地除去璇玮，恐怕还是中间跳出人来阻挠了。"

说完，我与师父相视一笑，齐声道："夏祝情。"

"我早该想到，所谓虎毒不食子，大皇兄怎么说也是夏祝情的亲生儿子，若是旬帝要对其不利，夏祝情定然第一个跳出来不干。以她如今瑾国孝宁皇后的身份，若是真要阻挠，恐怕事情会越来越糟，最后功败垂成，因此旬帝就算对她不满，也不能将她惹急了，才决定变着法让璇武帝将太子之位由大皇兄身上挪到那六皇子身上。"我淡淡地道。

"这便是了，这次所谓的刺杀不过是一次诈刺，他们从来就没有想过要这样除去璇武帝，而是在唱一出戏，刺客来袭，六皇子挺身救驾，夏祝情再从中周旋，说不定这太子之位，最后倒真能换个人坐。"

师父道："但是当那送信的八人死了之后，夏祝情立刻意识到事情已经朝着不可预料的方向发展，于是立刻改变了策略，谎称将有刺客来袭，以不变应万变，只是，他们万万想不到，出现的人居然是璞儿你。你现在是他们的头号心腹大患，因为只要你一天不死，就是一个潜在的威胁，会威胁到他们的整个计划，只有将你斩草除根了，他们才会安心。"

我自嘲地笑笑："我这番自投罗网，反倒是他们最希望看到的了，原本就洗不清的嫌疑，现在更是被扣上了一个刺客的帽子。"

我想要为父皇做些什么，却偏偏什么都做不了，即便现在看清了这一切混沌背后的真相，然而我自身都已难保，成了别人眼里的千古罪人，还谈什么救国？

我幽幽一叹，一定是上辈子造了太多孽，才让我今生摊上这么烂的一桩事。我还不如当个平民百姓，种上两亩薄田，家有妻儿子女，衣食无忧地过上一辈子。

见我这样，师父却道："你沮丧了吗？你这就沮丧了，还是我认识的那个璞儿吗？"

我苦笑一声："我还能怎样，恐怕自己的耐性早从被打入刑部天牢那一刻起就磨光了。"

师父摇摇头："不，你不是，我认识的那个璇璞，永远有一种不达目的不罢休的狠劲。我还记得你刚学瑶琴的时候，因为掌控不好身体里的那股力量，常常走调，嘴皮子上说不练了，可是到了夜里还是会悄悄爬起来弹琴，直到十个指头都肿得完全弹不动了为止。"

我面色一窘，悻悻道："师父，你怎么会知道这事？"

师父笑道："痴儿，你当我是瞎子吗，指头都肿成那样了第二天还是照常来上琴课，我当时为什么总喜欢坐在你背后？那是因为不忍心看你对着我绷死了面皮，我若是在你背后，你虽然还是疼，却可尽情地龇牙咧嘴了。"

扑哧，凤莨听到这里一下笑了出来，黑崎与蛴螭也相继笑出了声，我只觉得一股热流从脖颈处一直蔓延到了额头，想要说些什么来反驳，却一个字也说不出来。

"罢了罢了。"我叹气，"儿时的事情何必拿来再说，现在的璇璞已经不是那时的璇璞了，我只想把手头的一些事情办完，至于剩下的，能不管还是不管。"

"你不会的。"师父却带着一种了然的表情道，"你不会，你一定不会。"

我垂下头，也懒得再去想会与不会，反正这些事情总会顺其自然地发展，若这真是属于你的责任，你怎么逃也脱不了身。

这时，我看见凤莨几度欲言又止，心里突然想到了什么，对师父道："师父，我们有一件事想要请你帮忙。"

师父微微眯起眼睛，看向凤莨，道："是凤姑娘的事？"

我们一起点头。

他叹了一口气，拍了拍衣服下摆的灰尘，对凤莨道："你随我来一下吧。"

凤莄一怔，抬眼看向他。

师父微微颔首，神情却带有不可忤逆的气势，转身朝山洞外走去。凤莄的身子轻颤一下，也跟着迈开了步子。

我目送他们两人一前一后地出了洞窟，师父既然没有叫我，我自然不能悄悄跟上去，只得继续守着这篝火。临出山洞前，凤莄回过头，对着我悄声说："谢谢。"

我回过身，继续捡起地上的柴草丢进渐弱的篝火里，黑崎不再逗留，玄光一闪窜进我的身体，蜉漓躺在火堆边，已经入睡。

我这一坐便是一个时辰。

其间我也想了很多最近发生的事情，却总有不明白的地方，思来想去也找不到答案。也罢，有些事情师父肯定知道，他不告诉我或许是有什么隐情也说不定，我向来不是什么好奇心很强的人，想想也就过去了，反正这世上的事情，总会有水落石出的一天。

我坐在火堆边，昏昏欲睡的时候，突然看见一道人影闪进了洞窟内，立刻提神睁大眼，却是师父回来了。

只是，他的脸色并不是很好看，脚步有些急促，一直到了篝火边才放缓，盘腿坐下来，一语不发。

我抬眼朝洞窟口望去，却没有看见凤莄的影子。

难道出了什么问题吗，师父不愿意救人？那凤莄为什么又不见了？

就在我百思不得其解的时候，师父却突然开了口："她要见你。"

我一愣，问道："谁？"

"还能有谁，出了山洞，爬上东面的山崖，她就在那里。"师父的语气是罕见的冰冷，面无表情地说完这些话之后，他便闭上了眼睛。我心里更加忐忑，师父这样的态度，让我实在猜不到这二人之间到底发生了什么。

也罢，我站起身，快步出了山洞，洞外月色灿然，四周的景物被照得清清楚楚。我顺着小路一直朝东攀爬，不多时就来到了师父口中的东面的山崖，而凤莄此时正站在山崖边上，背对着我，晚风吹过，她发丝轻扬，衣袂翻飞，恍若谪仙。

"你来了吗？"她出声问。

我抬脚上前："师父说你找我，有什么事？"

"其实也没有什么……只是想和你说说话而已。"她缓缓回过头，眼角竟然含有一丝泪光。我一惊，原本想要说的话顷刻之间卡在了喉头，好半天，才道："师父他……不同意吗？"

她似乎突然意识到自己失态了，轻轻擦去眼角的泪水，缓缓道："其实我也知道是我自己太强人所难了，这等逆天而行的事情，换作是谁恐怕都不会愿意做吧……"

"霜华引……"我低声道，"真的那么可怕吗，它被人创造出来，难道就只是为了让后人对其望而却步？"

"不，璇璞，很多事情你现在并不了解，如果我是公孙师父，别人这样请求，也会毫不犹豫地拒绝掉的。"凤莨的声音夹杂着山风，好似还带着些许呜咽。我侧过头，见她面色如常，只是一双清眸凝视着山崖前无边的夜色，看不清里面蕴含着什么。

"我和你说说'他'的事吧。"沉默半晌，她忽然道。

我一愣："他？"

"对。"凤莨点点头，"就是'他'。"

我略微点点头，心里已经隐约猜到凤莨口中的"他"是谁了，只是不好点破，心里有些怅然，就这么等着山风将凤莨轻柔的嗓音送至我耳边。

"我们第一次的相遇，是在一处遍地花开的山谷里。"

"那时我还年少，就在那个山谷里，第一次看见了他，他从山间的那座小屋中出来，笑容映照在阳光下，简直就是这世上最好看的弧度。"

我一面应着她，一面继续听她说。

"后来我才知道，他其实是一名奇术师。对于奇术这个概念，很久之前我是完全不知道的，但那次之后我便下定决心，一定要拜他为师，在他身边，跟着他修行奇术。"

"起初他并不认可我，因为他认为我实在是没有修习奇术的天分，可恰恰是因为这样，我才会更加卖力地去练习。为了得到他的认可，我不知苦练了多久，这一天终于到来了。"

"璇璞，你知道当他答应收我为徒时我有多么高兴吗？那时我真的认为自己是这世上最快乐的女子，我练习得更加勤奋，或许一天的汗水只能换来他的一次微笑与一个微不足道的点头，但是我却很开心，仿佛只要他的一个笑容，我所有的疲倦都会消失一样。"

　　"那真是一段漫长却也幸福的日子，我们游历山川大泽，看尽世间百态，在祈灵观日出，在东海看日落，很多人毕生都追求不到的一切，我们全都享受过了……本来，我以为这样的日子会永远继续下去的……"

　　说到这里，她的声音突然现出哽咽，我从衣袖里掏出一块方巾放入她手心，她道谢一声接过，眼泪却不停地落下来。

　　这是我第一次看见夙莨掉眼泪，我一直以为，这个女子从来不会对人露出她脆弱的一面。

　　看来是我错了。

　　鼻子似乎被什么堵住了，酸酸的，感觉很怪。

　　夙莨继续说："就在那一天，他突然告诉我，他要去帮朋友一个忙，叫我不要跟着，只要一夜他就可回来。我是相信他的，于是就傻傻地等了一夜，后来我好后悔，要是我跟着去了，也许结果就会完全不一样！"

　　她突然激动起来，双肩不住地颤抖："天亮了，他还没有回来，我只好去寻他，哪知寻到的，却是一具冰冷的尸身！"

　　"我以为这个世界上没有人能够杀得了他的，我一身奇术全是拜他所赐，他那么厉害，怎么可能还有人能伤得了他？于是我四处查探，终于了解到了一些情况，原来就在那个晚上，他的朋友与兄弟反目，争斗中，他被人一掌毙命！"

　　"那时我被愤怒冲昏了头，一心只想找到杀他的人报仇雪恨，可是那个凶手却像消失了一样，完全寻不到任何踪迹……就算我能找到凶手又能怎么样，连他都能被那凶手一掌拍死，我就算去了，也是自取灭亡吧……因此，我很感谢上苍没有让我走上这样一条绝路，因为，我的存在还有另外的意义，我必须找到救活他的方法，无论如何，就算踏遍天涯海角，我也一定要救他！"

　　我缓缓说："所以，你便想到了霜华引？"

　　她凄然一笑："没有，那时我并不知道这世上有霜华引的存在，只是一味地寻些仙丹灵草，千年人参、九叶灵芝，什么天材地宝都用上了，却至多能保住他的肉身不腐，并不能起死回生。"

　　"我本来已经快要放弃了……你能理解吧，就是那种绝望的感觉，我带着他来到祈灵山脉，准备寻一处隐蔽的地方，然后就这么随他而去，此生也算是了无遗憾了，但是也许是机缘巧合，我在深山之中找到一个山洞，就在那山洞的洞壁上，发现了不知是何人留在那里的，关于霜华引的消息……"

"我高兴坏了，于是再度提起精神四处打听什么人能够弹奏瑶琴，弹出霜华引，好救他一命……"

"然后你自然就打听到了师父的名号，接着就想方设法混进了瑾国皇宫，是吗？"我问她。

她点头，沉默了一会儿，才缓缓道："璇璞，对不起……"

我一愣："你为何要道歉？"

"没什么。"她眼神闪烁，却很快移开了目光，"既然公孙师父不愿意，我再另想法子吧。"说完，她转身就要走。

"夙葭。"我叫住她，"也许我可以帮你。"

"别傻了，璇璞。"她背对着我说，"有些事情，并不是你想做就能做的。"

"不试试看怎么就能如此断定呢？"我坦然道，"就算我真的没什么能力，说不定也能试着去说服师父，师父有时候看起来决绝，但我了解，他并不是心狠之人。"

"罢了。"她摇头说，"总有一天你会明白。"

她加快脚步，身影迅速消失在了我的视野里，不再给我说话的时间。

我长叹一声，抬眼望向夜空。

我决定帮她说服师父。

这并不是一个很难做出的决定，只要其中的代价不是太大，我想我也能做到。

"你是不是决定帮她说服我？"一道缥缈的声音被轻风送到耳边，我抬头，发现师父正站立在不远处一株松树的枝丫上。

他一动不动地凝视着我，似乎能看透我的内心深处，我胸口一紧，却不知该怎么回答。

树影晃动，只是一瞬间，师父就由枝丫飘至我身前站定，也不多说什么，而是一挥袖，喝道："接琴！"

他的袖子里突然迸发出一道紫光，紧接着一把琴已经冲天而起，那琴翻滚着朝我落下，我探手，将它稳稳地接在怀里。

是紫煌。

"你知道那天我为何要从你手里将这紫煌夺走吗？"师父负手问道。

"不知。"我如实答道。

"我还以为你会猜测我此举是为了保护你们而让那些在暗处觊觎紫煌的人转移视线。"师父笑着说。

我一愣，抬起头："难道不是这样吗？"

而他却不语了，只是抬了抬下巴："奏琴吧。"

看师父的意思，应该是让我现在奏琴。

我不作他想，立刻盘腿坐下，将紫煌置于膝头。

"你可以任意选择基调起音，一切随性而行。"

我轻轻点头，深吸一口气，指动弦震，就这么弹奏起来。

调子并不是什么名曲，我只是观着这夜色而随意奏出的曲子，谈不上意境，也称不得悠扬，但弹起来却颇为惬意，似乎正是一种心情的舒张。渐渐地，琴声越来越流畅，我的意识也完全放松下来，沉浸在一片空灵的曲调里。

师父满意地点点头，也不说话，再度一抖衣袖，已经将他的灵枢托于臂弯之上，指尖再一划，琴音已叮咚而出，毫不费力地就穿插进了我的曲调里。

我斜着眼睛瞟了瞟师父，发现他微闭着双眼，弹琴的右手婉转地拨弄着琴弦，只一只手所带来的效果却强过我的十指并弹，我顿时觉得一阵汗颜，争胜之心也油然而起，立刻凝神静气，双手弹得越发精细，曲调也随着师父的琴音就这么延续了下去。

时间仿佛在这一刻变得极其缓慢，就连山风都停了下来，我与师父皆不言语，只是专心弹琴。两把琴的琴音彼此交缠附和着，似乎融为了一体，又存在着些许微妙的感觉。也不知过了多久，我开始觉得有些乏力了，鬓角与额前已经渗出汗水，背上的衣服黏在了身上，仿佛正在经历一场大战。

而师父依旧是气定神闲的模样，低垂的发丝好像连山风都无法晃动，还是那么整洁。我只能咬牙坚持，原本已经略微减弱的琴音又高亢起来，蓝色的光芒迅速在指尖处凝聚，身体里的力量已经被我催发到了极限。

铮铮铮，突然，师父在拨出三道连音之后毫无预兆地停了下来，我来不及收音，气机牵引，丹田里气息一阵紊乱，顿觉胸口一闷，噗地喷出一大口鲜血，琴音也应声而断了。

"咳咳咳……"我急咳了老半天，才回过气。

"怎么样，可好受些了？"师父带着似笑非笑的表情，在一边问道。

我苦笑："璞儿终究还有许多要努力的地方，师父莫要取笑我才好。"

他点点头："你现在的琴艺已经很不错了，当世之内，已经鲜少有人能比你的技艺更加高超。"

"不，做人切莫坐井观天，这不是你教导我的吗？"我望着他。

他睁着双眼看了我老半晌，突然朗声笑了出来："好！不愧是我公孙锦的徒弟，也只有你，才配做我公孙锦的传人。"顿了顿，他又道，"你刚才弹这紫煌，可发现有什么不同的地方？"

他这一说，我立刻意识到了，刚才在手指触到琴弦的刹那，我便知道这感觉与当日在艾府里不太一样，可到底是哪里不一样，还需要琢磨琢磨才能明了。

我埋头想了想，并不十分肯定地说："刚才的紫煌……随着琴声，似乎很快乐……"

"哦？"师父眼角一扬，"你确定你感觉到了，而不是错觉？"

"不是……"我想了想，坚定地点点头，"不可能是错觉，我可以非常清晰地感觉到紫煌每一刻的思维，好像，它就是一个伙伴一样。"

他一直一动不动地听我说完这番话，才含着笑赞了一句："孺子可教。"

"我那日抢走这紫煌，不过是想帮你炼化掉其中蕴藏的戾气，让这琴变得更加平和，不然你虽然能够弹奏，却不能操控，琴音造诣也会停滞不前。现在这把紫煌，才是真正贴合你心态的紫煌，所以，从今天起，只有你能圆转如意地弹奏它，它是你的了。"

我惊骇地听完师父的这番话，双眼一动不动凝视着膝上泛着紫色光华的瑶琴，一种归属感油然而生。

师父挥袖收琴，灵枢再次消失不见。

"走吧。"他背过身，"明日，我们同去商都京城。"

"师父要和我们一起走？"我问。

"如今各处危机四伏，天下并不太平，你一个人我并不放心。"他斜过眼，"怎么，你不想让为师跟着吗？"

我忙道："不是，如果师父要跟着我，那是再好不过，璞儿还有很多问题想要向师父讨教。"

"你……"师父欲言又止地看着我，半响，他才缓缓道，"九星天变，终有一星坠空，神州动荡，唯有一曲烁今，我只希望结局，并不要如那般惨烈才好。"

　　他这话说得我一头雾水，我仔细揣摩片刻，实在是想不出，只好再问："师父，你这话是何意？"

　　他眉头微微锁起来，意味深长地看着我，道："这所有的一切，总会有个结束的时候。"

　　我笑道："什么结束？我现在倒想立刻结束这颠沛流离的生活，寻一处好地方过下半辈子就满足啦！"

　　"罢了，你总会明白的，到结束的时候，或许那时，真的能够如你所愿吧，寻一处世外桃源，过着神仙眷侣的生活。"师父负手而立，抬眼凝视漫天星光，"等这一切过去，说不定我也会去试试那样的生活……如果……我能被允许……"

　　他突然飘身而起，身影随着轻风荡漾着远去，只留下缥缈的嗓音回荡在月色下："商都，将会是所有动荡的终结……"

　　我一夜未睡。

　　并不是烦虑焦躁而无法入眠，只是单纯的精力旺盛，就这么在洞口一直坐到了天亮。

　　一束耀红的阳光穿过婆娑的树影落在脚边，俏皮地上下舞动，我伸出手将那光点托于掌心，顿觉暖意沁入心脾。

　　昨夜是有些凉了。

　　眼前闪过一道玄光，黑崎高大的身影凭空出现，他大笑道："哈哈，这山头还真有不少野味，璞小子你快和夙女娃把这些东西烤烤，我还记得上次那些烤鱼可是美味得紧哪！"

　　说完，就听见砰砰砰三声，他将肩上扛着的两只野兔与一只野猪统统甩在了我面前。

　　三个家伙都还没有死透，野猪的鼻孔里还在发出咕噜咕噜的声响，只是喉咙的地方破开了一个大血洞。我明白这是黑崎故意下手留有余地，毕竟刚死的猪肉质地要比死透的猪鲜嫩不少。

　　"黑老妖，你下手如此残忍，就不怕被雷劈？"凤莨从洞里缓步移了出来，休息一夜，她的气色好了不少。

黑崎轻抚下巴，邪气地一笑，道："我怎么残忍了，我这可没有杀生，只等着它们最后一口气由你来解决啊……别废话了，吃了十几天的山果子，老子嘴巴里都要淡出个鸟来了。"

凤葭轻笑道："黑老妖你莫要强词夺理，你身为妖尊早已过了辟谷境界，吃不吃东西都是一回事，这一路上非要跟着我与璇璞吃吃喝喝，敢情现在倒变成我们用山果子欺负你了？"

黑崎被凤葭用话一顶，脸色一红，知道嘴皮子功夫斗不过凤葭，干脆也不接话了，只是眼巴巴地看着我，那表情看得我不由得扑哧一笑。

"好了，消停些吧。"我打了个圆场，指尖光芒一闪，剑芒顷刻之间已经插进了野猪的脑门心，野猪满足地轻哼一声，总算是解脱了。

"璇璞，你果然每次都只会帮着黑老妖。"凤葭轻哼一声，抱着手将头转向一边。

我苦笑，反倒是黑崎像没事样地弹指又断了那两只兔子的最后一口气，说着"我去弄些柴草"，又瞬间没了踪影。

"师父呢？"我问向凤葭。

"在里面呢。"她轻轻扬了扬下巴，"在和蜉漓说着些什么事，我不好待在一边，就出来了。"

"这样啊……"我站起身，捋好袖子，上前扛起那只小野猪，凤葭也拎起那两只兔子，我们一前一后地走到距离洞口不远的小溪边，开始动手清理。

"你今后打算怎么办？"我一边分割着猪身一边问她。

"不知道。"她答，"暂时还是与你们一起吧，我还抱有侥幸心理，说不定有一天你师父会答应我的请求。"

她双手灵巧地将兔肉清洗干净，又道："而且与你们一起，说不定还能寻到一些其他的方法，总之，我是不会放弃的。"

"这样吗……"我低语道。

"那你呢？"她又问我，"你以后准备怎么办？"

"我？"我笑道，"当然是跟着师父走了，而且……"我顿了顿，"父皇身边有那么多的事，我不能不管。"

"你就算想管又能怎样。"她停下手里的活，站起身，"你现在只不过是一个落难的皇子，而且是别人想方设法要除去的对象，你除了自保，什么都做不了。"

"总要试试看的，不是吗？"我抬眼看她，"就像你一直努力想要救的他一样，而且，你似乎比我还要认死理。"

"你和我不一样。"她叹气道，"你这样做，是将自己置于一个怎样的危险处境，你不可能不明白。"

"我明白，但是我非做不可，没有原因。"

我们又沉默了，自顾自地做着事。太阳逐渐升高，我收拾好野猪肉，正要往回走，凤莨却在背后叫住了我。

"璇璞，"她缓缓道，"我只想劝你一句，命运有时候是无法抗争的。"

我脚步停住了，没有回头，只是道："无法抗争，那我就顺其自然地去改变。"

这一顿不知是早餐还是午餐的肉食吃得极为沉闷。

我与凤莨各怀心事，师父更是面无表情地淡定坐着，蜉漓坐在师父旁边，一言不发，再看那永远都静不下来的黑崎，大呼小叫，被师父瞪了一眼之后，立刻安静了，他似乎对师父颇为畏惧。

"黑崎，"我打破了这沉默，"你现在既然修为尽复，大可回祈灵山清理门户去，不用再跟着我了。"

我本来是出于一片好心，毕竟祈灵山没了妖尊领导，等于是一团混乱的场面，更别说还有一个漓樱在那里称王称霸，黑崎早一天回去，对于收拾乱局极有好处。

但是他听见之后，竟然立刻放下了手中的肉块，眉头一皱："璞小子你要我走？"

凤莨急忙扯了扯我的衣角，我立刻意识到他误会我的意思了，忙道："我只是有些担心祈灵山的情况，如果那里的妖族发生暴乱，对于人界百姓来说有害无益，你身为妖尊，老这么在外面待着也不是办法。"

"让他跟着吧。"师父突然发话了，"祈灵山那里暂时无事，不用担心。"

我奇怪地看着师父，他怎么会知道祈灵山的近况？

"璞小子，公孙师父既然说了没事，那就是没事，我还就赖住你了。"黑崎无赖的一面又体现出来，他将视线投向蜉漓，道："漓儿，你说是不是？"

蜉漓的小脸瞬间紧紧埋住，好半天才憋出一句轻如蚊蝇的话："是……"

"怪了。"黑崎奇道，"小蜉漓你的嗓门什么时候变得和蚊娘娘一样了？"

听见这话，我们都是哭笑不得，凤茛直接对蜉漓道："漓儿，你别理那只不懂风情的黑老妖，还妖尊呢，整个就木头一块。"

我也是含着笑点头："黑崎，这话说出来了，以后你可别后悔。"

"我有什么好后悔的。"他又拿起一块烤肉吃起来，只是眼角会有意无意地瞟向一边的蜉漓，看看她的脸色。我与凤茛了然地看着这一幕，相视一笑。

正午，我们又打理了行囊，准备重新上路。师父脱下他的夜行衣，换上了黑崎从附近住家顺手牵羊弄来的白袍。我们站在栖霞山的山腰上，远远地看见一队浩荡的人马正举着明黄色的旗帜向东而行，人群中央飞扬的大旗上，以粗犷的笔法写着一个"瑾"字。

那是父皇他们朝着商都京城前进了。

"我们不用随着他们，还是暂时不要碰面为好。"师父在我身边缓缓道，"我们先南下，再转而向东行，寻个城镇雇辆马车走官道，不出五日，定能到得了商都京城。"

我们都没有异议，于是便从另一边下山，行至第二日，来到了距离栖霞山最近的一处城镇。

商都的城镇果真是比瑾国要繁华一些，小小的镇上酒馆赌场林立，甚至还有风月之地，氛围丝毫不比大城差。黑崎自告奋勇地要去寻车夫雇马车，可他那种行事作风最让人不放心，好在师父看出了我的顾虑，便随着黑崎同去了——有师父在还是让我放心不少。

我与凤茛沿着街道一路采备了些干粮药材，时值正午，天气逐渐燥热，我便在一株树上标注了会合的记号，与凤茛进了一家小酒馆避日头。

这酒馆虽小，人可不少，好在还有空位，店小二也很热情，一溜烟报上了一连串的菜名。我不好推托他的好意，于是点了两个冷盘，又要了一壶凉酒。

小二的动作果然迅速，片刻后，冷盘与酒就已摆上桌子，我倒出一杯嗅了嗅，轻笑一声，将酒杯推给凤茛。

她也端起来，放在鼻下一闻，轻声道："这店家好会做生意，这样一壶酒，竟然勾兑了七成白水，为了不被识破，还特意掺进了些烈性二锅头提味。"说罢，她又抬眼扫了扫周围的人，道："哄骗这些乡野草莽，倒也不用担心被识破了。"

我点头算是附和，没想到我们的声音虽小，但说者无心，闻者有意，身边突然冒出来一个留着小胡子的肥胖老者，他滴溜溜的眼睛在我与凤茛身上转了个圈，探手抓起了桌上的酒壶，朗声道："二愣子，还不给这一桌的客官换壶好酒！"

原本还在跑堂的小二听见这老者的召唤，立刻丢开手中的事情过来，点头哈腰地接过酒壶，转身之后还被老者抬脚在屁股上踢了一脚。

我与凤茛奇怪地看着这一幕，才瞧见那老者转过身来，对着我们一作揖，道："敝人是这家酒馆的掌柜，刚才那酒的问题还请两位行家多包涵，我这也是不得已而为之，毕竟朝廷动荡，生意难做，望两位切莫声张。"

说完，他又鞠了一躬。

我与凤茛对视一眼，对那老者道："店家这么做也无可厚非，只不过是想多赚些银子，也没什么害人的伎俩，我们不声张便是。只是在下有些奇怪了，商都国向来鼎盛，这朝廷动荡、生意难做之言又从何而来？"

"嗨，二位想必不是本国人吧，这也难怪，那件事如今早已闹得沸沸扬扬了。"掌柜肥胖的身子一扭，就在我们另一面的空位坐下。

"哦？"我与凤茛的好奇心都被勾起来了，问道，"何事？"

那店掌柜向四周望了望，见没人注意我们，才埋下头用几不可闻的声音说："这件事千万不可到处宣扬啊，如果乱说的话，可是会被杀头的！"

我心里暗笑，这掌柜明知是杀头的事还这般说予我们听，虽然看起来有些疑神疑鬼，但也是个没什么心计的实在人。

"你快说吧。"我催促道。

那掌柜的声音又压低了些："这事虽然并不是发生在皇室，可足以牵扯到朝廷了，就连皇上也在为这个焦头烂额呢……你们不知道吧，当朝丞相谷梁成华突然重病垂危，现在他府里的两个公子为了这世袭的爵位，已经闹得不可开交啦！"

我手心一抖，酒水差点洒在桌上。

"谷梁丞相病重？"凤茛不可置信地重复了一遍，"这是什么时候的事情，谷梁丞相的身体不是一直很好吗？"

"嗨，哪儿的话，现在民间已经传得沸沸扬扬啦，似乎谷梁丞相是积劳成疾，又长年隐瞒，连皇上也是刚知道呢。要不是皇上亲自下旨昭告天下寻找名医，百姓们没准现在都还被蒙在鼓里呢。"

掌柜说起话来也是不胜唏嘘，似乎对谷梁成华颇为推崇："丞相在位几十年了，为百姓做了不少好事，前几年发大水，丞相甚至还力排众议免了江南两年的赋税……可惜天妒英才啊，都说病来如山倒，他这一病不起，可让整个商都都震动了好几下。"

"那现在他的病情有没有什么转机？"我问。

"不知道。"掌柜摇着头，此时小二又重新端了壶酒上来，掌柜亲手接过为我们满上，道，"现在寻医的皇榜还贴在镇头的告示上，不过我看情况是不好，据说连国师大人给丞相看过病之后都直摇头，这世上，只怕难有人能医好这顽疾了。"

我心里记挂着谷梁轩，昂首喝下一杯酒，酒入咽喉竟然有掩盖不住的苦涩。

那掌柜或许是说得动情了，也给自己倒上了一杯，继续道："真是老天无眼，谷梁丞相如此为国为民，却偏偏生了个畜生不如的儿子，这老子还病着呢，大公子还好些，那谷梁家的二公子，不光对丞相的病情不闻不问，还到处拉帮结派争财产，我听说了都觉得寒心哪！"

我试探着问："那掌柜可曾听说过谷梁家三公子的近况？"

"三公子？"掌柜疑惑地看了看我，低头思索了片刻，恍然大悟道，"我想起来了，听闻那位谷梁家三公子并没有住在大宅中，而是常年在外游历，对于谷梁家的事情也是不闻不问，现在大宅里闹成这样，恐怕那三公子还不知道吧。"

我听罢，点点头："谢谢店家了。"然后从袖子里摸出一小锭纹银放在桌上。

哪知那掌柜立刻正了脸色，将银子推回来，道："今日小店蒙骗二位在先，这一顿就算我请了，大伙就当交个朋友，还请客官将银子收起来吧。"

凤莨冲我点点头，我只好拿回那银子，再度谢了掌柜，回到街上。

不远处，黑崎与师父已经朝这里走来，黑崎那家伙身材高大，走起来又横冲直撞的，惹得周围的路人频频侧目。我只是看了他一眼，随即轻轻摇了摇头，对凤莨道："这件事你怎么看？"

"实在是太奇怪了。"她抱起手撑住下颚，"那日谷梁轩的离去也是急匆匆的，恐怕和这件事脱不了干系。"

"问题不在这里。"我道，"谷梁丞相为何会突然病重？如果说是积劳成疾，也太快了些，毕竟丞相刚过知天命之年，也算不得老。"

"你的意思是？"她看向我，似乎已经想到了什么。

我做了一个噤声的动作，轻声道："这还只是猜测而已，任何的猜测在没有亲眼见证之前都不能乱说，我看我们不妨加速东去，等到了京城，找着谷梁轩，自然可以揭晓一切。"

师父与黑崎很快便走到我们面前，我将刚才听闻到的事情对他们说了，师父一言不发，而黑崎却立刻大呼小叫起来："什么？谷梁轩那小子竟然碰到这种事，不成，就冲他曾经叫过我大哥，这事我可不能不管！"

"黑崎，现在都还没弄清楚是什么事情，你怎么管？"我道。

"这还需要弄清楚吗？"他咧开嘴，露出招牌式的笑容，"我们一路打上谷梁家，将那两个小崽子给宰了，那剩下的一切，不全由谷梁小子来接手了？"

"痴心妄想。"夙莨在我身边轻骂了一句。

"咦，夙女娃，我怎么听你这话好像胳膊肘往外弯啊。"黑崎斜着眼睛道，"谷梁小子怎么说也是我们认识的，我们不向着他，难道还去帮他那两个草包哥哥不成？"

"就算要帮，也不能用这种方法。"我道，"我们还是先想办法与谷梁兄见面，探听清楚情况再说，毕竟现在民间谣传还当不得真。"

黑崎虽然看起来鲁莽，但也并不真的是头脑简单四肢发达之辈，听我这么说也没有再继续聒噪了。我与夙莨一番探讨，都认为实在不应该再拖下去，于是连夜动身，一路直朝商都都城进发。

坐上黑崎与师父雇来的马车，我们一路东行，为了避免那车夫心疼马匹，我索性给足他银子将这车买了下来。就这样，我们马不停蹄地顺着官道急走，三天之后，终于踏入距京城十里的关口——山海关。

车夫在关前将车停住了，转身对我们道："各位，除了皇室，山海关之内就不能行马车了，我只能将你们送到这里，剩下的路，就要劳烦各位自己走了。"

我们只得下车，徒步来到雄伟的关口前，接受入关盘查。时值正午，正是入关人最多的时候。商都都城被誉为神州第一大城，来往的行人络绎不绝，好在我们有黑崎在，修为尽复的他只需将自己的气势放出，就在我们周围形成一圈气场，隔开周围的人，他们挤不到我们。

人潮缓慢地向前挪动，又过了片刻，终于轮到我们，就见那关卡前的高台上，坐着一个身着红色官袍的胖子，下首是一排彪悍的官兵，正瞪着眼睛盯着来往的行人，偶尔拦住一两个看不顺眼的，就要搜查。

我们低着头，就想这么直接过去，不料天不遂人愿，才从一名士兵身前走过，他就伸出手将我拦住了。

"叫什么，哪里人，来京城做什么？"一连串格式化的问题被提了出来。

我按照早已想好的答案道："小人公孙璞，瑾国人，来京城是为探亲的。"

那人斜眼在我身上扫了扫，忽然瞧见了我背在背后的紫煌，问道："这是什么？"

我一惊，因为紫煌的外表太过显眼，我都是在外层裹上一层白布之后才背在背上的，没想到这样反倒成了他们怀疑的东西了，于是急忙道："小人是琴师，背后背着的是小人的琴。"

"琴师？"那人露出明显不相信的目光，"既然是琴，又有什么见不得人的？你这般躲闪，定然有什么蹊跷，快快拿下来。"说完，他探出手就要来夺我背后的琴。

"不可！"我闪身想往一边躲闪，可周围密密麻麻都是人，没有一丝空隙，无法，我只能抬手抓住了那士兵的手腕。

"你干什么？"士兵见我动手，立刻面色一凛，将腰间的佩刀抽了出来，周围等着入关的百姓见状，迅速如潮水一般散开。

凤茛与黑崎立刻一左一右地站到我身边，尤其是黑崎，双目一瞪就要动手，我急忙给他使了个眼色，他才按捺住性子，松开了紧握的拳头。

"怎么回事？"这时又有一个军官模样的人带了一小队士兵过来了，我松开抓着那士兵的手，对着那军官作了一揖，道："这位军爷，刚才只不过是发生了些小误会。"

"误会？根本不是误会，我看你们几个鬼鬼祟祟的，又背着见不得人的东西，肯定不是什么好人！"那士兵见头领来了，立刻道："队长，一定要将他们全部拿下仔细盘查！"

我闭口不言，也不再过多辩解，心里只是不停盘算着要怎么应付过去，如果就这么被这些士兵带走，说不定会节外生枝而招来更大的麻烦。

"你们是何人，为何要进城？"那队长也不是不明事理的人，没有立刻就抓人，而是先开口问了一句。

"刚才不是说了吗，我们是为了探亲而来。"凤茛道。

"探亲？"队长的眼珠子转了转，道，"你们的亲戚叫什么，住在哪里？"

我正要开口，夙葭却抢在我前面说："真是好笑，我们现在把亲戚的名字告诉你，你就会放我们走？还是派人先进城查探一番，那可得费不少时间，没看见这里那么多人等着进城吗？"

队长的眉心跳了跳，却也没有坚持，而是又对我道："把你背上的东西解下来，既然是琴，想必也没什么见不得人的。"

"不行。"我再度拒绝，紫煌若是被别人瞧见，不知凭空会生出多少事端。

"嗯？"队长眉头一皱，厉声道："那你们是打定主意和官家做对了？"他一挥手："将这些人拿下，押回候审！"

"是！"他身后的士兵们一领命，全都拔出佩刀朝我们逼近。我无法，只得暗自摆好架势，同时示意夙葭，必要的时候，只能强行突围了。

就在这时，师父缓步上前，朗声道："慢！"

那队长看了看师父，示意士兵们暂时退后，问道："你又是谁？"

师父笑而不答，直接指着高台上的红衣官员道："我有两句话想和那位大人说说，不知这位军爷可否放行？"

"你要找方大人？"队长的视线阴晴不定地在师父身上扫了一圈，回过身向高台望去，而那个被称作方大人的人竟然点了点头，示意师父上去。

"你过去吧。"队长不情愿地让开身子，师父轻轻点头算是谢过，缓步上了那高台，走到那方大人面前鞠了一躬，又俯下身在他耳边低语几句。

谁知那方大人竟突然站了起来，先是对着师父眉开眼笑地客套了好些话，然后又摇着肥胖的身子三步一摆地下了高台，挥开那一队拦着路的士兵，对着我们笑道："哎呀，诸位原来是谷梁丞相的贵客，下官有眼无珠，真是失敬，失敬啊！"说完，他回过身，像是变了一张脸一样冲那队长吼道："还杵在这里干什么，快给几位贵客让路！"

"……是！"那队长极度不情愿地一抱拳，领着那些士兵灰溜溜地退到了一边，虽然看着我们的眼神依旧透着狐疑，却不敢再上前盘查了。

"几个小喽啰不懂事，让各位贵客受惊了，在下在这里代他们给各位赔个不是。"他笑呵呵地弯腰一作揖，那表情看得我瞬间起了一身鸡皮疙瘩。抬眼看见师父也缓缓地踱了回来，我实在不知道他刚才在这人耳边说了些什么，这方大人的前后态度变化也太大了。

当下，这方大人就自告奋勇地要领路，我们当然乐得有这一身官袍的人在前方开道，迅速进了关。过了高大的城门，方大人又领着我们来到了城门内侧的一个小草棚内，里面停着一辆马车。

"嘿嘿，在下身为这城门监守，还是有点小权力可以乘马车来往于京城与山海关的，几位若是不嫌弃，可以坐在下的车直接进城，路上保证没有任何人阻拦。"说罢，他又扯着嗓子大喊："王伯，出来！"

"来咯！"马车的背面应声步出一名老者，点头哈腰地走到方大人面前，道，"大人今天这么早就下关了，是要回城吗？"

"下放！"方大人道，"这日上三竿的，还早着呢，我身为朝廷命官当然要继续坚守岗位。王伯，你用马车将这几位贵客送到谷梁丞相的府邸去，切记万不可怠慢了各位，你可明白了？"

"好嘞！"王伯一拍袖子，"成，大人您放心，几位贵客我一定给伺候得舒舒服服的！"

"嗯，那就好。"说罢，方大人回过身，又道："这是下官的车夫，唤他王伯就成，他会将各位安安稳稳地送到谷梁丞相的府邸去。这京城太大，有他照应着各位，也会让各位少走不少弯路。"

"方大人，有劳你了。"师父笑盈盈地说。

"哎，哪儿的话！"他摆摆手，"我这就先回去了，还得继续坚守着，这苦差事……"说罢，他又骂骂咧咧地走入了那高大的城门里。

"各位还是先上车吧，这进城可还有一段路。"王伯撩开马车的门帘，待我们几人都上去了，他才翻身坐到车前的驾板上，一挥马鞭，喝了声"驾"，那马儿立刻迈开步子，小跑着上了路。

商都京城名为卞京，号称神州第一大城，也确实名副其实，我们尚在十里地外，竟然就能看见远处那一片宏伟的建筑群，这般浩大的城池，即便是瑾国霄城与之相比，也太过逊色了。

"各位放心，这卞京虽大，可王某赶了十几年的车，早就摸了个透，你若是第一次来的话，没个熟人领路估计在大街上就会迷路，那可就不好办了。"王伯乐呵呵地回过头朝我们道。

我有心向他打听谷梁丞相的近况，却不知如何开口，再说既然就快要到了，现在打听这些也无济于事，只好把到嘴边的话头又压了回去。

"卞京，我已经很久没有踏足这里。"师父突然没头没脑地蹦出这么一句话。

"师父，你以前来过？"才问出这一句，我立刻就后悔了，师父他本就是出身商都，怎么可能没有来过卞京？

可是他却没有笑我，只是专注地望着车窗外宽阔的官道和偶尔迈步而过的成队的士兵。

我有些尴尬地闭上了嘴，凤莨却开口道："公孙师父，你刚才到底给那个胖子说了什么话？"

"是啊，他的态度变化也太大了点，前一刻还对我们不闻不问，后一刻竟然如此点头哈腰的。"我附和道。

哪知师父只是轻轻一笑，转过头道："璞儿，我以前教了你那么多为人处世的道理，看来你是一点也没学进去，我问你，有钱能使鬼推磨这话，我是说过还是没说过？"

我古怪地望着他："师父，你不会……"

"不过是十两金子，我还出得起。"师父轻描淡写地就带过了。

我心里一阵汗颜，十两金子可以让一户三口之家十分宽裕地过上一年，却被师父这般阔绰地送了出去。

"璇璞，你要知道，这个世界并不是只能靠拳头来解决问题的，刚才就算你能成功击退那些士兵突围出来，可是卞京城里卧虎藏龙，那些隐于市井之中的高人可不会眼睁睁地看着你如此旁若无人地在卞京折腾，你可明白？"师父似乎是看出了我的想法，说道。

"哼，说白了就是怕事，我黑崎在此，又有几个人能挡得了。"黑崎冷笑一声，毫不在意地说。

师父只是深深看了他一眼，语气却突然降至冰点："我想黑妖尊是在民间待久了，似乎忘记了什么吧，这里可不是祈灵山，任何妖族若是扰乱人界安定，自有人去惩戒！"

黑崎的脸色白了白，也不说话了。

师父缓了缓，又道："等会儿进了城，你最好先进璞儿的身体里隐匿起来，收敛住妖气，免得被人窥见。"

"嘿，我千年修为，竟然连几个有些本事的凡人也瞒不过？"黑崎抱着手，语气颇为不屑一顾。

"确实，黑妖尊千年修为，的确可横行当世，但卞京城里，偏偏就有那么一个人能跟你叫板，想要对付他，我看你还是成了天精之后再说罢。"师父一面说着，一面斜过身子，用手撑着靠在马车的窗沿上，看也没多看黑崎一眼。

"那人是谁？"黑崎的眼睛眯了起来。

"廖——青——枫！"

缓缓地说出三个字，师父低沉的嗓音在马车中不断回荡着，最终散去。

"商都国师廖青枫？"我重复了一遍，这个如雷贯耳的名字，我确实是不陌生了。

"廖青枫这个人，闻名于世的不是他高深莫测的修为，不是他一人之下万人之上的地位，而是他的无法预测。你永远不知道他下一刻想要干什么，会出现在哪里，或许前一刻他还会对着你微笑，但笑过之后，他就可能立刻杀掉你。"师父轻声细语地缓缓道来，似乎对廖青枫这个人颇为熟悉。

我想了想，还是向师父问道："你认识他吗？"

"谈不上认识，只是碰过一次面，下过一盘棋。"师父说得轻松，但我却认为事实远不如这般简单。

车窗外传来一阵喧嚣，我转眼一看，马车已经进了城。

不过是行车的路面，却也铺上了宽大的青色石板，街边行人气质雍容，即便是穷酸模样的书生，也自成风骨，丝毫显露不出落魄的模样，至于那些沿街乞讨的乞丐，却是一个也没让我瞧见。

虽然早就对这卞京的繁华有所耳闻，可如此鼎盛的市井形象，还是让我震撼了。

"这里还只是卞京外围，等会儿进了内城，那里才是真正繁华的地段。"或许是看出了我的惊异，王伯一挺胸脯就拉开了话匣子，"传闻千余年前卞京的每条路上都铺有金砖，家家屋檐上悬吊夜明珠，路边的盆景树杈也全由深海珊瑚堆砌而成，那个华美程度丝毫不亚于九天神殿。"

我听得不禁笑起来，这样的说法也太过了一点，不过商都盛世繁华，也足够有资本这么夸大其词。

　　马车又行了一段，因为这车上有官家的标记，因此巡城的士兵看见了也并没有盘查阻拦，我们就这样长驱直入地进了内城。只见此地的建筑更是宏伟高大，路面宽广，甚至可并行十辆八马马车，街上的行人并不多，更多的是不断穿梭的士兵。

　　"此处已经离皇城很近了，所以戒备会森严一些，而且这附近住着的都是些达官贵人，平日里没事也不会到街上抛头露面，谷梁丞相的府邸就在那里。"王伯说罢，抬起手往前方东北角的位置指去。

　　谷梁成华身为商都丞相，府邸的气派自然非常人可比。

　　单看那府前两只栩栩如生的辟邪石狮像，以及宽广到需要仰视的朱红色大门，便知其地位的不凡了。

　　王伯小心翼翼地牵引着马匹在丞相府门前停下，待我们下车后，才道："诸位若是要求见谷梁丞相的话，恐怕还需稍等了，因为丞相近来身体不适，不怎么见客。"

　　我含笑道："王伯放心，我们此来只是为了见丞相的公子。"

　　王伯点点头，道："那我这就回去了，几位保重。"说罢，王伯赶着车转了个向，往城外的方向驶去。

　　我们上了丞相府前的八级台阶，一路到了门前，门上的扣环足有手腕粗细，雕绘着几条蟒纹赤蛟，一看就是出自名家手笔，栩栩如生。我探手握上那门环，用力当当当地叩了三下。

　　很快，大门的另一面就响起了零碎的脚步声，只听见咣当一声，门缓缓打开了，一个身着蓝衣、仆役打扮的人探出了脑袋，上下打量了我一眼，道："你是谁，有什么事吗？"

　　我抱拳："在下公孙璞，有要事求见谷梁三公子，请劳烦通报一下。"

　　"三公子？"那人显露出狐疑的眼神，半晌，才道，"知道了，你等着。"

　　说完，大门又砰的一声关上了。

　　"这些人什么态度。"夙葭在我背后出声道，"一个下人居然如此傲慢，也太不把人放在眼里了。"

　　我摆摆手："谷梁丞相既然权倾朝野，所谓一人得道鸡犬升天，这些下人的态度也能预料得到，不用为了这个而气恼。"

　　夙葭一偏头："罢了，反正都狗仗人势了，但是连个下人都不懂得约束，我看谷梁成华这人也不怎么样。"

过了半晌，那门才缓缓打开，不过这一次却是换了一拨人，只见两队随从从打开的门里跑出，站在门的两侧，片刻之后，一个身材高挑的紫衣男子才背着手慢慢地从门里踱了出来，眯着一双眼睛望着我们，问："你们是什么人？"

我仔细打量面前这人，他的头发被盘成了一个高高的髻，面色苍白清瘦，目光却锐利无比，似乎还散发着点点寒芒，身上的紫色锦袍质地华丽，并不是一般人能够穿得起的。

"在下公孙璞，求见谷梁三公子。"我只好又重复一遍。

"谷梁三公子？"那人听完我的话后，一脸困惑地偏过头，他身边站着的一名随从立刻凑上脑袋，对他附耳说了些什么，他才了然地抬起眉，道："你找谷梁轩，到这里来干什么？"

凤莨道："谷梁轩不是谷梁丞相的公子吗，找他不来这里，难道这里不是谷梁家？"

谁知那人一声轻笑，"谷梁轩当然不可能在谷梁家，你说，我们会让一个外人在本家里插一脚吗？"

这话我越听越不对味，此人看起来在谷梁家的身份也不算低，如此目中无人倒也罢了，说出来的话却如此让人一头雾水。

凤莨眉头挑了挑，我脊背一颤，感到一股寒气，知道她现在已经很不耐了，不过这里怎么说也是下京，在人家谷梁丞相的大门口还是不能失了脸面，于是我抢在她前面施礼道："敢问这位公子，这外人之说从何而来？"

我都这般低声下气了，可他却偏过头，盯着大门一角的门槛，理也不理我。

这回凤莨再也忍不住了，喝道："你这人就不会说一句清楚些的话吗，偌大一个谷梁丞相府难道连个管事的人都没有？"

紫衣男子脸色一寒，倒是他身边的仆从开了口，指着凤莨道："你这刁妇好大胆，敢对谷梁少爷这般说话！"

我一惊，接口道："敢问这位是？"

仆从哼哼一笑，"这位，就是咱们谷梁家的二公子，谷梁蓉少爷！"

我与凤莨一时皆没了言语，只是上下打量着面前之人，感觉他在气质上着实比谷梁轩差得老远，虽然我们知道谷梁轩与他的两个哥哥同父异母，但这般差异，也太大了些。

而且就目前来看，他这两个哥哥似乎对谷梁轩也没什么好脸色。

我斟酌片刻，心想既然谷梁轩不在这里，这谷梁公子又摆出了这般阵势，我们实在不好杵在这儿自讨没趣了，再说对着谷梁蓉这般嘴脸，我也难得有什么好脾性，于是索性道："既然这样，那我们唐突打扰到二公子了，这就告辞。"

谷梁蓉居高临下地抬了抬下巴算是回应，发出一声轻哼，自顾自地转身领着一众仆从回了大门里，接着门又砰的一声关上了。

我与夙莨、师父下了台阶，顺着丞相府高大的外墙直至走到看不见大门了，才停住脚步。我还没发话，夙莨倒第一个呵斥了出来："难道这就是谷梁家的二公子？真是太可笑了，璇璞，你刚才看见他给我们的那脸色了吗，肉都要从他的脸上掉下来了！"

我摇摇头："真没想到谷梁兄竟然有这样的兄长，看来他倒真的没有在这大宅之中了，换作是我，与这样的人共处一宅，也会受不了吧。"

哪知夙莨却斜着眼睛瞟了瞟我，轻语道："你这么说好像之前你那几个皇兄就对你挺好似的，也对，你和谷梁轩的情况不一样，你那时好歹有皇帝罩着，我看谷梁轩是不及你好命了。"

我默然无语，也不想再过多牵扯过去的事情，只是低下头仔细思索，谷梁轩若是不在谷梁丞相府中，那他还有什么地方可以去的？

正想着，一直没怎么开口的师父却突然伸出手指，指着不远处的一扇红色小门，出声道："璞儿，你看。"

我与夙莨都抬眼望去，那里是丞相府正东面的墙，师父所指的地方正好是供府邸中下人杂役进出的小门，而此时那扇小门里却缓缓迈出了一名灰衣老者，挎着一个菜篮子埋头直走到我们面前，然后警觉地四周看了看，才抬起头用沙哑的声音道："诸位可是要找三公子？"

这老者脸上皱纹丛生，衣衫褴褛，也不像是刻意的装扮，虽然不知道他这样问的用意，我还是点点头，答道："是。"

"那么，你们是三公子的朋友吗？"老者又问道。

"是的。"

"呼——"老者长出一口气，脸上的皮肤微微松弛，露出笑容道："我看这位公子也不像是奸诈之人，方才路过门口时正好听见你们在和二公子说要找三公子，因此特地出来问问。"

"怎么，老人家你知道谷梁轩在哪里？"凤荑出声问道。

老人点点头："你们随我来吧。"说完转过身，竟似要在前边领路。

我们三人对视一眼，师父冲我点点头，我们立刻抬步跟上，不急不缓地走在老人身后。

"我是丞相府里负责买菜的郭安。"老人一边走一边说。

"原来是郭老。"我礼节性地回了一句。

郭老的脚有些跛，走起路来并不方便，应该是些陈疾。

"你们刚才听二少爷那般说法，肯定觉得很奇怪吧。"

我们都没吭声。

"其实三少爷是个苦命的孩子啊。"郭老幽幽一叹，声音沙哑。

我想了想，还是道："郭老你是说谷梁兄的身世吗？"

他回过头看了我一眼，眼神中透着惊异："这位公子你知道？"

我一笑："谷梁兄曾对我说过一些，只是不太明朗而已。"

郭老似乎是了然一般，继续迈开步子，道："其实诸位也别把二少爷刚才的态度太往心里去，毕竟官家的公子，大多都是这性格，而且三少爷素来不怎么与大宅中的人来往，只在老爷寿辰的时候才入宅，所以他们毫不在意也是常理。"

我奇道："谷梁兄难道还另有住处？"

"那是。"郭老呵呵一笑，"三少爷一直与老夫人住在一起。"

郭老带我们顺着路一直朝西走，不知不觉已经出了达官贵人的聚居地，周围的建筑开始明显平民化，市井味也浓厚起来，又过了一阵，他才在一处小巷的巷口停了下来。

"就是这里了。"他进了巷子，直走到尽头那扇贴了对联的门前。

我们跟着走进去。这巷子平日里应该没什么人来，因为常年照射不到阳光，湿气有些浓重，地表和墙角处覆盖着一层浅浅的青苔。再看那木门，虽然刚漆过，但依旧开褶，显然有些年头了。

郭老站在那门前，敲了敲，喊道："三少爷！"

过了片刻，门背后传来门闩被拉动的声响，一张俊朗的脸探了出来，看见是郭老，他微微有些皱着的眉舒展开了，道："原来是老伯，有事吗？"

凤莨与我欣喜地迈步上前，我喊道："谷梁兄！"

谷梁轩听见我声音，才抬起头，见是我，表情讶异了那么一瞬间，立刻将门拉大，迈步而出："璇兄，你怎么来了？"

"哈哈，我说怎么上谷梁丞相的府邸找不见你，原来你躲在这个地方！"我一拳打上他的肩，他笑着对凤莨点了一下头，又把视线挪到师父的身上，冲我道："璇兄，这位是？"

我忙侧开身："这位就是我们一直在寻找的家师，公孙锦。"

师父对着谷梁轩微微颔首算是示意，而谷梁轩却瞪大了眼，几步走到师父面前，道："公孙师父，您总算出现了！"

师父扬了扬眉："怎么，你是准备说无弦被盗那件事？"

谷梁轩表情一滞："您怎么会知道？"

哪知师父却将视线转到那扇门里面，道："怎么，你打算将我们都撂在门口说话吗？"

他这才露出恍然大悟的神情，对着大门的方向一伸手："是我招待不周了，大伙请进，只是地方狭小，还望见谅。"

我冲他笑笑，第一个迈进了这院子。

院子并不算大，只有一间青砖小屋，院角被开垦成了一小方菜地，零散地种着些青菜大葱，边上则是葡萄架，架上攀满了葡萄藤，青碧色的果实挂在上面，几只雪白色的九天冰蚕蛾飞舞嬉戏其间，甚是亮眼。院中有一张方石制成的圆桌，上面放着编织了一半的类似竹筐的物什，看来谷梁轩在开门前正坐在这里忙活。

"谷梁兄，"见这院子中的情形，我笑道，"你这真的是大隐隐于市了，没想到在卞京这等繁华的地方，你还有这么一座院子。"

凤莨与师父也跟着进来了，看见这院中如此素雅、精致，都不禁露出或是赞许或是惊羡的目光。

"璇兄你就不要调侃我了，小生可经不起你这般胡侃啊。"谷梁轩摇摇头，边领着师父与凤莨在石凳上落座，边说。

"三公子，我今日给你和老夫人送来了些蔬果，这就放到厨房去了。"郭老冲谷梁轩亮了亮一直挎在臂弯处的篮子，也不等他回答，就自顾自地进了院子西首的厨房。

"多谢你了，郭老伯！"谷梁轩朗声冲着郭老的背影应了一声。

我踱到凤茛身边坐下，谷梁轩也在另一面落座，我们互相看了看，都不自觉笑了出来，他道："璇兄，近来可好？"

"不好。"我摇摇头，"整日的颠沛流离，还有那么多要操心的事儿，都不知道什么时候是个头。"

"得了。"他摆摆手，"公孙师父就在一边坐着呢，当着他老人家的面你也就别冲着我吐苦水了。说吧，你们这次来下京不会是专程为了看我这个蹭吃蹭喝的无赖吧。"

我道："不全是，不过也并不是。"

我模棱两可的回答让他两眼一翻，我又笑了笑，才道："自从进了商都，这一路上似乎都在传谷梁丞相重病的消息，我们自然会担心你了。"

"我？"他道，"嗨，我有什么好让你们担心的，还不就是饭照吃，日子照过，管他老头子那两个儿子怎么争都与我无关。"

"呵，谷梁轩，听你这话你好像对丞相的病满不在乎，还不知道那天是谁接了飞鸽传书之后又急匆匆走掉的呢！"凤茛语气明显不满地插进话。

谷梁轩的表情滞了滞："我有说过那飞鸽传书的内容与老头子的病有关吗？"

我眉头一扬，反问道："难道不是吗？"

"不是！"

这两个字，他说得斩钉截铁，霎时就堵住了我接下来想要说的话。我与凤茛困惑地对视一眼，而师父似乎也被这事勾起了兴趣，一双星眸兴致勃勃地等着谷梁轩接下来要说的话。

他似乎也觉得刚才自己的反应有些过激了，勾起嘴角，又道："实不相瞒，那封传书是郭老伯写给我的，我这次奉命外出，一直是他在帮着我照顾娘亲，但是在那天早上的传书中，郭老伯却告诉我，娘亲的情况不好了。"

他越说声音越沉，一字一句都如同带上了浓厚的浊气，我看着他变得苦闷的脸，轻声问："难道谷梁夫人她……"

谁知我话未说完，谷梁轩却突然开口道："家母姓苒，璇兄你若是看得起我，就不用这般生分了。"

我笑笑，点头，接着说："那苒伯母现在情况如何？"

"不好。"他苦笑道，"你们也不是外人，我也不掩饰什么了，这些天来，我一直在操心这件事，卞京城有名的大夫都请了个遍，可没有一个人能瞧出是个什么毛病。"

正说着，夙葭突然抽起了鼻子，双眸闪过一道疑惑的光芒，暗自道了句："奇怪。"

我转头："什么？"

蜉漓青色的身影从她衣襟里慢慢攀爬到肩头，摇晃着两只小触角轻触着夙葭脖颈处的肌肤，夙葭点点头，道："看来不是我的错觉，小蜉漓也感觉到了，那屋子里有古怪。"说完，她伸出手，纤纤玉指指向院子里唯一的一间青砖小屋。

谷梁轩沉下脸色："有什么不对的？"

"阴气……"夙葭嚅动的嘴唇只说出了两个字，我们就看见郭老伯突然气急败坏地推开那小屋的门冲了出来。

"三公子！"他气喘吁吁地道，"老夫人……老夫人她怕是不行了！"

"什么？"谷梁轩猛然站起来，快步朝屋内走去，我们也跟着起身，紧随其后进了那屋子。

进到屋子里，一股浓重的药味扑面而来，四周阴暗得可怕，窗户上不知为何还挂上了厚厚的帘布，只能透进一丝微微的光亮，勉强能够让人看清屋内的情形。

这屋子的摆设与一般民家无异，简朴得紧，一桌一床，看不出任何奢华的景象，实在难以想象这屋子的主人会与谷梁丞相有关系，而唯一一处与众不同的地方，就是在房间四面的角落里与中间的桌子上，各摆放着一盆幽蓝色的奇异盆栽。

谷梁轩正坐在屋子尽头的一张垂下帘帐的床边，手中握着妇人的手，急呼着："娘！娘！"郭老搓着手站在一边，断断续续地说："方才夫人还好好地喝了些我喂的粥，谁知道突然就这样了，三少爷，你说这怎么办啊……"

我走上前，床上躺着的就是谷梁轩的娘亲了，她虽然苍老，但依然能看出面容姣好，只是眉头紧皱，面色苍白得可怕，胸脯起伏相当剧烈，一边喘气一边轻咳，对于谷梁轩的声声呼唤毫无反应。

"这个是……碧落幽昙？"师父走到桌边，手指托起那盆栽的一枚叶片，轻轻说道。

我回过头，不解地望着他，如今谷梁轩的娘亲已经这般情况了，师父为何还对那一盆盆栽感兴趣？

凤葭倒是很快来到了床边，从谷梁轩的手中拿过了妇人的手腕，并指探了探脉，片刻之后，才面色凝重地冲着我道："大木头，你还杵在这里干什么，快去找大夫啊！"

我哭笑不得地站在那里，这是我第一次来卞京，哪里有医馆尚不知道，我要上哪儿去找大夫？

还是郭老反应迅速，立刻一拍脑门道："哎呀，看我都老糊涂了，对，找大夫，我这就去！"说罢，他一摇一晃地就往门外奔。

哪知他还未走到门口，师父突然开口唤住了他："等一下。"

郭老身形一滞，还是停住脚步回头，疑惑地道："这位公子有什么事等我回来说可好，现在人命关天，可不能有片刻耽误。"

哪知师父却道："就是因为人命关天我才让你稍等，因为现在这情况，就算你把全城的大夫都找到这里来也无济于事。"

说罢，他走到床边，问向凤葭："刚才脉象如何，说给我听听。"

凤葭看了看我，才回答道："浅不可察。"

"浅不可察"四字一出口，谷梁轩的身体明显颤动了一下，我伸出手按上他的肩，他回过头，眼神中竟然带着似乎永远都不该出现在他脸上的焦急与惶恐。

"没事的。"我只能说出这三个字聊表安慰。不知为什么，我心里却并不焦急，不是我冷血，而是我瞧见了师父眼中那波澜不惊的光芒。

我是相信师父的。

"死脉……"师父双眼微闭，思索了片刻，又再度睁开，道："谷梁轩，你且站起来一下。"

谷梁轩立刻起身，退至我身边，换由师父坐在那个位置上。

师父拉过妇人的手，撩起她的袖子，纤长的手指顺着妇人手臂上清晰可见的青色筋络由上至下一路滑到脉门处，探了片刻，才转头看向谷梁轩，目光锐利，道："你可知道，令堂是身中奇毒？"

"毒？"谷梁轩大惊失色，"在下不知！公孙师父，我娘到底中的是什么毒？"

师父却没有立刻回答，而是将视线落于桌上的那盆盆栽上，又问："屋子里的盆栽，是谁让放的？"

"这……"听见这问题，谷梁轩明显迟疑了，埋下头来回踱了几步。师父倒也不

急，只是淡定地看着他，似乎胸有成竹他会说出答案。

"罢了。"谷梁轩终于咬着牙抬头，沉声道，"我也不瞒公孙师父了，那些盆栽，是廖国师亲自派人放在这房里的，并且万千嘱咐我，这件事切不可透露给任何人。"

听见这话，师父倒发出一声轻笑："弄来这等天地不容的阴草，是不宜到处张扬丢了他身为国师的颜面，这样做，我倒是能理解。"

谷梁轩急道："怎么，那些盆栽有什么问题吗？"

"你老实说吧。"师父盯着谷梁轩，目光炯炯，"你娘自从病倒以来，你都请过何人来为她诊治过？"

谷梁轩思忖片刻，答道："最开始是卞京药王斋中的田大夫，然后是御医季桥，最后我实在无法，才去拜请廖国师，希望他能来为家母诊治一二。"

"国师来后，只是说家母患了奇症，当天夜里就命人送来了这五盆异草，并且嘱咐我，每隔三天，就要取下三瓣叶片煎药给娘亲服用，如此缓慢调理，才能病去人康……"

师父道："你一直是按照他所说的在做？"

"是。"谷梁轩点点头。

师父不说话了，见床上妇人的状况越来越差，他凝神静气，右掌扣起中指，结了个莲花状的印诀立于胸口，淡淡金芒自他掌心飘逸而出。

"奇术·紫河回春！"

一朵巴掌大的金莲从他掌中幻化出来，缓缓落于妇人心口，散为一丝一缕的细流，浸入她的身体里。

片刻之后，妇人急速喘息的胸口总算是趋于平缓，不再发出什么异动，似乎是睡了过去。

"好高深的术法。"凤葭在我身边微微叹道，"我越来越看不透你师父了。"

我回给她一个苦笑，因为我也发现，过去这么多年，我对师父的了解，似乎仅仅局限在一个天下第一琴师的名号上，现在看来，那不过是些皮毛。

师父的本事，显然远不止此。

不过，我也没有怀疑过他什么，毕竟一日为师，终身为父，我始终相信，他不会做有害于我的事，不然他大可直接冲着我来，又何必如此拐弯抹角地接近我。

师父将妇人的手放入被子里，站起身。

我默然地看着他走到桌边，手指有意无意地轻抚着那株盆栽幽蓝色的叶片，指尖滑过上面细细的纹路。只听见他道："碧落幽昙，是天底下一等一的阴草，只有在阴气极盛的地方才能长成。"

"怪不得。"凤茛接口道，"怪不得方才我在屋外就能感觉到阴气，原来是这怪草在搞鬼。"

"公孙师父，你的意思是这些盆栽害了我娘亲？"谷梁轩问。

"不是。"师父摇头，"其实廖青枫本意是好的，都是为了救人，不过用错了法子而已。"

"你娘中的毒是一种非常奇特的阳毒，毒性缓慢，却会累积加剧，发作起来五脏六腑如火焚般痛苦，等毒入骨髓之后，就会全身潮红，心脉爆裂而死。"师父缓缓道，"廖青枫定也是看出了这一点，才弄来了这碧落幽昙，想借着它的阴气来抵制阳毒的蔓延，他以为，五盆碧落幽昙，定会让屋子里阴气大胜，再煎药内服，长此以往，肯定能缓慢拔出夫人体内的阳毒毒根，到时候他再以其通天之能相助，便能完全治好夫人了，只是……"

"只是什么？"谷梁轩的表情越来越急切。

"只是廖青枫忽略了最为关键的一点，夫人乃女子之身，与男子是不一样的。"师父叹了一口气，"以阴克阳，想法固然无错，但夫人女子之体本身即为阴，再加上体内的阳毒昌盛，淤塞了'石门'之阴源疏散的筋络，这样阳毒出不去，外部阴气又被大量灌入积压在体内，短时间内阴阳相克倒不足以担忧，但长此以往，阳毒不减，阴气愈盛又化为阴毒，两毒缠身，无疑是雪上加霜！廖青枫如此一番自以为是的好意，却料想不到成了一道不被任何人察觉的催命符！"

最后三字掷地有声，我听得心惊胆战，而谷梁轩，自是完全呆住了。

"怎么会这样……"他喃喃道，突然，他涣散的眼神重新凝聚，三步上前，就在师父面前跪下。

"公孙师父，今日只要你能医得了娘亲，谷梁轩做牛做马也要报答你的再造之恩！"

可师父只是眼神复杂地向床上望了一眼，没有说话。

"师父。"我实在是忍不住了，也走到谷梁轩身边，与他一道跪下，道，"师父，璞儿也不多说什么，只是你曾经教导过我要心存善念，谷梁轩一直是弟子的至交好友，弟子恳请您能施以援手。"

说完，我俯身一拜。

"璇兄，你……"谷梁轩显然也没有想到我会有这般动作，呆呆地看着我拜下去，再起身，他眸子里各种复杂的情感不断交错着，竟然有泪光闪现。

我目光坚定，握住他的手紧了紧。

然而，师父接下来说出的话，竟然直接将我们推入了冰窖。

"救不了了。"

他平淡的言语自那张薄唇溢出，仿佛是这世界上最绝望的声响。

谷梁轩面容呆滞地望着师父，只听见那温润的嗓音缓缓道："这下毒之人颇为心狠，那毒是被人硬生生地从身体外部打入体内的，早已深入骨髓……再加上时候已久，耽搁到现在，阴毒阳毒交织，我只能说夫人还能挺住，当真是个奇迹，即便大罗金仙下界，也不一定救得活。"

"真的一点办法也没有了吗？"

谷梁轩双眼逐渐透出一股死灰色，身体软软地瘫倒，还好我眼疾手快地一把扶住他，他才没有倒下去。

见他这般失魂落魄的样子，我与凤莨都是一阵心酸，我正准备说些什么好让他不至于太绝望，突然眉心一跳，一道震天的怒吼已经在我脑海中响了起来："他奶奶的，老子就不信一点办法都没有了，难道现如今从阎王老儿那里讨个人就是这般麻烦的事？"

话音刚落，我额头上立时闪出一道玄光，黑崎竟然控制不住自己的情绪就要现身。

我并没有忘记师父在进城之前的忠告，立刻凝神静气，努力用意识将黑崎压迫回去，那玄光一闪而逝，黑崎继续在我脑中大喊大叫，却出不来了。

师父双眼扫向我，锐利的目光似乎可以看穿我的内心，他大概知道黑崎已经闹得不消停了，嘴角勾起一抹冷笑，淡淡地道："黑妖尊，从阎王手中要一条命自是不难，但也不能白要，其实现在就有一个相当简单的救命方法，只要黑妖尊你能贡献出自己的本命元丹，以你千年道行为媒介，生死人肉白骨也不是不可能的！"

刹那间，黑崎安静了。

我当然了解他，他好不容易在师父的帮助下重新将散落的元丹凝聚起来，这要一下贡献出去，不光会被打回原形，修为尽散，弄不好本身的一条小命还会交待进去，这个代价，委实太大了些。

黑崎不闹了，我却真的忍受不了如此必将到来的生离死别。凤莨走回床边，再度探了探妇人的脉象，一直低垂着头。我望向师父，还是不死心地问："真的就没有其他的办法了吗？"

"我想，我可以试试看。"师父模棱两可地又说了句。

谷梁轩的双眼一下亮起来，挣扎着从我怀里撑起身子，跪了下来，声音沙哑："不管什么方法，恳请公孙师父一试！我自小孤苦，都是由娘亲抚养长大，然而我却未尽什么孝道，今日承蒙公孙师父救命之恩，他日谷梁轩自当赴汤蹈火，万死不辞！"说完，他开始磕头，撞地有声。

"你且不要这般说。"师父的语气斩钉截铁，"想要完全拔除毒素，已是不可能，我现在能做的只是尽力将令堂体内的阴毒驱散，打通淤塞的筋络，不然，她连今晚都休想撑过。"

"无论如何，即便是只有一丝希望，我也不会放弃。"谷梁轩明白师父话中的含义，知晓我们只能尽人事而听天命，也没有再说什么，又拜了一下，才站起身。

师父双眼向房间四周扫了扫，先是让我们将那五盆碧落幽昙搬出房间，随后又对我们道："这番拔毒，需要褪掉夫人衣衫，你们能回避且回避。"

我点点头，正要向外走，却又听见师父道："璞儿，你留下助我一臂之力。"

我应了一声，退回原位。

师父的双眼扫向谷梁轩，谁知他却丝毫没有回避的意思，一双眼恳求地看着师父。师父心领神会，也不再多言，至于凤莨，本就是女子无需回避，因此到了最后，我们都留在了屋内，只有郭老一人出去等候消息了。

"等会儿开始拔毒，可能会见着一些异状，你们都不用惊奇，看着便是。"

师父缓缓走到床边，撩起帘帐，挪开妇人身上盖着的被子，凤莨跟着上前，褪下了妇人身上的外袍，又轻轻揭开她的里衣。

一副令人触目惊心的身体霎时映入眼帘，夙莨忍不住轻呼了一声，师父也是眉头一皱。

妇人白皙的身体上，烙印着数不清的各种伤痕，鞭伤、烫伤、刀伤，简直惨不忍睹，然而最恐怖的还是她的前胸处，那里留着两个幽深的血洞，还未完全愈合，明眼人一看就知是被锐利的铁器给整个贯穿了琵琶骨。

我惊骇莫名地看着这一切，谷梁轩也是一脸震惊，拳头握得咯吱咯吱直响，就要冲上前去细看，我急忙拉住他，冲他摇了摇头。

他知道我的意思，缓缓安静下来，只是咬紧牙关，双唇因为愤怒而不停颤抖着，嘴角已经溢出了血丝。

"这下手之人好狠的手段。"师父伸出十指轻轻触了触那两个血洞的边缘，又置于鼻下一闻，了然道："错不了，这贯穿琵琶骨的东西是淬过毒的，直接就将阳毒打进了骨子里，是存心让人救不得。"

我不忍心再让谷梁轩看着这一切，开口道："师父，快开始吧。"

师父点点头，探出手掌，少许水汽在掌心出现，一会儿就凝结出数根细长的冰针。

"接下来我要打通令堂的足太阴脾经、足厥阴肝经与足少阴肾经，好宣泄淤积的阴毒，其间令堂或许会感觉到痛苦万分，你可先做好心理准备。"

师父一边说着，抬手将冰针插了妇人胸前的玉堂、瞳中两穴，又往下在三阴交与石门处各落一针，而这最后一针，补在了左手三阳络处。

刹那间，原本双目紧闭的妇人突然瞪大双眼，表情狰狞地张开嘴，全身开始毫无控制地抽搐起来。师父轻喝一声，右手落指如电，泛着金光的手指一下点在妇人额间，顿时一圈金色的波纹荡漾开来，而妇人张开半响的嘴终于发出了一声凄厉的干号："呃啊！"

我们一动不动地站在床边，看着床上的妇人不断颤抖着的身体，她周身的皮肤渐渐地都蒙上了一层淡金色的光芒，皮下经络全部都暴涨了不止一圈，皮肤上青色血管起起伏伏，一个一个的小突起在上面接连涌动。

渐渐地，她七窍都开始溢出黑色的血液，而身体的抽搐也在逐渐平复，气息消沉，甚至连呼吸都越来越弱，变得微不可闻了。

谷梁轩似乎察觉到了有些不对劲，脸上的神色越来越焦急，我也是惶恐无比，师父这样子哪里像是在救人，场面也太过骇人了些。

就在这时，师父突然开口道："璞儿，你过来！"

"是。"我忙应一声，抬步上前。

"握住她脚底公孙穴，将内息自足三阴经灌入！"

我点头，探手握住了妇人的双脚，只觉得落手处滚烫无比。我沉心静气，递给谷梁轩一个放心的眼神，深吸一口气，丹田里气息流转，一股绵长的清凉气流已经顺着我掌心自公孙穴灌入了她的足三阴经。

内息刚探入她的体内，我顿知不妙，此时伯母的体内已经变成了一片气海的狂澜，各种不同的气息相互激荡着，其中尤以一冷一热最为张狂，死死充斥着她的经脉不让外力入侵。我立刻想到了这便是师父所说的那两股阴毒与阳毒，只是，另外还有一道细小的金色力量穿行其间，极其强韧地打压着这两大奇毒，不断将它们向石门穴处逼迫。

那金色的力量应该就是师父的内息，我便顺着他的意思，闷哼一声，双掌蓝光大放，体内的力量排山倒海一般疯狂地涌入她的足三阴经。阴阳两毒由于上有师父的逼迫，只能不断向足部经脉转移，现在我又从下而上施以打压，此消彼长之下，原本纠缠在一起的两毒终于逐渐分离开，阳毒迅速瓦解消散，片刻之间竟然找不到一丝痕迹了。

我诧异了那么一下，却听见师父道："不要去管阳毒，它已经潜伏进了骨髓，难以逼出，你现在紧守住足三阴经与足三阳经便可，其余的交给为师。"

我额头上已经沁出一层细密的汗珠，点点头，丹田中气息疯狂流转，毫无保留地将每一丝压榨出的力量不断地挤入伯母身体里，硬生生地将她足下两条经络中盘踞的阴毒给逼了上去。

师父左手变了个印诀，这印诀我认得，其形状与多日前我被神机弩重创后，凤蔑在石洞中用来医治我的印诀如出一辙，唯一的区别就是当时凤蔑需要两手结印，而师父仅需一手就结成了。

"出来！"一声轻喝，师父发丝浮动，印诀不偏不倚地点上了伯母头顶的百会穴，顿时金光大涨，而她身上落着针的穴道，除了三阳络外，其余的下针处都开始溢出一缕一缕的黑雾，虽然缓慢，但正是那阴毒被从体内驱除的征兆。

黑雾足足逼了半个时辰，当最后一缕黑雾随着冰针一同消逝在空气中时，我感觉到落手的公孙穴处传来一阵柔和的力道，双臂一软，双手已经被震离开了妇人的脚心。

金光逐渐收敛，最后才缓缓退回师父的指尖。

"成了吗？"我站起来，不自觉地踉跄了一下，早就守候在一边的凤莨立刻扶住我，素手按在我背心送进一股清凉的气流。我顿时精神一振，感激地回望着她，方才因脱力而带来的眩晕感消失得无影无踪。

"夫人已经暂时无恙了。"师父回过身子，双眼里透出一抹疲惫。我深知这毒之烈，将其尽数逼出，师父恐怕比我这个打下手的要累上好几倍。

谷梁轩果然是第一个等不及的，立刻冲到床边，重新为伯母盖好被子，又从袖中掏出一抹方巾，细细擦拭着她脸上的黑色血迹。

缓缓地，妇人睁开了双眼。

"娘！"谷梁轩欣喜地叫了出来，我也是内心一喜，快步走到床边。

"轩儿？"妇人动了动嘴唇。

"娘，你可感觉好些了？"谷梁轩紧紧握住妇人的手，满脸欣喜急切。

妇人轻咳两声，微微点了点头，目光又移到我们身上，问道："这几位是？"

"是轩儿的朋友。"谷梁轩急忙侧身，好让妇人能看见我们，"刚才就是他们救了娘亲。"

妇人秀丽的脸上虽然苍白，但逼出阴毒，她的气色也好些了。她挣扎着想要坐起来，不过师父还是快一步按住她的肩头，道："你现在还是先躺着休息比较好。"

她感激地望着我们，又重新躺好，轻声道："谢谢。"

"不客气。"师父踟蹰了片刻，语气不疾不徐地问，"谷梁夫人，虽然这样唐突了，不过我还是想问清楚，你身上那些伤痕是从何而来？"

话一出口，妇人脸上的神色立刻变了，双眼发直，愣愣地盯着我们，竟然一言不发。

"你可是有什么苦衷？"师父又问，"身受如此之伤还不医治，恐怕它会比你中的毒更加快速地夺走你的性命。"

可妇人就是不说话，反而闭上了眼睛，过了半晌才睁开，却开口道："谢谢诸位的好意，轩儿，送客！"

我们顿时愕然，谷梁轩急了："娘，你告诉我是谁把你弄成这样的，孩儿定能给你报仇！"

"胡闹！"妇人的声音大起来，却因为语气太冲咳了两声，说道："我没什么事，这些事情与你无关，现在我要睡了，轩儿，送客。"说罢，她轻轻侧过身子，不住地轻咳着，竟然不再搭理我们。

谷梁轩张了张嘴还想说些什么，最终还是放弃了，回过头一脸无奈地望着我。我递给他一个理解的眼神，与夙葭和师父出了屋子，谷梁轩最后一个退出来，轻轻带上了门。

"三少爷，夫人她怎么样了？"一直守候在院子中的郭老迎上来问。

"郭老伯，"见着他，谷梁轩皱眉道，"你在信中只是说我娘亲她突然病重，你可知道她其实是中了毒吗？"

"这……"郭老的眼睛里掠过一丝惶恐，这一微小的细节逃不过在场所有人的眼睛。

"到底发生了什么事？为什么娘亲身上会有那么多的伤痕？"谷梁轩上前两步，目光死死地盯着面前的老人，好似要喷出火来，"你一定知道是谁干的，对不对？"

"我……我不知……"郭老迅速埋下头，战战兢兢地退到石桌边坐下。

"不，你肯定知道，告诉我，是谁干的？"

"三少爷，我求求你，你就别问了，夫人她千叮咛万嘱咐千万不能让你知道，就是怕你会一时冲动啊！"

郭老伯的声音开始带着哭腔。

我略一深思，便将这事猜出了个大概：谷梁轩那日接到的飞鸽传书上只是说他娘亲病重，然而真实的情况便是我们刚才所见那样，伯母并没有得什么病，而是被心狠手辣之人下了毒。

想起刚才伯母身上令人触目惊心的伤痕，我不禁咋舌，卞京天子脚下，竟然也会发生这等天理不容之事。

谷梁轩沉默了片刻，才道："郭老伯，你是真的不肯说了？"

郭老依旧一言不发。

"好。"谷梁轩突然叹出一声，右手撩起衣衫的下摆，竟然就这么跪了下去。

郭老一下从石凳上跳起来，大叫道："三少爷，你这又是何苦，使不得，使不得啊！"说罢，伸出手就去拉他。

只是，郭老这般风烛残年的老者，如何能拉得动一个执意要跪着的七尺男儿。

"郭老伯，你还是说出来吧，这样我们心里有个底儿，对大家都好。"我出声劝道。

"郭老伯，谷梁轩这辈子没求过什么人，但只要一天不弄清这事情的真相，谷梁轩就这么长跪不起！"谷梁轩一番话说得斩钉截铁，听得师父也露出赞许的目光。

"百善孝为先，此子与那丞相府中的谷梁蓉相比，着实优秀太多。"

郭老的脸上阴晴不定地闪现出好几种神色，末了，他目光落于谷梁轩脸上，见着的是那种无法违逆的眼神，里面的愤怒与不甘强烈地翻滚着，似乎就要破瞳而出。

他摇摇头："罢了……罢了……反正这事，总归你是要知晓的。"

第八章

解释春风无限恨

郭老缓缓坐下，苍老的面庞上露出一抹悲怆的神色，轻声说道："也不知道夫人她是造了什么孽，韶华当年，却偏偏碰上老爷……"

"三少爷你这次离京之后，没过几天，老爷就接到圣旨要他下江南巡视民情，可是老爷前脚刚走，大夫人后脚就带着二公子气势汹汹地找上门来了。"

听到这里，谷梁轩的脸色瞬间沉静如一潭死水，嘴角抿了抿，似乎好半天才冒出两个字来："萧淋……"

我立刻想通了这其中的原委。谷梁轩口中的萧淋，正是谷梁成华的正牌夫人，商都前兵马大元帅萧镰釉的女儿，也就是方才在丞相府门口给了我们不少脸色的谷梁蓉的母亲。

"当时我尚在伙房之中忙活着，是夫人亲自去请大夫人他们进的门，谁知大夫人刚踏进门，二话不说，就先打了夫人两个耳光。"

啪！谷梁轩按在地上的手震裂了掌心下的石砖。

郭老愣了愣，可还是咬着牙继续说道："我看着大夫人这架势，立刻就知道不妙了，可偏偏老爷现在又不在京城，于是我只好硬着头皮想出去劝劝大夫人。没想到我还没有走近，二少爷就已经冲过来拦着我不让我靠前，而大夫人更是变本加厉地对着夫人又骂又打，夫人也没有还手，就那么站着任由大夫人打骂。"

"我想夫人当时的想法或许和我一样，大夫人毕竟是萧将军的女儿，性子烈一些，再说以前也不是没有上门闹过，就由着她的性子让她闹一闹，闹过了，大夫人也就走了，也不必动什么干戈，但是，我哪里想得到，大夫人出了一通气后，竟然又从门外招进来几个壮丁，拿着绳子就把夫人捆起来了。"

"当时我就急了，大叫着要大夫人不要冲动，谁知大夫人理都不理我，我只好转向去求一边的二公子，他也是不理，我就知道，这一回恐怕是不能善了了，最后还是夫人叫我别担心。我知道是夫人自己觉得心里过意不去，毕竟以夫人现在的地位，说什么都要比别人矮上半截身子，唯有忍气吞声以求自保。我只能眼睁睁地看着他们扯着夫人出了院子，之后扬长而去……"

话说到这里，跪在地上的谷梁轩已经脸色惨白，目红如血，我不安地对着凤茛使了个眼色，凤茛会意地与我一左一右轻扶住他的肩膀，就怕他一时冲动，那样我们恐怕也要费上一番力气才能拦下来。

好在在我的印象里，谷梁轩并不是什么鲁莽之辈，即便像这样怒火攻心的时候，还是难得地保住了仅有的一点理智，继续耐着性子听下去。

"夫人被他们带走了整整一天，我没敢回大宅，就在这院子里如坐针毡，想着要不要通知三公子你或者老爷。谁料第二天天刚拂晓的时候，我听见院子里传来砰的一声，急忙出去查看，才发现夫人已经全身是血地被人扔在门前的地上，身上，就已经带着那些伤痕了……"

郭老说到这里，自己先忍不住唏嘘起来。

"啊！"谷梁轩突然仰头发出一声震天的咆哮，终于爆发了。我按在他肩上的手突然感觉到一股巨大的反挫力，谷梁轩已经将我与凤茛双双震到一边，身体拔地而起。

"萧淋，谷梁蓉，我要你们血债血偿！"

白影一闪而过，他人影已经飘到院墙之上，几只九天冰蚕蛾疾电般环绕在他四周，一看就知他是要一路往丞相府的方向去。

"不好，快拦住他！"最担心的事情果然还是发生了，我大喝一声，翻上那院墙，紧追他的背影，凤茛也立刻跟了上来，与我并肩而行。

"璞儿，也不要过分拦着，必要时需让他发泄出来，不然内火攻心，免不了会走火入魔。"师父逼音成线送了一句话到我耳边，我立刻与凤茛说了。合计过后，我们觉得师父所言也有道理，便也不急着上前阻拦，就这么与他之间隔着一段距离，不紧不慢地跟着。

谷梁轩仿佛发狂一般，满头发丝乱舞，从一家屋顶飞掠到另一家屋顶，我和凤茛也顾不得这番举动是否惊世骇俗了，亦步亦趋地跟着，行了一段路程之后，已经遥遥可见一处广阔的府邸。

眼见快到了地，谷梁轩反而飘身落下，徒步行至那大门前。

丞相府门口站着八名卫兵，看见谷梁轩突然出现，却只是斜着眼睛望了他一眼，身体动也没动，散漫地问道："三公子可是要进府吗？"语气里还带着轻蔑，显然是不怎么把谷梁轩放在眼里。

不过，谷梁轩已经完全不稀罕这些了，他嘴角露出一抹冷笑，探手入怀掏出碧玉笛，呜呜地吹了两个音，原本那些环绕着他的白光立刻停下，接着流星一般撞向那布满铜钉的红色巨门。

砰砰砰……一连串的巨响后，厚实的红木门上被破开了好几个大洞，接着支离破碎地缓缓向内倾斜，终于轰然倒地，激起漫天的烟尘。

那些原本站在门边的士兵被这个骇人的场面给吓傻了，一直就这么直愣愣地待在原地，直到谷梁轩负手缓步走入门内之后，才一个接一个地发出怪叫，连滚带爬地四下散去，畏缩的样子着实像极了一群丧家之犬。

"哼，一群狗仗人势的杂碎。"我与凤莨就在不远处看着这一切，却没有上前阻拦，一是念着师父刚才的那句话，二是我们本就在这些人身上受了不少闷气，现在谷梁轩这个谷梁家三少爷帮着我们发泄出来，我们拍手称快尚且来不及，怎么会傻乎乎地出手去拦？

"真该抓住一两个打残了才好。"凤莨有些惋惜地叹道，显然是对谷梁轩放过那些看门狗有些不过瘾。

我笑笑："我看我们还是快些跟进去，免得谷梁兄火气发泄得太过了，真的伤了什么人物，那才叫糟糕。"

一言既出，我们立刻紧跟着在一片烟尘中踏进了丞相府的大门。

这是我第一次真正踏入商都的谷梁丞相府，进门入眼的便是一个以方白石铺就的广场，周围三面环屋，还架起了溪流云桥，屋子也是红墙飞檐琉璃瓦，墙角镶上了金边。只看这前院，我就不禁咋舌，这一个丞相府的架势，俨然一座小型皇宫了。

而此时的谷梁轩，正站在我们正前方的广场上，背负双手，周身萦绕着一股冷峻的气息，再看他的四周，已经被一圈身着甲胄的家丁包围，数十根长矛齐刷刷地指着他，矛尖映射着阳光，跳出冷艳银芒。

"死，或者滚，你们选一个。"

谷梁轩沉静的语气仿若九幽传来的声响，冰寒得不带一丝人世气息。

那些家丁互相看了看，却都没有动作，只是一名像是头领的人从队伍中走了出来，对着谷梁轩一抱拳，道："三少爷，你这是何意？"

"叫萧淋出来，我或许可以饶过你们。"谷梁轩抬脚往前迈了一步。

那头领立刻感觉到一股肃杀的气场笼罩了自己，不禁向后退了一步。他也曾上过战场，有几分本事，立过不少军功，因此才能得萧元帅赏识将他调配到丞相府来当这值守统领，不料面对眼前这位白净书生模样的青年，他竟然周身上下都提不起力气，竟然还有一丝……胆怯。

他摆摆脑袋，定住脚步，沉声道："三少爷，你若是想见夫人，大可直接由下人通报拜见，为何要这般气势汹汹，像与夫人有什么深仇大恨一般？"

这话仿佛说到了谷梁轩的气头上，他冷笑一声，又说了一句："你让是不让？"

"望三公子切莫冲动，这里毕竟是丞相府！"头领的右手已经不动声色地按在了腰间的剑柄上，就看接下来谷梁轩会有何动作。

"看来这领队的也不是没有脑筋。"我与凤莨站在大门口看好戏般地瞧着这一切，凤莨似笑非笑道："他至少还明白尽量不要兵戎相见的道理，提点谷梁轩场合与自己的立场，算是给足谷梁轩台阶下了，可惜……"

我微微一笑，接过话："可惜，他完全不知道一个人在愤怒的边缘时，行动往往会胜过一切理智……"

我话音刚落，那边已然动手了。

谷梁轩也是恼怒到了极致，懒得与他们废话，右袖一展，挥掌就朝那头领的胸口轰去。

头领料不到谷梁轩竟然会突然发难，一时间闪躲不及，只好沉身稳步，抬手结防，准备硬接下这一掌。

哪知谷梁轩这一下竟然只是虚招，见那头领扎起马步稳扎稳打的样子，他却灵巧地一转身，手掌只是蜻蜓点水一般从头领身侧滑过，出乎所有人预料地拍向站在头领左侧的一名家丁的面门。

那家丁猝不及防，被一巴掌狠狠地抽在脸上，身体立刻斜飞出去，又撞倒了两名家丁。

"好！"凤莨拍手喝彩起来，我也忍不住眉头一挑，可是转念一想又觉得气氛古怪无比，我们本是来拦着谷梁轩不让他干傻事，现在却在一边兴致勃勃地又是围观又是叫好，已经完全分不清立场了。

"少爷好本事！"头领立刻反应过来自己着了谷梁轩的道，恼怒地拔出佩剑就要讨回刚才丢的脸面，不料他还没碰上谷梁轩的半片衣摆，眼前蓦然闪过一道白光，带有丝丝透骨的寒意，直扑眉心而来。

他不敢怠慢，举剑就挡，当的一声巨响，头领被震得连退了三步，虎口颤动不已，差点就要拿不住剑。

那只九天冰蚕蛾一击得手，就得理不饶人般化为一道流光忽上忽下，尽挑头领难受的地方撞，头领被它缠得左支右绌，一时间毫无还手之力。

再看其他的家丁，谷梁轩游龙一般穿行其间，东拍一掌，西踹一脚，再配上一群凶悍的蛾子从旁助阵，纵然他没有下狠手，一时间也叫这些不识抬举的家丁们叫苦不迭。

"你且去吧！"谷梁轩朗声笑道，一掌落下，最后一名站着的人终于不支倒地。

"对付十三个蛮子，半炷香的时间都没用到，璇璞，换作是你，结果又如何？"凤葭对我眨巴眨巴眼睛。

我苦笑一声："姑奶奶，现在可不是拿我开涮的时候，再不跟紧一些，谷梁兄就要没影子啦！"

说罢，我直接朝院子里冲去。

"哼。"凤葭没好气地瞪我一眼，也抬步跟上。

此时谷梁轩已经掠向中庭，周围又有大量的家丁围过来，他也懒得搭理，足尖发力跳上了屋檐，前进的速度越来越快。

我与凤葭紧跟而上，与那些后来的家丁撞了个正着。

"何人如此大胆，居然敢擅闯丞相府！"

那些家丁估计抓不到谷梁轩，憋出了一肚子火，见着我们两人，二话不说，抬枪就刺。

"嘿，你们这些蛮子好不讲道理，我们怎么说也是你们家三少爷请来的客人，你们不奉上茶水就算了，这破铜烂铁的就是你们丞相府的待客之道吗？"凤葭笑盈盈地说着，下手可并不慢，扬手就撒出漫天的白色粉尘，粉尘迅速扩散，那些家丁刹那间全像软了脚的虾子一样，纷纷倒地不起。

"这些麻药足够让他们睡上两三个时辰，不劳我们费那冤枉力气了。"夙萁笑道。

此时我们已经紧跟着谷梁轩进到了丞相府主宅之后的中庭，这里又是另一番景象，原本的小桥流水亭台楼阁因为大片家丁的出现而大煞风景。

谷梁轩背负着双手，一步一步朝里屋的方向走着，九天冰蚕蛾们惬意地舞动在四周，仿佛一阵风就可吹走，可是谁都知道，那些外表漂亮的虫儿若是发起狠来，顷刻之间就会变成杀人不眨眼的利器！

"谷梁轩，你这是要干什么？"中庭里最为显眼的一间屋子门户大开，谷梁蓉满脸怒色地大步而出，"你好大的胆子，朝廷命官的府邸可是你说闯就闯的？"

谷梁轩只是淡淡地望了他一眼，轻声道："闭上你的狗嘴，不然我杀了你！"

"你！"谷梁蓉满脸怒色，嘴角抽动了半晌，突然像是想起了什么，轻蔑一笑，道，"也罢，与你这野种说不清道理。"

谷梁轩移过视线，一动不动地凝视着谷梁蓉。

谷梁蓉的表情僵硬了那么一刹那，随即又恢复原状："怎么，你这野种有意见？"

周围飘过一股寒气，我的心轻颤一下，暗道，这谷梁蓉如此不识抬举，也难怪谷梁轩会这般生气。

谷梁轩朝谷梁蓉的方向走了两步，沉声道："你有胆子就再说一遍！"

"哈！"谷梁蓉一下笑出来，"你以为装凶悍些就能吓到我了，我呸，你就他妈是个野种，想不认账？啧啧，死不要脸的本事跟你那个骚货的娘比起来也差不了多少……"

咻！谷梁蓉的话说到一半，数道白影已经四面八方地朝他围剿而去，谷梁轩更是飞身而起，碧玉笛在嘴边音调凄厉，震得人耳鼓发颤。

"不好，快拦住他！"我们只是一个疏忽间，谷梁轩便已经欺近到了谷梁蓉身前，所有人都被这突然而来的变化惊诧住，竟然没有一人想起去阻拦。而谷梁轩又被刚才谷梁蓉一番挑衅的话给激起了真火，招数气势汹汹，已然带上了杀手。

我飞身上前，想接下谷梁轩这一击，奈何他速度实在太快，冰蚕蛾翅膀滑动带起的弧光，已经与谷梁蓉的咽喉近在咫尺。

"完了。"我只来得及飞射出掌心凝结出的一道剑芒，至于能不能挡得住，则只能听天由命。

砰！就在谷梁蓉要毙命的当儿，中庭正前方的主屋内突然爆起一团白光，接着，一道掌影将主屋的一侧窗户击得粉碎，刹那间就来到了谷梁轩身前。

谷梁轩立刻察觉不妙，也顾不得谷梁蓉了，笛音一变，数只九天冰蚕蛾掉转方向，朝那掌影迎了上去。

又是一声巨响，撞上掌影的蛾子们纷纷倒飞而回，好半天才展翅在半空中凝住身形，而那掌影也甚是了得，扭曲了好几下，竟然没有消失，直挺挺地击在了谷梁轩的胸口。

谷梁轩闷哼一声，脸色瞬间变得惨白无比，身体随着那掌影倒退了数丈，我上前想揽住他，谁料手臂刚接触到谷梁轩的身体，顿觉一股沛然大力顺着手臂的经络传入，胸口一闷，丹田中内息急转，好半天才化去那骇人的力道，扶着谷梁轩轻飘飘地落在地上。

谷梁蓉大难不死，脸色惨白地怔怔地退了数步，靠着墙壁急喘了好几口气，半天没有缓过神来。

主屋的大门缓缓打开了，门口出现一名面如冠玉的男子，男子穿着青色缎衫，腰间垂玉，眉目深沉，与谷梁蓉有一双如出一辙的狭长双眸，只是与谷梁蓉的阴寒比起来，这人眸子里，更多的却是一股老成的韵味。

"谷梁甄……"谷梁轩低沉地念道。

看来这人就是谷梁家大公子，谷梁蓉的胞兄谷梁甄。

刚才那一掌，莫非是他所为？我心里暗自想着，逐渐凝神戒备。

谷梁甄信步迈出屋子，似乎对这府邸中的动乱有些不以为然，更是不去理会周围如临大敌的家丁与不远处的我们，而是让开道，挽住了一名从屋子里缓步而出的贵妇。

我明显感到谷梁轩的身体震颤了一下，心里立刻了然，这妇人，多半便是谷梁丞相的正房夫人，对谷梁轩的娘施以毒手的萧淋。

"萧淋！"谷梁轩声音沙哑地嘶吼着，身体颤动的幅度越来越大，我转头对他说切莫冲动，然而他却似乎完全听不进我的任何言语。

"谷梁轩！"萧淋走到那些家丁环绕着的正中，厉声呵斥道，"你这是什么意思，冲到大宅里来又打又闹，甚至还想对蓉儿施以毒手，在你眼里还有没有王法可言？"

"哈哈，王法，你跟我提王法？"谷梁轩长笑一阵，双眼就要喷出火来，他一字一顿地说着，"萧淋，十几年来你费尽心机打压我们母子二人，我与娘亲哪次不是处处忍让？这宅子里容不得我们，那好，我们搬走；你厌烦看见我，那也好，我便少在你们眼前出现；但现在，你将我娘亲迫害得如此之惨，还有脸跟我提王法，你信不信我今天就杀了你！"

"少安毋躁。"我轻拍他的肩。

"杂碎到底是杂碎，今天这里由不得你放肆！"萧淋对他的控诉显得丝毫不以为然，放声叱道，"你以为我看不出你的居心吗，仗着自己有几分本事，便趁着老爷重病垂危的时候来惹是生非，不也是惦记着这世袭的爵位？估计也是你那该死的娘支给你的招吧，可惜了，我却偏不让她如愿。来人哪，将这逆子拿下，交由卞京知府柳大人发落！"

家丁们再度缓缓向我们包抄，而在这时，一道伶俐的声音却突然响彻庭院。

"哎呀，真是林子大了，什么鸟儿都有，也不知道这是哪里来的泼妇，披上一身花衣裳还就真把自己当丞相夫人了，不要脸能修炼到这步田地，小女子我可真是要顶礼膜拜了。"凤莨笑盈盈地一边抚着鬓发一边说着，声音清朗，直传进了在场所有人的耳朵里。说罢，她还似模似样地对着萧淋一福身。

我一下笑出来，心里顿时大为畅快。这萧淋刚才那番话别说谷梁轩，连我听着都不是滋味，凤莨这般一通冷嘲热讽，我可真是拍手称快。

想那萧淋千金之躯，养尊处优，哪里受过这种气，嘴唇直抖，抬手便指着凤莨喝道："哪里来的小丫头，居然如此嚣张！"

"嘿，老太婆，这就急了，难道是被我说中了？"凤莨歪着脑袋，睁着一双水汪汪的大眼瞅着萧淋，继续道，"不过啊，小女子还真是羡慕您呢，您说您这个年纪值得这般动怒吗？照理说女人过了七十再泼辣都该变成腌酱瓜了，不过现在看您这架势，少说再过十年都不见得会蔫下去哦！"

我不禁莞尔，眼前的萧淋保养得当，看上去虽不算风华正茂，也不是已经人老珠黄之辈，哪知凤莨这话暗道她外表看着就像是年过七旬的老妪，这对于那些百般在乎自己外貌的女人，真的是致命一般的打击。

果不其然，萧淋听闻这番话，身子颤了两颤，扶住身边的谷梁甄才好不容易站稳，插在头上的发簪流苏因为愤怒而上下乱颤，她失声大叫道："卫兵，将他们拿下，统统拿下！"

"就怕你不来，今天我就取了你的狗命为娘亲报仇！"谷梁轩挣脱开我，笛音一个猛的变调，九天冰蚕蛾纷纷从翅膀上抖下数不清的晶光，整个中庭内的温度开始急剧下降。

"谷梁兄，你切莫冲动，今日我们就到此为止，快些回去吧。"我上前拦住他，心里多少还是对刚才发出那道掌影的人有些忌惮。

事情若是再闹下去，说不定会不好收场。

谷梁轩却眼神冰冷地道："这是我的家务事，璇兄，你且让开。"

我进也不是，退也不是，站在那里好不尴尬，只好不停地给凤莨使眼色，要是再闹下去非得越闹越大最后一发不可收拾了，现在唯有先把谷梁轩弄出去，才能控制住局势不至于太糟糕。

哪知凤莨眨眨眼，竟然对我的暗示视而不见，反而轻轻绕着自己鬓角垂下的发丝道："这老太婆我实在是看不顺眼，教训教训也不妨事。"

"凤莨你……"我顿时傻眼了。

"放心璇璞，我会有分寸，谷梁轩就交给我来看住了，保证不给你添乱。"她盈盈一笑，大步走上前，对着那些冲我们虎视眈眈的家丁道："你们来啊，看看今天谁有本事能拦着本姑娘抽那老太婆的嘴巴子！"

话音一落，她与谷梁轩双双向前冲去，只把我一个人孤零零地撂在了原地。

这，这简直就是在添乱！

若是只有谷梁轩一人，我多半还能想办法拦下来，可是现在凤莨也不知葫芦里卖的什么药，居然跟着他一起胡闹，若是再这么折腾下去，惊动官府，大片的军队来了，我们一个都跑不了。

我正苦恼间，凤莨已经青光环绕地甩出去两名家丁，谷梁轩下手更为狠辣，笛音操控着数只蛾子流星一般撞倒数名家丁，双脚也不闲着，将一双腿上功夫发挥到极致，让那些家丁难以近身。

"大木头，你还愣在那里干什么？"凤莨又打翻一人，趁着这个当儿回声冲我喊道，"在那儿看戏很好玩吗？"

不过凤茛这话明显已经喊得晚了，好几名家丁见我站在原地一动不动，早已朝我扑来，估计是觉得谷梁轩与凤茛太过棘手，而我多半就是个好捏的柿子。

我轻叹一口气，斜眼望着欺到近前的几人，也不打算伤了他们，手中剑芒一闪，与他们擦身而过，那些士兵愣了片刻，几欲转身再追，不过立刻接二连三地摔倒在地，扑腾半天也没能爬起来。

我也懒得去回望他们，心道，割断你们的裤带子已经算是下手最轻的了，识相点的就躺在那儿别起来吧。

"呵呵，没想到你一出手就是这般损人的把戏，果然有趣。"凤茛望了望那些被滑落的裤子绊倒的士兵，似笑非笑地望着我。我插入人群中又割断两人的裤带，无奈地道："刀剑无眼，难道你要我大开杀戒不成？"

"也罢，这般打下去也没意思，倒还不如速战速决。"凤茛立刻学着我的样子，专门盯着那些士兵的下盘打，其他的士兵看见因裤子滑落而倒在地上面红耳赤的几人，气势立刻软了去。我们几人下手越发明快，一炷香的工夫没到，在场的所有家丁全都被打趴在了地上。

谷梁轩长出一口气，步伐坚定地朝萧淋走去，萧淋早已被我们的这番气势给吓傻了，颤声道："你……你要干什么……"

"杀你。"

简短两个字，让萧淋慌乱地退了好几步。

谷梁甄一下拦在了萧淋面前，喝道："三弟，你真要这样做？"

"让开，不然我连你也一并杀了！"碧玉笛被再度举到唇边，谷梁轩怒目道："谷梁甄，谋害我娘亲，你也有份吧？"

谷梁甄眼神中闪过一道微光，答道："我的确是没有劝阻。"

"你倒是坦诚，这笔账我总会和你们算！"谷梁轩轻笑道，"大哥，念在这些年来你对我不薄，你现在让开，我便放过你。"

"不成！"谷梁甄的态度却相当决绝。

"谷梁兄，"我拉住谷梁轩，"停手吧，再这么胡闹下去，对谁都不好。"

凤茛也凝声道："谷梁轩，现在你玩也玩够了，还不值得为这老太婆大动肝火，有些事情不宜太过冲动。"

可谷梁轩似乎并未将我们的话听进去，依旧是步步紧逼。我与凤茛对视一眼，现在唯有从后面制住他强行带他离开，不然这般拖下去只会越来越糟。

萧淋已经退到了门口，忽然间，她转身推开门冲进去，大叫道："廖国师救命！"

我们三人都被她这番动作弄得愣住了。

刹那间，我立刻反应过来，这萧淋明知谷梁轩不是几个普通人能对付得了的，还能如此有恃无恐，定然有什么后手，再加上方才救了谷梁蓉的那个光掌印……

"小心了，看来廖青枫在这里。"我沉声道。

凤茛的表情在刹那间变得严肃无比，谷梁轩的眼神透着古怪，缓缓落下笛子，凝视着敞开的大门内。

不多时，果然见一素衣老者负手走了出来，而他背后，萧淋正亦步亦趋地跟着。

"没搞错吧，廖青枫就是他？"凤茛发出难以置信的声音。

我也瞪着双眼上上下下将那老者打量了个遍，打着补丁的道袍，粗麻裤子黄草鞋，灰白相间的头发杂乱无章地用树枝插成一个髻，两边脸颊还像酒过三巡似的泛出淡淡红光，一双眼睛无精打采。

而最不可思议的，是他嘴里还叼着一片柳叶，硬生生地把原本带有的那一丝仙风道骨给散了个干净，活脱脱一副落难的痞子道士样。

我心里也不禁嘀咕起来，虽然我明白有些人不可以貌定论，但若商都国师真是这副样子，那丐帮帮主，非得直接由朝廷封王了不可。

不过，我们不相信是一回事，谷梁轩见着那人已经微微垂下了头，低声道："见过国师大人。"

"天哪，居然还真是！"凤茛再一次惊呼道。

哪知这廖青枫对凤茛的话充耳不闻，只是眯着一双小眼睛上下看了看谷梁轩，声音嘶哑地道："你就不能退一步吗？"

"不能！"谷梁轩没有抬起头，但语气坚定。

廖青枫再问："连我的面子也不给？"

"今日我一定要萧淋血债血偿！"

"好小子，够胆识。"廖青枫突然呵呵笑了出来，末了，笑容戛然而止，叹道，"动手吧，让老夫看看你现在有几分身为御音师的真本事。"

廖青枫细小的双眼中精光大放，言下之意竟然是要与谷梁轩动手。

"慢着，你身为国师，欺负小辈算什么本事！"凤莨插嘴道，"谷梁轩我们自然会把他带走，这里就用不着你来插手了，国师大人！"

廖青枫盯着凤莨看了看，语气随便地道："你们以为擅闯朝廷命官的府邸之后，就能如此便宜地离开吗，况且还打伤了那么多的人。今日之事，恐怕老夫还要上奏皇上，并且给丞相一家一个交代。"

我眉头一皱："廖国师这话，是想将我们尽数留下了？"

"非也，非也。"他笑得越发诡异，"不是老夫想留下各位，是各位的所作所为实在是太过分了一点，所以必须给这里的所有人一个交代。"

凤莨却突然咯咯笑了起来："国师大人，你不觉得现在你的这德行，特别像那些故意摆出一副道貌岸然无可奈何的样子，其实就是执意要护短的老头吗？"

接着，还没等对方做出反应，她又道："人家谷梁轩是谷梁丞相的三少爷，上家门来找麻烦最多算是人家的家务事，你充其量不过是和我们一样掺和进来的外人，厚着脸皮想对付我们就直说，不要打着什么擅闯府邸的幌子。"末了，她又指着一直缩在廖青枫背后的萧淋笑道，"当然，如果你肯承认自己是这老太婆的姘头，那就另当别论了，帮着自己人找麻烦也没错，啧啧，老头子配上老太婆，还真是绝配啊！"

我呆呆地听着凤莨讲完这番话，虽然觉得有理，不过感觉也太过奇怪了些，再看廖青枫，只是伸出两指捻了捻胡须，语气平静地道："好一个牙尖嘴利的丫头，着实该打。"说完，他竟然突然出手，一个闪着白光的掌印就拍向她。

好在凤莨并不糊涂，早在出言调侃的同时就已做好了准备，见那掌印临身，也不恐不惧，反而同样地挥掌而上。

"奇术·拂柳神印！"

青色掌印瞬间扩大，飘飞出去，与那白色掌印撞在一起，两道掌印胶着片刻，双双消弭于无形，廖青枫站在原地一动不动，而凤莨却退出去五步，脸色一阵发白，好在看起来没有受伤。

廖青枫这般突然出手，已是点燃了最后的导火索，谷梁轩笛声响起，冰蚕蛾瞬间扑向廖青枫，其飞行中所带动的劲风扫过我脸颊，竟然让我觉得生疼，看来对手是商都国师，谷梁轩是倾尽了全力。

"嘿嘿，这几只当日我送给你的小虫儿，今日你倒用来对付我了，真是想也想不到！"廖青枫轻笑一声，身体飘然旋转，冰蚕蛾撞在他扬起的衣摆上，一阵叮叮当当的声音响起，竟然被尽数弹开，连他的一点皮肉都没碰上。

谷梁轩一击失手，立刻朝后方飘身而退，刚好与廖青枫回身过来反击的一掌险险擦过，我右手摊开，见准时机，剑芒激射而出，一招"流星赶月"电射向廖青枫亮出空门的右肋。

"小子好厉害的手段！"廖青枫赞叹一声，身体居然不可思议地一扭，变成横在半空中的架势，伸手探下夹住了我的剑芒。

"这招气势速度还行，就是火候不够，你还是再回去多练练吧。"他嘿嘿一笑，指尖发力，顿时将剑芒折成点点光星消散在空气中，再一拂掌，以掌风将我震退了三步。

"怎么样，你们还要再打吗？"短短数招便将我们三人尽数逼退，廖青枫优哉游哉地将双脚落回原地，看着我们的眼神就像是坐收最后利益的渔翁。

"看来外边传言廖国师修为通天，果然不是吹的。"虽然我们三人联手都没讨到什么便宜，但是凤莨的语气听起来依旧不慌不忙。

我凝神戒备，双掌暗暗蓄劲，就听见廖青枫不紧不慢地道："你们也不用太急躁，鉴于你们并没有杀人，这次送审，本国师自会建议柳知府从轻处罚，蹲个三五天的牢就过去了。"

凤莨突然笑出来："呵呵，要蹲你去蹲，今天我们还非走不可了，刚才是看你一把老骨头想着客气些，看来现在对一些倚老卖老的家伙果然是使不得好脸色。"她咬破了自己的食指，在掌心处比了一个奇怪的符印，接着双掌探平交叠于身前，眉目沉静下来。

我不知她又要使出什么招数，也不急于上前，只是掌心暗自蓄劲，只等廖青枫有什么变化，我便立刻可以使出雷霆一击。

"奇术·万色染天！"

周围的空气随着凤莨的低喝瞬间变得沉重，我腰间一沉，仿佛被人在身上裹了一团黏黏的糨糊，丝毫动弹不得。

我艰难地挪了挪四肢，发现只不过是一个小动作，都让我出了满头大汗。

凤莨十指变化，两道青芒从指间射出飞射到我与谷梁轩的身上，那股黏着感顿时消失，我长出一口气，行动又开始变得灵活起来。

"你们两个快些，我只能限制住那老头的行动一会儿，赶快把他打趴下了我们好走人！"凤葭大声喊道。

我立刻会意，看着廖青枫皱起眉头的样子，定是受了凤葭这招的牵制，像我们刚才一样变得乏力。我自然是不会放过这机会，举剑就朝他刺去。

"嘿，看来你这女娃子也不光是嘴皮子厉害。"廖青枫话说得轻松，可动作却一点不慢，就见他五指虚抓，探手过来，又想徒手抓住我的剑芒。

可惜这一次我哪里还会如他的愿，剑芒突然消失，紧接着我再腰间一沉，亮出了身后紧跟而来的数道白色光影。

其实方才凤葭使出这招万色染天的同时，便传音于我和谷梁轩，要我俩使出这招合击之策，毕竟廖青枫不是常人所能度之，唯有突发奇兵这一条计策，方可寻着间隙好让我们三人突围。

因此，我正面强攻不过是为了身后藏着的九天冰蚕蛾打个幌子，待我身体出其不意地沉下去，谷梁轩就可以立刻操控那些蛾子瞬间发难，达到事半功倍的效果。

果然，廖青枫定是没有料到我们会来这一手，只是千钧一发之际手掌已经探出难以收回，他竟然学着我的样子往地上一扑，十分狼狈地躲开了这一击。

这国师大人真是不顾惜自己的脸面，样子居然这般难看，我心里暗道，而不远处的凤葭早已笑了出来："呵呵呵，廖国师好本事啊，这身法估计就是那传说中的'懒驴打滚'吧？"

廖青枫老脸一红，右掌猛一拍地，身体腾空而起，竟然是朝凤葭扑去。

"你这女娃，着实该打！"嘴里这般喝着，看样子他是要先摆平凤葭了，不过看他的身法速度，较之前相比慢了不止一成，定然是被凤葭的奇术所牵制，因而实力大大受挫。

我当然不能让他如愿，从后面紧追而上，剑气激荡，使出《无极剑诀》中一连三招"气化太虚""长虹贯日""落阳诀"，辅以九天冰蚕蛾的助攻，紧紧封住廖青枫的所有动作，逼迫他不得已停下身来与我周旋。

"嘿，我说这剑法路数怎么这么熟稔，原来是公孙锦的那些小招小式，不过你耍起来可比他差远了！"廖青枫一面笑着，突然两腮一鼓，喷出了一直咬在牙边的那片柳叶。

柳叶速度极快，霎时便来到我身前，我心里一凉，这廖青枫定然是看出了我剑法的所有路数——无极剑式招招精妙，唯一只有那么一线空门无法顾及，这片尖锐的柳叶，就是寻着那仅有的空门缝隙，直直地射向我的咽喉。

无法，我只有抽剑回防，招式立破。

廖青枫一击得手，便不饶人般地一通猛打，若不是凤莨的奇术让他此时动作稍慢，估计我不下片刻就会落败。

呜呜——见我处境已经险象环生，谷梁轩的笛音再次变调，他面色泛起潮红，而那些蛾子更是像疯了一般围着廖青枫飞速旋转。廖青枫面色变了变，闪身想要脱离开蛾子的包围，不料突然手脚顿在半空中，已是走不脱了。

我凝神细看，才发现每只蛾子的尾部都拉出了一条细不可见的丝线，数十根丝线由上而下分别缠住了廖青枫身上的各大关节，紧接着，他身上被缠住的地方，开始结出一层薄薄的冰甲。

我压力大减，不放过这难得的机会，对着廖青枫就劈头一剑斩下。

就在我以为要成功的时候，面对我的剑锋，廖青枫不但没有露出任何慌乱的表情，反而看也不看我，而是意味深长地望着谷梁轩，说道："没想到短短两年光景，这些蛾子便能吐出冰蚕丝，果真把我吓了一跳，不得不说，如果对上别人，遭这无力不破的九天冰蚕丝缠上，那是再也无法挣脱了，不过……"

他话锋一转，身体突然动起来，那些原本缠绕在身上的纤细丝线腾起一阵轻雾，全都铮铮断裂了。

轰！我只觉得一股热浪自下而上迎面扑来，远远地，听见谷梁轩大喊："不好，四灵咒，公孙兄快退！"

然而谷梁轩已经喊得迟了，廖青枫双掌轻拍，无数炙热的气劲交汇盘绕，竟然形成了一个燃烧着的硕大龙头，地上散落着的枯叶受着龙头的高温炙烤，凭空燃烧起来，更给廖青枫这招增添了一股霸气。

我身子依旧在向前冲，这短暂的时间里我完全无法抽身而退，而那火红色的龙头已经张开大口，露出满嘴獠牙，气势骇人。它触须延长，顿时迅雷不及掩耳地缠上我的四肢，将我锁定在半空中。片刻工夫，受到遏制的人却由他变成了我，不可谓不好笑。

热浪扑面，我的脸颊已经崩开了数道血线，廖青枫站在龙头之后似笑非笑地看着我，轻声道："小子，我看你们还是乖乖地束手就擒吧，不然与我这招'炎龙出狱'硬扛，恐怕不死都得脱去半条命。"

凤茛与谷梁轩站在原地，见我受制，却不知如何是好，只能满脸急切地苦想对策。

眉心突然开始突突跳动起来，我大惊失色，急忙凝神将那些勃然而出的玄光压制回去，心里暗骂道："黑老妖，你出来简直就是找死，给我乖乖待着！"

黑崎不安分地叫骂几声，却被我直接打压回去，开什么玩笑，一只千年老妖出现在卞京，恐怕到时候眼前这廖青枫就要第一个为民除害了。

"怎么样，你还是要这样负隅顽抗？"廖青枫悠闲地捋了捋胡子，又问。

"国师大人，你还和他们这般废话干什么，我看直接将这些人打残了收押最好不过。"萧淋见廖青枫已经稳坐胜局，也壮起胆子站出来怒斥道。

廖青枫斜着眼睛看了看她，没说话。

我暗暗运劲，筋脉一阵肿胀，被红链缠住的皮下开始渐渐透出一丝丝幽光，但这火龙的触须却坚韧无比，以我目前的本事，太难挣脱了。

然而就在这时，我耳边突然传来一道声音："剑尖挑那龙首眉心向上三寸处，'炎龙出狱'立破。"

我大喜，顿时明白这声音的主人正隐身在暗处。于是我立刻没了后顾之忧，暗自运劲，手中剑芒突然伸长，不偏不倚地点中了前方龙头眉心上三寸处一处闪着红芒的地方。

"嗷呜！"廖青枫猛地回过神，然而为时已晚，那龙头发出一声惨叫之后，顷刻之间化为漫天火光，消散得干干净净。

我抓住这难得的机会，身体一脱出便飘身上前，又是一招"长虹贯日"，数个呼吸之内连刺廖青枫百会、天窗、章门、曲池、命门等数十大穴。廖青枫低喝一声，运起双掌相挡，只听一阵接连不断的铿锵碰撞声响起，廖青枫竟然短暂地被我完全压制在被动状态，直退了好几步。

"廖青枫除了精通奇术'四灵咒'外，尚有两大绝技闻名于世，一个是修炼内家功夫的'朝圣心经'，另一个则是奇功'三破阴阳'。"

我一边抡剑挥劈，一边听闻耳边那声音不疾不徐地拆卸着眼前廖青枫的招式。

"这招是'三破阴阳'中的青珂盘丝掌，不必理会他拍你前胸那掌，直接挑剑，'流星赶月'刺他面门。"

我闻声而动，丝毫不管廖青枫拍向我胸口的一掌，直接由下而上刺向廖青枫面部。

廖青枫轻唉一声，迅速收回手掌，身体后仰，闪过我这一剑后又侧身扬脚踢向我腰间。

"转身，将背心亮给他，剑往左上斜挑！"

我眉头一皱，这一招真的好没道理，但也来不及细想，依言转过身，不料廖青枫这一脚临近了却是走的偏路滑向我小腹，我这恰到好处的一转身，刚巧避了过去。

我不再犹豫，也不回头，剑尖直刺斜上方，突然听闻一阵布袍被割裂的声响，再抬眼看时，廖青枫正浮在我左上方，右掌前伸，双眼带着惊异与复杂的光芒望向我，而此时我的剑芒正是不偏不倚地刺进了他的右袖里，在离他胸口还有不到三寸之地反被他左手截住。

"松手，趁着机会，拍他肋下！"

话音一落，我已然行动。

廖青枫的脸色也越来越沉静，双眸精光大放，动作竟然越来越快，而我循着那声音，像是早已看穿他的招数似的，处处出其不意，因此虽然廖青枫的本事高出我一大截，一时却也攻我不下，二人处在胶着的状态，数十回合依旧难解难分。

见我顺利，谷梁轩又立刻操控着那几只蛾子加入了战团，凤莨也闪身而上，与我合击廖青枫，这一来二去又过了几个回合，局势开始缓慢地朝不可预料的地步发展。廖青枫毕竟本事摆在那里，刚才被我打了个措手不及才被压制，现在他已经拼出了真火，掌影翻飞，已经分不清哪些是实的哪些是虚的，很快就又将我们压在了下风，若不是耳边的声音不断提点着，我们已然败了。

"老头，看掌！"凤莨娇喝道，趁着廖青枫专心对付我的时候对他背心拍出一掌。

"等的就是你这招！"廖青枫突然朗声一笑，大袖震开一直如附骨之疽的数只蛾子，猛的舍我回身，探手扣住凤莨的手腕，一拉一拂，接着又是一招"青珂盘丝掌"直接印在了她胸口。

噗！凤莨仰头喷出一道血箭，身体横飞出去撞到一边的花坛，原本摆在花坛上的数个瓷盅花盆立刻被撞得粉碎。

"凤莨！"我与谷梁轩同时喊出声，谷梁轩立刻停下笛音，三两下赶至凤莨身边将她扶起，我更是窝了一肚子火，剑诀连变，招招尽是不要命的打法，恨不得将眼前这个道貌岸然的老头大卸八块。

但我一招还未使完，忽闻他道："老夫不陪你们几个小朋友玩了，都请歇歇吧。"说完，他身影突然消失了。

"这是奇遁身法，他在你后面！"耳边的声音立刻出言提醒，我转过身，只能看见一掌挟带着千钧力道朝我打来。

这一掌力道虽大，但动作较之刚才却慢了不止一成，看来廖青枫是想趁我闪避开的当儿将我生擒住。刹那间我脑海里闪过千百个念头，现在凤莨已经受伤，我们本就不是这廖青枫的对手，能拖到现在已属不易，若我被捉住，那就败局已定了，如果真的被交予官府，查出了我的真实身份，那想要帮助父皇除去内贼的所有想法，都成了竹篮打水一场空。

面对那渐渐逼近的手掌，我一咬牙，停下了所有的动作，不闪也不避，直接站在了那里。

我的反应完全出乎廖青枫的预料，他大惊失色，想要收掌，无奈距离太近，已是不能了。

刹那间，我只感觉脸颊边吹过一阵风，一道白影瞬间出现在我身前，与廖青枫对了一掌，二人身体皆是一震，各自退了三四步，才停下身，互相凝视着对方。

"哈哈，我就料到你一定潜伏在附近，若没有你提点，这小娃儿怎会如此知晓老夫的每招每式？"廖青枫愣了片刻，捻须大笑道。

师父却只是沉静地开口道："廖青枫，没想到过了十五年，你的本事还是没有丝毫长进。"

我惊喜道："师父，你终于肯现身了！"

师父斜眼看了看我，语气颇为无奈："你这小子什么时候学会耍滑头了，明知自己能躲开，却偏要借着这个机会把我逼出来，看来在外面打混这些日子，你别的没学到，怪把戏倒是学了个全。"

我吐吐舌头，没想到师父如此轻易地就识破了我的想法。没错，我正是想着再这么打下去也不是办法，还不如趁机将一直不肯露面的师父卷入战团，还会比较有胜算。

廖青枫傲然道："怎么，你既然现身了，是想将这些闯府之人全数带走吗？"

师父颔首："不错。"

"嘿嘿。"廖青枫嘴角一勾，"果然有趣，刚才那小子是你徒弟吧，虽然功夫差些，但剑法倒使得有模有样。"

"多谢廖大国师赞誉，小徒能有此机遇与廖大国师过上个几十上百招，已经是天大的福分了。"

我心里暗笑，师父果然骂人不带脏字，这话看着是在恭维廖青枫，实际却是在暗讽他倚老卖老，本事还不怎么样。这骂人的高明之处，我还得多学学。

廖青枫打了个哈哈，面色不变，也不知道有没有听懂师父话中深意。

"罢了，罢了，老夫今日就还你个人情，谁让当年输给你了。"

我们谁都想不到，廖青枫居然如此轻易地就挥了挥手，"赶快带着这几个后生去吧，多久没活动筋骨了，今日倒动了个爽快，我还要继续为谷梁丞相诊治，就不远送了。"

说罢，他转过身，又进了屋子。

"哼，这老道估计是知道自己斗不过咱们，当个缩头乌龟还要说得如此冠冕堂皇。"凤茛不满地轻哼一声，扶着谷梁轩站起来，"璇璞，我们走！"

我点点头，对师父说道："师父，我们走吧。"

周围还有一些站着的家丁，虽然满目不甘，却再不敢上前来阻拦。萧淋倚在门边，慌乱地看了看我们，突然发现谷梁轩依旧在恶狠狠地盯着她，她哆嗦了一下，也闪进了门里，倒是再也没有方才在门口作威作福的仪态了。

谷梁甄摇摇头，走到早已瘫在地上一动不动的谷梁蓉身前，扶着他走出了中庭。

师父在原地站了片刻，突然朗声对门里道："廖青枫，事到如今，你还是不愿相信我的话吗？"

廖青枫的声音幽幽传来："我若是那时就相信，又与现在有什么区别呢，还会白白操心十几年？"

师父笑道："你若是早做防备，无弦又怎么会被歹人夺走？"

这句话一出，屋子里霎时安静了，久久不再有声音传出。

"罢了。"师父转过头，回身道，"我们走吧。"

谷梁轩双眼依旧是久久凝视着宏大的主屋，似乎可以穿透宽厚的砖墙。我递给他一个坚定的眼神，他了然一笑，方才一番恶斗，早已将他心中的愤怒宣泄得一干二净，毕竟有些事情，是永远不能用武力解决的。

"君子报仇，十年不晚，这以后，总有机会。"他握紧拳头，骨节铮铮作响。

我们转身朝外走着，堵住门口的家丁逐渐分开一条道，出了中庭，还没进到前院，突然一个仆从模样的人从后面跟上来，冲我们喊道："诸位留步！"

我们闻声都停下脚步。

那人气喘吁吁地跑到谷梁轩面前，道："三少爷，老爷他要见你。"

谷梁轩顿时愣了一下。

那人又道："还有，老爷说了，也请这几位朋友一同前去。"

这回惊讶的人是我们了，我们都与谷梁丞素昧平生，他见谷梁轩倒在情理之中，至于为什么连我们都要一同入内，实难揣测其深意。

"去吧，难道还怕他不成。"凤蓂道："廖青枫都没能将我们留下，这丞相大人还会有什么能耐，大不了，再打出去便是。"

我求证地看了看师父，发现他竟然点头了。

"我没意见。"我耸耸肩。

"诸位，请随我来。"仆从忙不迭地一拱手，于是我们又按照原路回了中庭，不过这一次，是长驱直入地迈进了主屋的大门。

踏进主屋，我再次被这丞相府的奢华所惊叹。

地上铺着厚实的绒毯，踩上去都没了脚背，周围宫灯高挂，虽然是白日，但屋内灯火辉煌，屋顶高逾两丈，绘着五彩，精致不可言说。

屋子尽头安放着一架巨大的屏风，上面绘着一幅壮阔的山水画，边上写着"锦绣山河图"五个斗大的字体，笔风苍劲锐利，再观那落款，正是谷梁成华。

"老爷的卧房在这边。"仆从往东边领路，撩开垂帘，又穿过一条周围嵌着壁画的回廊，带着我们走到尽头的一间房间前。

他敲敲门，恭敬地道："老爷，小的把三少爷带来了。"

屋门吱呀一声打开，开门的小丫鬟冲着我们一福身。我们依次进屋，整个房间里弥漫着一股药味，萧淋神色不明地站在房间内仅有的大床边看着我们，而廖青枫此时也坐在床沿，正握住一只枯瘦的手臂把脉。

见我们进来了，那枯瘦的手臂勉强抬起对着萧淋挥了挥，萧淋虽然心有不甘，但还是一福身，领着屋里的两个丫鬟出了房间。

"你来了……"沙哑的声音响起，断断续续，仿佛说话之人在下一刻就会咽气。

廖青枫将垂下的帘帐卷起，露出了正靠在床头的消瘦老者。

这是我第一次看见谷梁成华本人，实在难以想到，这个以谋略而闻名天下的一代商都名相，此时居然病恹恹恍若死人。

"是。"谷梁轩神色复杂地回了一句。

廖青枫道："老友可需要我回避？"

"不用了……"谷梁成华重重咳了两声，"有你在这儿，我也不会觉得太过愧疚……"

说罢，他抬起浑浊的双眼，凝视着谷梁轩道："你娘……她还好吗？"

这一句话瞬间戳到了谷梁轩的痛处，在场之人包括廖青枫都绷起了脸，生怕谷梁轩又一时冲动做些什么，然而谷梁轩却只是淡淡地答道："难道你刚才对外边发生的事情都一无所知吗？"

谷梁成华疑惑地道："刚才发生了什么？我只是听见廖国师说你来了，因此才差人找你过来……"

谷梁轩突然轻笑一声："你还真是不问世事啊，怪不得那些人可以肆无忌惮地对娘亲下毒手。"

谷梁成华愣了愣："什么毒手？"

"罢了，我就知道这件事早晚瞒不了你。"廖青枫却突然接过话，"谷梁轩的娘，被大夫人趁你不在的时候抓来动了私刑……"

"什么？"谷梁成华猛地撑起身子，不料却因为动作太快让原本就苍白如纸的脸色更是泛起一片惨金色。

"少安毋躁！"廖青枫眼疾手快地将他按回床榻上，掌心轻颤，输进汩汩真气平复谷梁成华体内翻滚的气血。

谷梁成华剧烈地咳了几声，依旧是上气不接下气地继续问："这，怎么会这样，小依她，她现在如何？"

谷梁轩紧咬嘴唇，将头偏过一边，不答话。我与夙莨见到谷梁成华这般病恹的模样，也不好开口，只是忍不住叹气，倒是师父面无表情地沉声道："她现在的情况，已经撑不过十日。"

廖青枫与谷梁轩猛地回过头，我更是惊异地望着师父，难道方才我们一通筋疲力尽的逼毒，最多只延续谷梁轩他娘十天的寿命？

"不可能！"廖青枫断然道，"公孙锦，老夫已经诊治过了，现在她的病情逐渐好转，怎的突然变为活不过十日了？"

师父古怪地望了廖青枫一眼，语气中有一丝若有若无的鄙夷："若不是你没探清情况胡乱下药，怎的会有这结果，现在居然还自以为给别人诊好了病，果然好笑。"

"十日……十日……"谷梁成华的声音颤抖起来，"你们说……这事是夫人干的？"

凤莨答道："那还用问，不然你以为谷梁轩为何会这般恼怒，直接打上门？"

谷梁成华愣了半晌，无神的眸光从我们身上渐渐滑过，老眼一闭，竟然滚落下一颗泪珠。

"我对不起她……"

凤莨接着道："你要是还是个男人，就马上休了那个蛇蝎心肠的女人，然后再拿住治罪！你是没看见谷梁轩他娘亲那个悲惨样，果然最是狠毒妇人心……"说到这里，她突然面色有些不对，意识到自己话语里的失误，赶紧不说了，轻咳一声将脑袋转向一边。

我看那谷梁成华只是靠在床沿上，却全没了动静。

廖青枫轻扶着他枯瘦的身躯躺好："又昏沉过去了，这恶疾也真是奇特，怎么都让人寻不着病根，就见他整天昏昏沉沉的，没多少时间清醒。"

我心想，大房二房闹起来，遇见这种事，恐怕昏过去才最好过吧，至少不用平白无故伤脑筋，这病来得也真是巧。

"公孙锦，你方才说，老夫胡乱用药？"廖青枫站起来，胡子一吹道，"老夫虽对医道不精，但潜修数百寒暑也略微可窥见天道，人界顽疾若不是已断生机的，又有几个我诊治不好？"

师父轻笑一声："呵，看来你不光做事草率，还刚愎自用，真是符合你国师大人的威名啊。"

说完，他缓步上前，握住谷梁成华的手腕脉门，闭目片刻，嘴角轻挑，道："真是奇了，没想到这位也是中了毒。"

廖青枫惊异地看着师父镇定自若地站起来，隔了半晌才道："不可能，她脉象明明是深度风寒之象，你怎能断定是中毒？"

师父沉思片刻，道："此毒藏得很深，你会诊成风寒，也说得过去。"

"那你是怎么看出来中毒的？"廖青枫抱手扬眉。

师父只斜眼看了看他，目光中透着鄙夷："吸吸你的鼻子闻闻这屋子里的味道。"

廖青枫虽然对师父的言论不屑一顾，还是吸了吸鼻子，不料片刻之后，他又加重吸了吸，顿时眉头一皱，暗道："奇了，不对啊……"说罢，他快步来到房间正中的小圆桌前，抄起放在上面的一个精致小瓷碗就咕噜吞了一大口，接着立刻喷出，大喝道："何人如此嚣张，居然敢私自改本国师的药方！"

那小瓷碗里正是小半碗煎好的药，只是早已凉了，估计是早些时候谷梁成华用剩的。

"你这老头居然现在才发现，若不是今日我阴差阳错地进了这屋子，恐怕你又间接地害死一人了。"师父眯着眼睛似笑非笑地望着廖青枫，直看得对方老脸涨得通红。

"你少在那里说风凉话。"廖青枫道，"这药方是改过了，不过方才我也没尝出里边有什么毒药，也就是，也就是……"他说到这里，眉头却越皱越深。

"也就是有一股辛涩味，是也不是？"师父接过话，缓步踱到桌前，伸出食指探入那瓷碗中，轻沾一下送入嘴里，眼里射出了然的光，"柴胡、黄芪、半夏，你还担心药性太过剧烈甚至加入了些缓和的天星子与仙鹤草，这配方是压根错不了，却莫名冒出来一股奇特的辛涩气，明摆着是被人加了料，而且加料之人也不是白痴，居然想着在这煎好的药中滴了一滴醋来掩盖，若不仔细闻，真的难以分辨。"

廖青枫也惊疑不定地学着师父的样子再度沾了一点入口中，细品之下，也不禁失色："确实，这人好缜密的心思……只是这真的是毒？"

师父点点头："定是毒物无错，只是这添加之物味道如此辛涩，我真是生平仅见，无法断定其药名。"

见着他们两人都自顾自地思考，反倒把我与凤莨还有谷梁轩都晾在了一边，我不禁觉得有些烦闷。

凤莨在房间里来回踱着步子，似乎也在思考着什么，只有谷梁轩，一直一动不动地盯着床榻，目光复杂深沉，不似怨也不似怒，反倒是一些更深沉的东西，说不清。

凤莨又在师父与廖青枫周围转了两圈，终究是忍不住了，她吸吸鼻子，也表情古怪地端起了那瓷碗。

"怎么，你也要尝尝？"我走上前，带着笑说。

"没有。"她迟疑片刻，道，"我从刚才起就觉得这味道里有那么一丝熟悉，很怪。"她轻抿一口，眉头也跟着皱了起来。

"完了，"我道，"现在不光师父与廖国师一个表情，你也变这样了。"

我看着她若有所思地轻抵着下颚，觉得一阵无趣，也对那瓷碗中的药好奇不已，情不自禁地伸出手也沾了那么一丁点，就要往嘴里送——

"我知道了！"凤莨突然一昂首，惊呼道，"我知道这是什么东西的味道了！"

我手指霎时停在嘴边，一脸诧异地望着她，师父与廖青枫也同时抬起头，师父眼里是惊奇，而廖青枫直接风风火火地抓过凤莨的手，道："小女娃，你真知道？"

凤莨点点头："我不光知道，这东西我现在还带在了身上。"

说罢，她探手入袖，摸出了一包以小方巾包着的物什。

这下连谷梁轩也把视线移了过来，我们一动不动地盯着凤莨打开那块方巾，只见几根暗红色的草状植物，静静地躺在她手掌上。

"这个不是……"我立刻认出了这个东西，脑子里千回百转地闪过数个念头，忍不住一惊，顿时意识到这背后意味着什么，冷汗涔涔地冒了出来。

"璇璞，你应该认得这个吧，这个就是当日我在刑州曼灵阁那神秘的树林里从地上拔起来的毒草。"凤莨道，"我拿到之后也没有多去研究，只是发现其味生涩无比，倒是和那汤药中的味道如出一辙。"

廖青枫眼疾手快，拿过一株便咬了一小节入口中，嚼了两下，立刻吐了，惊呼道："腐泽草！"

"当真是腐泽草。"师父也道，"真是奇了，你哪来的这东西？"

凤莨略一迟疑，还是将我们那日在刑州城内经历的事情娓娓道来。

"莲笙？就是在瑾国大营里那个修习蛊道的女人？"师父颔首道，"这便错不了了，腐泽草，这生于南蛮云荒大泽的奇草，若没有深得此道的人刻意栽培，难以在瑾国这等水土下存活。"

廖青枫原本就皱着的眉头这回锁得越发紧了："照这么说，下毒之人多少与培育这草的人有关系，而对象又是……"他担忧地朝床榻上望了一眼，只这一眼，在场之人无不对其深意了然于胸。

"没想到，他们竟然将手都伸到卞京来了。"我迟疑半晌，还是长长叹出一口气。

"这些不着边的事情，我看还是稍后再议。"廖青枫急切地看向师父，"公孙锦，你可知道如何解这腐泽草？"

师父摇头道："我若是知道，也不会现在才反应过来是这东西在作祟，况且据闻腐泽草毒性虽缓，却直接深附体内，恐怕此时就算百草婆婆站在这里，也无力回天了。"

"该死，何人居然对我商都重臣如此居心叵测，待老夫查出来，定要将他挫骨扬灰！"廖青枫一掌拍于桌上，红木制的桌面上立刻深凹入一道手印。

就在这时，原本已经昏睡过去的谷梁成华又发出一连串的咳嗽声，看情况是醒了，我们又再度聚集到床边，只见他浑浊的双目逐渐张开，视线在我们之间扫了一圈，最终还是定格在谷梁轩的身上。

"我想，和轩儿单独说几句话……"他这一番话说得极其费力，气喘之急较之昏睡之前还要不堪。

我们几人互相看了看，都一点头，师父与廖青枫率先出了房间，凤莨看了我一眼，也出去了。

我站在床边，想要对谷梁轩说些什么，却卡在喉咙里一字也蹦不出，想到事情到现在越来越混乱，也只能一声轻叹，拍拍谷梁轩有些僵硬的肩膀，缓步踱出了房间，带上门。

"你认为会是谁下的毒？"没想到凤莨并未走开，只是轻倚在门外的回廊边，看着我道。

我想了想，道："难道你觉得会是萧淋？"

"不会。"凤莨断然摇头，"萧淋迫害谷梁轩的娘亲是因为常年积怨，这个……倒还能理解，但是毒害自己的丈夫，倒与她之前的做法自相矛盾了，丈夫都没了，谁还有心思争大房二房。"

我点头："这事不能妄加猜测，当下最主要的恐怕是要寻那煎药之人前来调查一番。"

夙茛看了看我，道："其实你心里已经猜到了不是吗？"

我愣了愣，继而一笑："猜测而已，做什么事都要讲证据，不可妄加评断。"见她还是那般表情盯着我，我只好尴尬地转过头，问，"师父去哪儿了？"

"早被那廖青枫心急火燎去拉去抓人了，估计现在正在这丞相府的厨房闹腾呢。看廖青枫那怒气冲冲的架势，恐怕这下毒之人一被抓出来就可以就地正法了。"夙茛轻抚了一下垂下的发丝，语气颇不以为然。

"走吧。"我道，"抓住了这凶手，我也有问题要问。"

"唉，就知道你闲不下去。"她咯咯笑起来，"我也正想看看呢，我猜的和你猜的究竟是不是一个人，要不咱们来打个赌如何？"

"赌什么？"我好奇地问。

"就赌这下毒之人，我们各自书写下心中所猜测的凶手，封在蜡丸之内交予对方保管，等抓住真凶的时候，再拆封对证。"

"赌注呢？"我再问。

"这个嘛……"她背起手，在我面前来回晃荡了两圈，一下正过身子，"输的人就答应帮赢的人做一件事情，这样可好？"

我摇头："不好，你连做什么事都不事先说清楚，要是你输了，我要你立刻去泥巴地里滚三圈，你也干？"

"璇璞！"她一跺脚，语气颇为愤慨，"你，罢了，我最后问一次，你赌是不赌？"

"怕你不成！"我昂起下巴，"只是到时候你别扭扭捏捏地不敢去泥巴地里滚，白白浪费了我的好心情。"

"你也不要把话说得这般绝对，谁赢谁输还不一定呢！"她冲我狡黠一笑，伸出手掌，掌心正是两个小纸条，"那快写吧！"

片刻之后，当我与夙茛一路寻着来到丞相府的厨房时，里面早已经炸开了锅。

"你说是不说！"廖青枫正对着一个看起来十五六岁的小工大吼大叫。

那小工跪在地上磕头如捣蒜，只怕是被廖青枫这般凶神恶煞的样子给吓坏了，眼泪鼻涕淌了一脸："国师大人明鉴，小的、小的当真是什么都不知道啊！"

"你还嘴硬！"廖青枫一掌抡下，小工身边的一张檀木小几立时化为粉尘，飘得满天都是，师父站在他身边皱着眉，不满地摆手驱开扑面而来的木屑。

小工已经恨不得把脑袋都砸进地板中去了："小的当真是什么都不知道啊！小的不过是一个看炉子的小童，大人用的药是我煎的没错，但是给我天大的胆子我也不敢在那药里下毒啊！"

廖青枫哼哼两声，显然是不相信他的话："老夫就没见过有人下了毒还会爽快承认的，给你种一枚焚心蛊，看你是招还是不招。"说罢，他手指一点，一道红光就直冲着那小工的心口而去。

"糟糕！"见到这一幕的夙葭情不自禁地喊出声，我还没看清那红光是什么东西，就见师父探掌一拂，那眼看就要没入小工心口的红光居然拐个弯飞到师父手上，火光一闪化为了飞灰。

"廖青枫，你也实在恶毒了些，人家不过是个半大的孩子，你居然就使出这般手段。"师父斜眼看着廖青枫，鄙夷道。

"公孙锦，这是我商都国内的事情，你别多管闲事！"看来廖青枫因为这下毒之事被人摆了一道，已经气昏了头，又听闻师父借题发挥一通半讽半讥的言语，更是恼火得直跳脚，便越发地不择手段起来，往日里的一些国师气度早抛到九霄云外去了。

"我不管？我倒是不想插手这闲事，要不是我那乖徒儿的好友是谷梁成华的公子，我早拂袖走了，哪会在这里陪你叽叽歪歪没完没了地折磨一个小娃娃？真该让人继续在你眼皮子底下喂毒药，然后再来欣赏你那依然自以为是的嘴脸，倒也不失为一件乐事。"

我现在终于认识到原本飘逸如仙的师父嘴巴也是这般毒辣了，短短几句话说得廖青枫出气比进气长了，可他又实在找不到反驳的话语，顿时，这整个厨房里尚完好的锅碗瓢盆立刻成了他最好的泄愤对象。

砰砰砰砰……一连串紧锣密鼓的声响从四面八方响起，周围的器皿几乎全在一瞬间碎成了渣。

"啧啧，潜修百年依旧是凡心一颗，也不知你是怎的窥见天道的。"师父似乎是自言自语的一句话，又将廖青枫给损了一遍，不过他亦是不再去看廖青枫的脸色，反而问向那跪在身前的小工道："这位小哥，你可知道这药从抓来到煎好送服要经过几道工序？"

那小工见着师父眉目温和，不像廖青枫那般凶神恶煞，胆子也大了起来，道："这个小人倒是晓得，国师大人开过方子后，便是由账房的曹爷依着方子去药王斋内抓药，抓回来后交予我煎制，最后再由丫鬟梅儿端给老爷。"

说罢，他还怯生生地抬眼看了看廖青枫，生怕他老人家一个不爽又有什么动作。

不料此时廖青枫却只是捋了捋胡子，疑道："梅儿？就是每日端药进屋的那丫头？"

"正是。"小工点头。

"若这位小哥说得属实，而且并非他动了手脚的话，那么，嫌疑便在那账房的曹爷与这叫梅儿的丫鬟身上了……"师父沉吟道。

"不，这事应与曹爷无关。"我想了想，开口道。

他们全都愣了一下，廖青枫望向我，道："小子何出此言？"

我笑笑："我记得方才师父说过，下毒之人为了掩盖这腐泽草的涩气，专门在汤药中滴了醋来中和。"

师父点头："是了，在煎好的汤药中下手，若非与这药有关的三人都串通一气的话，那么最大的嫌疑，当在那送药的丫鬟身上。"

想开了这层，我们便立刻马不停蹄地去寻那丫鬟，怎料在府邸的下人房里，却没见着半个人影。

"哼，没人正好动手。"廖青枫唤来了两个仆役，大喝一声："搜！"

两名仆役立刻在房间里大肆搜查起来，衣柜、床脚，甚至于放在角落的痰盂都细细查探了一番，最终，在床上摸索那人道："这里有东西！"

我们皆望过去，见那仆从抓过床上的枕头按了按，抖出其中的枕芯，赫然掉出了一小包用白布包着的东西。打开一看，正是几株暗红色的草状植物，与夙莨拿出来的一模一样，正是腐泽草。

"果然是这个丫头干的。"廖青枫雷厉风行地朝那仆从吩咐道，"立刻将大夫人叫来这里，并且封住丞相府所有的出口，老夫今日定要将这丫鬟给逼出来。"

那仆人领命去了，不多时，萧淋已经在谷梁甄的搀扶下走进了屋子，她抬眼扫了一扫，没看到谷梁轩，才长吐一口气，朝廖青枫一福身："国师大人找奴家可有事？"

廖青枫道："夫人免礼了，大概的事情我稍后自会全盘告知，现在请你协助我在全府搜寻一个叫梅儿的丫鬟，她有重大的嫌疑在丞相的药里下毒！"

"什么？下毒！"萧淋脸色煞白，"你是说，有人要害老爷？"

廖青枫点头。

"甄儿，听见国师所言了吗？快去！"她转头对谷梁甄道。

哪知谷梁甄却没有迅速离去，而是若有所思地想了想，道："梅儿……那不是我房里的丫头吗？"

廖青枫眼光一凛："你房里的丫头？"接着身形一闪，一下子飘到了谷梁甄身边，制住了他的行动。

谷梁甄苦笑一声："国师大人该不会认为是我指使梅儿毒害家父的吧。"

廖青枫嘿嘿一笑："本国师倒还不是如此武断之人，只是这丫头既然是大公子房里的，那自然大公子嫌疑最大了，放心，若最后查实事情与大公子无关，我自然不会为难大公子。"

萧淋呆呆地看着这一幕，明白事情非同小可，疾步出去，想是安排人开始搜查全府了。

我们也跟着移步到丞相府的正厅，不多时，就见着有两名家丁挟着一个身材娇小的丫鬟走了进来。

萧淋端坐在主座上，廖青枫站在一边，这位丞相府的女主人看来在国师面前也摆不起架子，师父倒不管这些，直接领着我与凤莨在下首的一排座椅上坐下。

廖青枫低咳一声，威严地道："你可是梅儿？"

那丫鬟跪倒在地，深深埋着头，低声回答道："奴婢是。"

廖青枫转头求证似的望向谷梁甄，见谷梁甄点点头，他才回过头来，继续问："丞相药中的毒，可是你做的手脚？"

梅儿的身子轻颤了一下，却没有迟疑地答道："是。"

我们都愣住了，廖青枫也是表情一滞，想不到她居然坦白得如此干脆。半晌，廖青枫才继续问："你是受何人指使？"

梅儿这时抬起了头，那是一张青春的脸，大大的眼，弯弯的眉，灵气十足。此时她灵动的双眼闪了两闪，颤抖着抬起手，指向廖青枫身边，出声道："是大公子指使奴家这么做的！"

满座哗然。

谷梁甄由于被廖青枫制住了行动，只能站在那里动弹不得，只是他听见梅儿的指证后表情瞬间变得古怪无比。

"甄儿，居然真的是你！"萧淋第一个反应过来，声音充满了不可置信。

我看了看师父，发现他只是眯着眼睛看着这一切，并没有要插嘴的意图。我虽然疑惑，但此时也不好开口了。

廖青枫泰然道："谷梁甄，你还有什么话要说？"接着他掌力一拂，将谷梁甄推到大厅正中。

谷梁甄斜眼看了看跪在地上的梅儿，末了，道："我无话可说。"

我分明瞧见梅儿听见这话时身子颤了一颤，手指收紧，脑袋埋得更低了。

"谷梁甄，你可知道弑亲乃是天理不容的大罪，按律当处车裂之刑。"廖青枫接着道。

"我……甘愿受罚……"

没想到谷梁甄居然如此坦然，廖青枫的语气倒也缓和了几分："既然这样，你便随我到柳大人那里吧……"

说罢，他站起来，袖子一扬，一道白练窜出绑住了谷梁甄。

"师父……"我实在按捺不住了，转头道："难道你不觉得这事情太过顺利了吗，顺利得让人觉得蹊跷。"

"璞儿。"师父小心地抚着手中的茶盏，淡淡地道，"我们现在只是一个旁观者，就以旁观者的身份看着就好，况且，这场戏还不一定就此谢幕呢，我一直相信，真正的高潮还未上演。"

师父话音刚落，就听见屋外传来一众仆从的惊呼："老爷！"

我一惊，抬眼望去，门口谷梁轩正扶着一名老者缓步走了进来，老者身上虽然披上了白虎皮的披风，但依旧掩盖不住他消瘦憔悴的身躯，不是谷梁成华又是何人！

"老爷，你怎么出了房间？"萧淋立刻起身想迎上去，谷梁成华一抬手，直接示意她不用靠近。

"谷梁轩，你真是胡闹！"廖青枫吹胡子瞪眼，"你爹现在身体虚弱，怎可外出走动？"

"廖国师，别怪轩儿，是我执意要让他扶我出来的。"谷梁成华咳了几声，接过话。

"你怎可对你的身子如此儿戏！"廖青枫一拍桌案，"你明知你现在的状况连圣上都颇为担忧，居然还如此不知轻重，我看你真是越来越老糊涂了！"

谷梁成华笑笑，由谷梁轩搀着走到大厅尽头坐下："我的事情，我自有分寸。"

"算了，一切随你。"廖青枫皱着眉端起一边的茶盅，不再说话。

"呵。"师父发出一声轻笑，似笑非笑地望了廖青枫一眼。

"刚才因为人多眼杂，难免疏忽了，敢问这位公子可是号称天下第一琴师的公孙锦公孙大师？"谷梁成华朝师父道。

师父放下手中的茶，微微一欠身："谷梁丞相这般客套，可是折杀小人了。"

"大师何出此言呢，方才轩儿已经把所有的事情都说予我听了，我还要好好谢谢大师救了小依才是……"谷梁成华缓慢地说着，眉目间满是苦痛。

师父一扬眉："丞相高看小人了，小人只是略微尽了一些绵薄之力，虽然于事无补，但多拉扯个七八天，也是好的。"

没想到师父竟然如此不避讳地就说出这种话，我不由得瞟了谷梁成华的脸色，却没有发现任何的变化，还是那般平静的表情。

"我知道……有这七八天也足够了……"谷梁成华似乎是喃喃自语。

一时间屋子里又陷入了沉寂，谷梁成华不说话，师父也垂着眸子养神，谷梁轩站在他身边更是一言不发，只是一双大眼狠狠地瞪着萧淋。萧淋虽然表面看起来平静，但从她抓着手帕不断抖动的手，不难看出她现在的心情如何。

廖青枫扯了扯手里的白练，转头对谷梁成华道："好了，想必谷梁轩已经把你被人下毒的事情告诉你了，现在这人查出来就是这小子，你看看怎么办吧。"

谷梁成华抬眼望着谷梁甄，谷梁甄却避开他的视线。

"甄儿，这毒是你指使梅儿下的？"谷梁成华问。

"是的。"谷梁甄毫不犹豫。

"好，那我问你，这毒药你是从何而来？"

"这……是我从街上一郎中手中买来的……"他想了想，说道。

我清晰地听见师父与夙茛同时发出一声轻笑。

廖青枫的脸色逐渐难看起来。

"那你再说说，你买来的毒药是什么样子的？"谷梁成华依旧不动声色地这么问下去。

"这……我……"不过是一个十分简单的问题，谷梁甄倒真给涨红了脸，支支吾吾半天说不出个所以然来。

这时，师父才站起身，走到谷梁甄身边，一掌割断了绑在他身上的白练，转头冲谷梁成华道："丞相大人，您就不要再难为贵公子了，我看着都寒心哪！"

说完，他还刻意看了看廖青枫，轻笑道："而且你要是再这么问下去，有人的面子那是又要挂不住咯。"

"公孙锦，你！"廖青枫的胡子又吹了起来，"你别以为赢了我一盘棋就可以这般了不起了，要不我们出去再打过，比比到底是谁厉害！"

"哎哟，廖大国师还急了？"师父的笑意越发明显，"您都这么大年纪了，欺负小辈很好玩吗？我可不敢跟你打，若是折了你这老胳膊老腿的，你那神州遍地的门徒，还不没日没夜地追杀我？"

廖青枫的嗓门越来越大："我年纪大？你不就仗着我老人家不知道你这老妖精的底细吗，也不知练的什么邪功，十多年前是这个样，十多年后还是这个样，小脸白得跟个娘们似的，我都替你害臊！"

眼见这两人又开始争起来，谷梁成华只好出声劝阻，廖青枫到底还是看他的面子，偏过头只冷哼一声，不说话了。

师父本就不欲与廖青枫再辩驳下去，索性也不再理他，转而把视线投到那梅儿身上。

"小姑娘，你说是你身边这位谷梁家的大公子指使你投毒的，是吗？"师父带着笑，躬下身子，一张脸凑近那梅儿埋着的头。

梅儿有意识地向后避了避，怯怯地答："是……大公子，他不也承认了嘛。"

"是吗？"师父又将视线往她脑后扫去，伸手撩起她背后如墨般的发丝，取出了夹于发间的一片小巧玲珑的叶子。

"你能否告诉我，这是什么？"师父将那叶子举到她面前。

"桂树叶？"开口的却是站在一边的萧淋，她有些不敢置信地望着梅儿，疑声道，"你什么时候去过蓉儿的院里？"

我忽然想起以前谷梁轩曾对我说过，卞京官家家规森严，长子次子所居之处任何事物皆有等级之分，谷梁甄作为谷梁家长子，其居所外种满了暗示其身份的白梧，而桂树，按照惯例是种植在次子的院落里的。

"是……是……"梅儿脸色微微泛白，答道，"上次二少爷差我取些银耳汤送到他房里，兴许就是那时……"

"这个就怪了。"师父打断了她的话，"难道二少爷房里没有丫头吗，要差你去？"

"当时二少爷房里的金儿和铃儿不在，我又刚好从院门前过，所以……"

"哦，那你可还记得这是什么时候的事？"

"就在昨日……"

"昨日？"谷梁轩这时出声道，"昨日谷梁蓉明明在城中聚仙楼与一票人喝了一天的酒，我亲眼所见，怎么让你去端什么银耳汤？"

"那……那可能是前日……奴婢记错了……"

师父摇摇头："唉唉，你说你年纪这么轻，怎么还会记错这等事？"师父将手掌平摊在她面前，只见师父白皙的掌心上，跳动着一小点幽蓝色的光芒："认识这个吗？"

梅儿摇摇头。

廖青枫的眼睛愣了愣，随即道："蜈蛉蛊？乖乖，没想到你手段居然这般毒辣，别整死人就好。"

师父依旧是那副笑容，对那梅儿淡淡地道："听见了吗，这叫蜈蛉蛊，只要一种下去，它们就会在你的身体里迅速繁衍，先是附着在你的心脉上吸食你的精血，然后再蚕食你的身体发肤，由内而外，将你慢慢地啃成筛子……当然，上天好生之德，你是死不了的，只会这么慢慢疼着，疼一辈子！"

师父越说越笑得越柔和，我看着那表情都不寒而栗。

而梅儿，早已经脸色煞白地半瘫在地上，死死地盯着师父手里那不断扭动的蓝色小虫。

"现在你想起来了吗，你是怎么到谷梁蓉那里去的？"

"想起来了！我想起来了！"她立刻拼命点着头，盘好的发自头顶散落，被冷汗黏在前额上，原本仅有的一些气质刹那间也没有了。

"是二少爷，是二少爷指使奴婢下的毒！"梅儿一骨碌直起身，对着谷梁成华不断叩头，"老爷，奴婢知罪，这一切都是二少爷要我这么做的，并不是我有心要害老爷啊！"

"不，不是蓉弟，爹，是我让梅儿下的毒！"

谷梁甄本想伸手去拉梅儿，却被师父一下点中，动弹不得。

"早料到你会这样。"师父冷笑着道，"你连那毒药是圆是扁都说不出来，还妄图为弟顶罪，难道救了你那不成器的弟弟，你就可以安心看着你爹这般死了？狼心狗肺的东西！"

师父的语气很重，这是我第一次看到他用这般严厉的口气说话。

"搞了半天，原来是谷梁蓉那个狼崽子！"廖青枫一咬牙，冲谷梁成华道："老友，这人要是办了，你可别心疼！"

谷梁成华闭目片刻，默然地点点头。

"不！老爷，你就饶了蓉儿这一回吧，他定是被迷了心窍，才会做出这等事啊！老爷你再给他一次机会，我定会好好管教！"萧淋猛地扑到谷梁成华脚下，抱着他的腿哭诉道。

夙茛不满地道："哼，由她去管教，能起什么作用，本来就是一丘之貉，都不是好东西！"

我知道她是对谷梁轩的事情耿耿于怀，但毕竟那是这一家的私事，我们并不能过分介入。我拍拍她的手，示意她少安毋躁。

哪知谷梁成华理也不理萧淋，只是转头对谷梁轩道："你与廖国师同去吧，随时听他吩咐。"

谷梁轩轻轻点了点头，抬脚越过萧淋，来到我与夙茛身边，对我伸出手。

我了然一笑，拉起夙茛，将手伸给他，借力站起。

"你这丫头，还跪着干什么，跟着我们去指证那兔崽子，说不定我还能从轻处置！"廖青枫一脚踢向梅儿。

梅儿也不敢喊疼，只是连滚带爬地站起身，领着我们一行人出了正厅，朝府邸里谷梁蓉的院子行去。

谷梁蓉住的地方在整个府邸中也算大处，相当显眼，院落里种着成排的桂树，那些桂树差不多有一人高，枝丫垂落下来就在我们头顶，怪不得那梅儿的发丝能勾住树叶。

屋子的大门处站着两名守候的仆从，见我们一行人过来，还是梅儿领头，那两名仆从立刻察觉到了不妙，正准备打开门进房间，却被廖青枫眼疾手快地凌空两掌制服在地。

我们长驱直入进了屋子，梅儿更是轻车熟路，两三下就拐到了谷梁蓉的卧房外。谷梁轩冷哼一声，正想推门进入，不料却被廖青枫与师父同时按住了肩头。

"嘘——"师父做出噤声的手势，示意我们安静下来。我凝神入耳，只听见一阵细碎的喘息声从房间里断断续续地传出来。

"少爷……呃……你轻些……轻些……好深……啊啊啊……"

"金儿你下面好紧啊……呼呼……夹得我真快活……对……就是这样……再吸紧些……"

"哎呀，少爷……那个地方不行啊……呃啊……不行……别摸那里……别摸……呼呼，要丢……要丢……啊……少爷受着伤都这么勇猛……弄死奴婢了……"

"哼……谷梁轩那小子能怎么伤我……他那点花拳绣腿……呼……"

声音虽然低沉，但也能听出是一男一女，再附和着那噼里啪啦的肉体撞击声，傻瓜都能猜出这屋内之人在做些什么。

"好个谷梁蓉，刚才在外边像个阉鸡似的，这会儿还这般大放厥词，早知道就先阉了他。"夙葭压着嗓子说道，语气颇为怪异。

我看向其他人，廖青枫与师父脸色平静，倒是那梅儿突然双颊一红，猛地推开门，一下冲了进去。

我们皆是一惊，赶忙跟进房间，就看梅儿一下冲到床边，拉开那一对正纠缠在一起不断抖动的肉体，冲着上方那个女子的脸就是啪啪两巴掌。

"梅儿，你！"那女子不料房间里会冲进这么多人，惊呼一声，想扯过一边的被子遮掩住身体，不料又被梅儿按住，对着她的脸噼里啪啦一阵好抽，直得她哭叫连连。

"你个贱货，居然勾引少爷，该死的东西，看我怎么教训你！"梅儿头发散乱，已经打红了眼，那女子两条白晃晃的腿不断踢打着，可就是翻不起身。

"梅儿，你干什么，好大的胆子！"谷梁蓉也被惊住了，不过他反应尚快，遮住身体便去拉梅儿。

到底是男子力大，最终他还是将梅儿拉开了。梅儿急速喘息着，又愤愤地往那女子腹部踢了一脚，之后转过头对着谷梁蓉，一掌扇在他脸上。

"放肆！"谷梁蓉的脸颊立刻浮起了一个鲜红的掌印，他一下把梅儿按在地上，怒斥道，"你想造反不成！"

梅儿被他死死卡住了脖子，可双目却还瞪得大大的，她直视着谷梁蓉咬牙切齿地叫骂道："你这个衣冠禽兽，你亲口说的只对我一个人好的！我在外边提心吊胆地为你卖命，你却在这里另结新欢！我真是活该，怎么就上了你这个猪狗不如的东西的当！"

梅儿这一通叫骂，我立刻听出了其中的缘由，不禁幽幽叹了口气，看来还都是这谷梁蓉的情孽。

谷梁蓉听见这话立刻就有些软了，他松开手，抬起眼，好像现在才注意到站在一边的我们。他猛地往后退了一步，拉起被子遮挡住高挺的下体，喝道："你们怎么在这里？"

梅儿瘫在地上喘着气，可还是笑了出来"哈哈哈哈，你这禽兽的好日子到头了……让你负我……你干的那些事情他们全都知道了，你等着遭报应吧……哈哈哈哈……"

谷梁蓉恼怒地一脚踹在她脸上，她脑袋一偏，之后便只能发出咿咿呀呀的声音了。整个下巴都被这一脚给踹掉了。

廖青枫一动不动地看着这出闹剧，好半天才道："谷梁蓉，梅儿已经把你的事情全部都招了，你还有什么要说的？"

"国师大人，我怎么不懂你的意思？"谷梁蓉嘿嘿笑着，还想抵赖。

廖青枫双眼一凛，也不再多说，一挥手："谷梁轩，将这逆子拿下！"

谷梁轩立刻闪身而出，那谷梁蓉还想顽抗，但他这酒囊饭袋怎么会是谷梁轩的对手，立刻就被制住了。

"带走！"

胡乱给他套了件衣裳，我们再度回到正厅，当谷梁轩提着谷梁蓉进来时，萧淋立刻瘫在了地上，而谷梁甄，也站在一边偏过头去不敢再看。

谷梁成华依旧是那副淡定的模样，他坐在主座上轻轻咳了两声，紧了紧身上的虎纹披风，对着被丢在他面前的谷梁蓉轻道："蓉儿，你知道抓你所为何事吧。"

谷梁蓉眼见事已至此，赖不掉了，索性表情一垮，连哭带爬地蹭上前，抱住谷梁成华的小腿喊道："爹，孩儿错了！孩儿定是被鬼迷了心窍，你便饶过孩儿这一次吧！"

谷梁成华只是摇摇头，叹着气，不说话。

谷梁蓉不死心地又喊了一声："爹！"

半晌，谷梁成华才开口："蓉儿，你以为，我死了，你能得到些什么呢？"

此话一出，谷梁蓉顿时哑然。

谷梁成华又说："你无非就是惦记着这世袭的爵位，但是你的终究是你的，不是你的永远不是你的，就算我死了也一样，你可明白？"

见谷梁蓉还是不说话，谷梁成华轻笑道："你以为我老了，糊涂了，便什么也不知道了？我早就发觉了你对这顶官帽子看得很重，甄儿尚好些，一直知礼得度，为人也不甚张扬，而不像你，一颗祸心老夫闭着眼睛都能看出来。"

谷梁成华闭上眼："其实从我喝那第一碗汤药开始，我便猜到里面多少有些问题了，但我还是喝了。"

听见这话，我们全都是一愣，凤茛低语道："这老头子怎么开始说起胡话来了？"

"老爷，你为何……"不光是我们，萧淋也是一脸的难以置信，"老爷，你……"

抬起枯瘦的手掌，谷梁成华似乎是在细细审视着上面的纹路："三十年了……我不过是在为自己赎罪……虽然我知道我没有脸再去见天上的二老……"

他继续云里雾里地说着："有时候我常常会想，自己若是死了，阎王会把我丢进第几层地狱，这等问题想得久了，也就迫切地希望它早日来临……我也好早日知晓答案。"

顿了顿，他正过脸，声音突然抬高："罢了，就冲着今日廖国师在这里，我便把该交代的都交代了吧。从今日起，谷梁家不再有爵位世袭，我会在明日早朝时亲自将御赐金牌交还圣上，另外，谷梁家所有财产，全部交由谷梁轩继承！"

"什么？"

他这话一出口，最惊讶的人，不是萧淋，不是谷梁甄，不是谷梁蓉，更不是我们，而是自始至终都垂着头站在一边的谷梁轩。

"还好这老头没有全糊涂。"凤茛笑着说了一句，我微微一笑，点头附和。

谷梁轩怔怔地看着谷梁成华，半晌，才缓缓道："你……何苦这样……"

哪知谷梁成华却不再看他，而是收回视线，看着谷梁蓉："这回你满意了吗？你永远都不会得到你想要的东西，而你背后那人，也注定无法从我这里得到任何利益。"

沉默，萦绕在室内的是长久的沉默。

"就这样吧，该说的都说了，人犯交由廖国师处置，老夫要歇息了。"他撑着站起身，"轩儿，扶我回屋吧。"

谷梁轩沉默半晌，才道出一声："好。"走上前扶住谷梁成华，缓步出了屋子。

没想到事情这般迅速尘埃落定了。

萧淋瀣在地上，面无表情地被谷梁甄搀起来，谷梁甄露出一抹苦笑，对着我们点点头，也从另一侧出了正厅。

谷梁蓉面如死灰，目光呆滞地盯着眼前的红木桌脚，突然像发疯似的，一下咬在上面，还发出撕心裂肺的号叫。

廖青枫眉头一皱，轻喝一声："来人！"

立时便进来一队家丁。

"将谷梁蓉立刻收押，交予知府柳大人，至于如何处置，本国师需要上奏圣上再行定夺。"他顿了顿，又沉声道，"告知柳大人，务必查出谷梁蓉背后是谁指使，眼下三皇聚会迫在眉睫，卞京城里不允许有任何不安定因素，必要时，可无视对方身份，先斩后奏！"

"是！"那些家丁一抱拳，押着谷梁蓉出去了——这位虽然是他们的少爷，但官大一级压死人，更不用说谷梁成华已经不管这个儿子了。

"好了，现在戏已经看完了，我们也该歇歇了。"师父对我道，"璞儿，我们还未寻着落脚的地方，不如现在去找间客栈如何？"

"甚好。"我点头，这一整天连着闹腾，我早就累了，现在只恨不得美美地睡上一觉，消消这一身的疲乏。

哪知廖青枫却突然开口道："慢着，公孙锦！"

师父回过头："怎么，有事？"

"当然有事，你可知道这次谷梁轩出去就是我授意让他去寻你的？"

"哦，原来你说的是这事。"师父难得地打了个哈哈，"不过是丢了一把无弦，商帝有必要这般心惊肉跳吗？"

廖青枫又是一吹胡子："公孙锦，老夫可不是在跟你开玩笑，此事非同小可，需要从长计议！"

"哼。"师父脸色一板，冷哼道，"从长计议？我只知道当年我那般苦口婆心地劝着某人从长计议，倒被人说成是危言耸听，杞人忧天，现在又这般冠冕堂皇地来求我，你也不觉得丢了你的老脸！"

廖青枫面色一窘，好半天才说："当时是我不对，但现在既然这样了，大家凑在一起，也好商量对策，说不定他们的下一个目标，便是你的灵枢。"

师父双眼一眯："他们有这个本事，尽管来抢便是。"

说完，师父又斜眼看了看廖青枫，见那老头不依不饶的眼神，好半天，师父才摆摆手："罢了罢了，我随你同去便是。"

他转头看我："璞儿，为师与廖国师要去办些事了，你要记住，有些事情切莫冲动，一定要等我回来再行处理，毕竟这里是卞京，一个人的力量，终究是有限的，你可明白？"

"璞儿明白。"

有些事情到底还是急躁不得，这些道理，我懂。

整个正厅之中的人便这样散尽了，几个家仆面无表情地开始整理因为方才一翻闹腾而略显杂乱的木几摆设，凤莨在背后扯了扯我的衣袖，我才回过神，是时候走了。

师父与廖青枫早已经没了影子，他们那类境界的人，来无影去无踪也不是什么怪事，望着谷梁成华背影最后消失的地方，我还是叹了一口气，转身朝外走。

出了门，有仆人自然迎上前来行送客之职，我二人缓缓走着，忽然遇上了萧淋。

她此刻早已没了初见时那嚣张跋扈的面色，略微有些惶恐地低着头，手中端着的托盘上有一碗还在散发着氤氲热气的汤药。

看来是要去给谷梁成华送药。

"现在送药过去，还担心人被你们毒得不彻底吗？"凤莨突然出声道。

"凤莨！"我立刻唤住她，不知怎的，我心里突然泛起一丝不忍，看不得萧淋眼神凄清，保养有道的一双手微微颤抖，使得瓷碗与托盘不断磕碰发出叮咚声。

"没……没有！"萧淋争辩道，"这药是我亲自煎的，我看着的！不会有问题！"

"哼，我看问题根本就不在药里。"凤莨伸出白皙的指头，凌空比了比她左胸的位置，"在心里哪！所谓养不教，亲之过，都说母子一条心，出了这么个狼心狗肺的儿子，谁知道你他娘是不是跟他一个样。"

"夙莨，够了。"我打断她。

夙莨眨眨眼，回望向我，道："璇璞，你又开始心软了。"

我愣住。

夙莨轻轻偏过头："难道你忘了这个女人是如何对待谷梁轩的娘了？那般狠毒的手段，不是蛇蝎心肠，谁能做出！知人知面不知心，你别看她现在装出一副可怜的样子，还真说不准她心里到底是怎么想的。"

"你们够了！"萧淋突然抬起头，"我会怎么样那也是我们的家务事。"她望向为我们领路的那个仆从，"还不快送客！"

仆从不敢怠慢，立刻对着我们一躬身，抬手一引。我们也没有赖着不走的意思，只是夙莨在离开前还是留下了一句："这碗药即便送过去，也不会有人有那胆子喝。"

哐啷！

背后传来碗碟摔碎的声响，我心中酸涩，还是忍住没有回头，隐约间，一抹嘶哑的抽泣声缓缓传来，直到我的脚都已经迈出了丞相府，那撕心裂肺般的声音依旧萦绕在耳边。

"夙莨。"我说，"或许在这件事情里，受伤害最大的不是谷梁成华，而是萧淋吧。"

"她活该。"夙莨没好气地接过话，转而摆摆手，"好了，没闲心再来谈这个了，我们现在住哪儿去？"

我向四周望了望，这一带高墙林立，想来方圆数里之内全是官家府邸，想要找栖身的客栈，恐怕得行不短一段路。

夙莨将手探入衣襟之内，把小蜉漓唤了出来。小虫儿摆摆触角，立刻化为一道碧光展翅冲上了天，短短片刻之后又飞了回来，附在夙莨耳边低语了几句。

我笑道："让蜉漓来帮我们寻一处打尖之地，不知算不算是大材小用。"

不过这话夙莨肯定是没听进去，她一边点头一边道："我们只需一路西行，就能寻到客栈了。"

"甚好。"

"璇兄！"

我们正要动身，原本已经关闭的丞相府大门忽然又缓缓打开，谷梁轩从里面疾步走了出来。

"太好了，我还担心你们已经走远了。"他的表情有些急切，"你们这是要去客栈吗？"

"是。"我答道，"你这里的事情处理完了，随时可以来客栈找我们。"

他摇摇头，叹了口气道："这些事恐怕暂时还处理不完，我也不会继续待在这里了，还是要多回去陪陪娘亲……我追出来，是有东西要给你。"

说完，他递过来一个长条形的锦囊。

"这是爹让我务必交给你的。"

"交给我？"我讶异道，伸手接过那锦囊，只感觉入手厚实，微微扫了一眼，发现里面是一卷暗黄色的竹简。

"其余的事情我也不清楚。"他道，"爹只是说，把这个交给你，你就知道该怎么做了。"

凤莨眼中忽然闪过一丝不妙的情绪，急道："难道你爹知道璇璞的真实身份了？"

"他没说，我也不好私下猜测。"谷梁轩有些疲累地一耸肩，"不过这东西我是看着爹亲自从他床下的暗格中取出的，应该是十分重要的物什，璇兄你还是注重一些好。"

"我会的。"

莫名间，手中的锦囊似乎潺潺流出一股暖意，我望着它，心中忽然涌出一种迫切的感觉，仿佛那是我寻找了千百年的珍宝。

"璇璞，璇璞？"凤莨推了推我。

我猛地闭上双眼，微微摆摆头，回过神，对谷梁轩一礼道："多谢你了，谷梁兄。"

他一笑："对我何来这句谢，真要说谢，我谷梁轩欠你的只怕还要多出太多。"

言尽于此，我们挥手作别。

悦来客栈。

我望着头顶上大红色的匾牌，怪异之感油然而生。

"你说，这就是卞京最大的一家客栈？"凤莨不敢置信地出声，而说话的对象不是我，是已经化为人形站在我们面前的小蚱蜊。

蜊儿轻扯着翠绿色的裙摆，困惑地道："有什么问题吗？"

我忍住笑意，还是说了声："没有问题。"

“是啊，没有问题。”夙莨抱着手，附和道，“真不知道谁是这儿的掌柜，还真是能将客栈开得无处不在。”

不错，我们从瑾国霄城一路行来，每过一城，哪怕是一村一镇，似乎都能见着这悦来客栈的招牌，如果它们背后的掌柜真的是同一人的话，那还真是富可敌国。

“璞小子，你还愣在这里干什么，我可老早就饿了。”脑子里发出一声低沉的抱怨，是黑崎。我一笑，回道：“你饿了又怎样，难道还想出来不成，不是说了在下京城里你都不能现身？”

他嘶吼了几声，似乎也默认了这个命运，毕竟与食物比起来，那条小命才是最珍贵的。

我们进了店，果然是大，跑堂的小二眼尖地迎了上来，我们也不客套，直接要了两间上房，没有在大厅里逗留。

夙莨出手依旧是那般阔绰，将店里最后剩下的两间天字号房都盘了下来，还丢给那小二一块碎银子当赏钱。小二见钱眼开，立刻把我们当爹妈似的，不光亲自开门关门，倒水斟茶，送上饭菜之后还直嚷着要帮我们舒展筋骨，费了我好大力气才把他打发走。

我疲累地望着小二的背影消失干净之后，才小心翼翼地关上门。夙莨已经悠然自得地和蜉漓一起对付那摆满一桌的酒菜了，我早就饿得慌了，也懒得发脾气，坐在桌边抄起筷子正准备下口，不料就在这时，脑子里又嗡地炸开了。

“这不公平！”

黑崎不断翻腾着：“太不公平了，吃不到，还要看着你们吃，我好苦的命啊！”

那巨大的音浪一片回旋，震得我的脸惨白，拿着筷子的手也仿佛被什么给定住了，就是下不去。

“看来这段日子，黑老妖的修为有所长进啊。”夙莨轻巧地将一块青笋放入嘴中，又给坐在她身边的漓儿喂了一块，转头带着笑望着我。

“你少在那边说风凉话，还不快来帮忙。”这个黑崎，千年道行如果真要给我来硬的，我还压他不住。

眉心呼地闪起一片玄光，我额头上的皮肉开始不规则地扭动，渐渐地，一只小小的蛇头终于伸了出来，一双小眼睛滴溜溜地打着转，一动不动地盯着桌子正中心的烧

鸡。

　　"你！"我气极，抬起手就朝那蛇头掐去，"黑老妖，你再不老实，信不信我直接把你丢到油锅里给煎了！"

　　黑崎发出一声不甘心的低喝："不要！我管你璞小子怎样，现在我可是饿得慌！"

　　没办法了，我立刻沉心静气，心里默念印诀。黑崎原本就是依附于我而存活，与我之间有血咒为引，我静心发动血咒的力量，渐渐地，一道冰凉的气息顺着我的四肢百骸缓缓升到了眉间，蓝光闪闪，也不管黑崎如何大哭小叫，立刻就将他小小的蛇头强行压了回去。

　　我心里默念道，黑崎啊黑崎，这实在不能怪我，我也是为了你的安全着想，你要怪，就去怪为什么这下京城里会有那个廖青枫的存在吧……

　　"我管什么狗屁廖青枫！"黑崎是能读到我的想法的，"他要是真敢来找我的麻烦，我也要告诉他本妖尊手中的方天画戟可不是吃素的！"

　　"唉……"我摇头叹了口气，闭掉内识，再度拿起了筷子，对着凤莨和漓儿道："吃饭吧。"

　　凤莨理解地看了我一眼，素手探了出去，在桌上翻拣两下，挑出一个鸡腿放在了身边漓儿的小碗里。

　　这个小姑娘大多数时候都是以蜉漓虫的形态跟着我们的，但对于她化为人形时的性格我却也摸清了大半，就是那种小家碧玉的乖巧女孩，说话都不会大声。和我们共处了这么久，她依旧是那副样子，看见碗里突然多出来的鸡腿，她也依旧是埋着头，对着凤莨说了句："谢谢。"

　　凤莨微微一笑，目光转向我，突然就秀眉一挑："看什么看，吃你的饭！"

　　我撇撇嘴，抬起筷子想要去夹那只剩下的腿，突然一道雪白的影子晃了一下，我眼睛一花，再凝神时，那仅存的一个鸡腿，不见了。

　　回过头看看自己的碗，我不禁苦笑出来，鸡腿没夹到，碗里倒是莫名其妙地多了一个鸡脑袋。

　　望着那鸡脑袋一双白白的眼，似乎正一动不动盯着我看，这般看久了，我忽然觉得没有食欲了，斜眼一看凤莨，发现她正旁若无人地对付着刚才从我手里抢过去的鸡腿。我暗暗地唾了一口，却一句话也不敢说……开什么玩笑，这些日子以来，我别的不懂，一个道理倒是谨记于心——任何时候都不能触怒面前这个女人，因为我永远都不能预料她发起怒来会干出什么事。

就在我们一个看、一个吃的时候，我忽然听见身边传来一道清脆的声音："璞小子……"

我一惊，转过头，看向那终于把头抬起来的小蜉漓。

望着漓儿平静中还带着一丝胆怯的小脸蛋，我努力让自己的表情看起来不至于太过夸张："漓儿，你，可不可以不要再这样称呼我了？"

"哈哈哈哈！"话音一落，夙葭便爆发出一阵长笑。她伸出手努力地捂住嘴，好半天才克制住自己，没让嘴里的食物喷出来。

我望着蜉漓，暗叹一声："罢了罢了，有什么事吗？"

这顿饭，不如意的事接二连三，倒是真真切切地将我所有的食欲都消弭于无形。

蜉漓略微歪着小脑袋："这样叫不对吗，我听黑崎也是这样叫你的啊。"

那天真烂漫的目光，投射到我身上，我突然有种荒谬的感觉。

如果我的面前有一堵墙，我绝对会毫不犹豫地撞过去！

"漓儿，你做得很好，继续这样叫，一点都没错。"夙葭花了很长时间才整理好自己的表情，她轻手抚着蜉漓光亮的头发，一本正经道，"这种叫法才是最得体的，难道以你的年纪，还要叫他璇大哥吗？"

说完，她还似笑非笑地看了我一眼。

我默然了很久，实在找不出什么话来反驳，只能长吐一口气，乖乖认命。

"对了漓儿，你叫璇璞，是有什么事吗？"夙葭见我这般表情了，也没有再落井下石，而是岔开了话题。

"是的。"蜉漓点点头，声音逐渐大了起来，"那个……可以把黑大哥放出来……我能保证，他不会被任何人发现……"

我愣住了。

"璞小子，你听见没有！"黑崎又开始在我脑子里大喊大叫，而且这一次更是中气十足。我虽然封闭了内识，可这老妖怪就是有本事能让我听见他的话。

"请你放他出来好不好？"蜉漓的脸颊上忽然飞起一抹红晕，"他已经被憋了好久了，这样下去总是不好的……虽然妖族不用时刻进食，但总要出来吐纳一些天地精

气啊……"

她越说语气越是低沉，到最后，那句天地精气我是打起精神才听见了。

"你真的可以吗？"凤莨似乎不信般又是一问。诚然，我和黑崎之间的血咒可以遮盖住他妖气的大部分，制约天劫的降临，帮助黑崎渡过眼前的危机，但我的力量并不是绝对的，只要黑崎在我身体之外现了形，就算那血咒本身威力再大，他也会散发出一丝丝的妖气来。

放在平日里，普通城镇没有什么能人异士，就算散出了妖气也没有任何影响，没人会察觉。但是现在处境不同，黑崎散发出的妖气哪怕是再微弱，都有可能被廖青枫捕捉到，到那时，法力无边的国师大人要替天行道，恐怕就算师父在一边，也难保事情不会闹大吧。

蜉漓坚定地一点头："只要黑崎能保持离我不是很远，我就有把握完全遮盖住他的妖气，你们要是不信，大可放他出来试试。"

虽然她这么说了，我却不能全然放心，毕竟这不是什么小事，我必须以大局为重来考虑。

我现在和黑崎可以说是共生体，他要是死了，我绝对也好不到哪去，而且这些日子以来，我早就将这痞子老妖当成了同伴，对他有害的事情，我会十分在意的。

"你怎么看？"我问向凤莨。

凤莨白皙的手指轻轻滑过鬓发，眼神朝窗外瞟了瞟，片刻之后，才回过头来，说："不妨试试。"

我不语。

"其实可以试试看，毕竟，你可不要忘了小漓儿的身份。"末了，她又加上一句。

"是了……"我这才缓缓想起来。

漓儿是谁？她是蜉漓，是唯一能留在人界的天精，比黑崎这个妖尊还要高一等级的天精。

碍于身上那道莫名其妙的封印压制了她的灵力，虽然表面上她并没什么本事，和她天精的身份不搭，但蜉漓总会有些特殊本领吧。

就像在荆州城里那可以将古月涵逼退的尖叫一样。

面对漓儿期待的目光，我也不好再拒绝了，立刻收回了制约黑崎的禁制。黑崎哪里还等得了，就见一丝丝的玄色雾气自我眉心处飘出，缓缓飘落到我面前的桌上，开始盘旋凝聚，一会儿工夫，一条小蛇的轮廓就显现了出来。

漓儿抓住时机，抬起左手，将中指与无名指一并扣起，嘴里开始发出一些悠扬顿挫的音调，那音调怪异，起起伏伏，我们根本听不懂。随着她的声音，一丝丝青绿色的雾气顺着她的指缝飘荡出来，缓缓地和那道玄色气体裹在一起，两色气体盘旋纠结了好一阵子，突然一阵玄光闪过……光芒散去时，一条黑亮的小蛇已经出现在了我们三人眼前。

"这就可以了？"我看着桌上的黑崎，不安地问道。

"可以了。"答话的不是蜉漓，居然是凤莨，"想不到漓儿这般下得本钱，竟然能用仙气来遮住黑老妖的妖气。"

"仙气？"我愕然。

黑崎在桌上扭了扭身子，不以为然地甩甩尾巴，顿时，一道声音在我们三人的脑海中同时响了起来："必须保持这个形态吗？好吧，这样也总比瞪着眼睛看着你们吃强。"

蜉漓脸上泛起一丝苍白，似乎逼出仙气也并不是什么易事，她看着黑崎，道："黑崎，你千万不能离我太远，不然那仙气会变薄。"

"这样啊。"黑崎睁着一双小眼睛，那蛇头点了点，忽然就扭动着身子朝蜉漓的方向爬去，忽然就这么攀上了漓儿的前胸。

我和凤莨好笑地看着漓儿的身体像是突然石化了一般，一动也不敢动，就由着黑崎一路慢悠悠地缠绕而上，最后，一尺来长的蛇身几乎都挂在了蜉漓白皙的脖颈上。

"怎么，有什么不对吗？"迎着我们俩的眼神，黑崎似乎什么异样都没发现。

"没……没有。"我尴尬地端起杯子喝了一大口酒，心里暗骂一句，这个大木头，果然木得够彻底。

我和凤莨对视一眼，都从对方的眼神中看出了无奈与鄙夷，再看漓儿，她白皙的脸色已经变得通红，连放在膝盖上的小手，都开始不住地颤抖。

可真是苦了她了。

她那点小心意，我早就看穿了，可是这种事情外人怎么能插手？只盼着黑老妖什么时候豁然开朗一下，蜉漓身为天精，也绝对配得上他这妖尊。

被黑崎这么一闹，我原本气饱了的肚子渐渐又泛起饥饿感，大家再度开始吃饭。不过我和夙茛一边吃，一边还会充满怪异地看着蜉漓小心翼翼地伺候着肩膀上的小蛇，脸上泛着奇怪的神采。

这顿饭一直吃到天都黑尽了，店小二上来收拾碗筷时，也不禁愣了愣神。

我自然能体会到他的想法，满满一大桌子菜，却被三个年轻男女吃得一点不剩，恐怕是人都会觉得蹊跷。只是他哪里知道，这一桌子，几乎都进了那黑老妖的肚子。

吃完饭，我们也没立刻就休息，而是聚集在房间里。黑崎好不容易能有机会出来透气，自然缠上漓儿了，一时半会估计不会回到我身体里，我也懒得操心，反正有天精罩着，除非那廖青枫白日飞升，不然他再无本事发现这藏在卞京城里的千年大妖怪。

而且我现在有更重要的事情要去操心。

那卷竹简。

谷梁轩交给我的那卷竹简，一直被我别在腰间，现在终于能打开看看到底是个什么东西。

谷梁成华留给我的，而且我只要一打开，就知道怎么做？

在过去的那些年，我绝对和这位名满天下的丞相没有任何交集，而且瑾国与商都素来并不怎么交好，只不过没有撕破脸，双方也安然无事，不过就算是这样，父皇也不会好心到邀请他国权臣进宫参观。

因此，对于这位谷梁丞相，尽管他的名气与才气我早有耳闻，但其人我是到了卞京之后才得见。

但是，照谷梁轩的说法，似乎这谷梁丞相很早之前就已经料定了我会去找他？

这也着实太诡异了些。

或许，所有的答案，就在这卷竹简里吧。

我让夙茛将门窗关好，又确定没有什么隔墙之耳存在，才在那一人两妖的注视下，拿出了裹在锦囊里的竹简。

竹简有半尺来长，并不粗大，质地应该是那种随处可见的柔竹。大概是存放的时间久了，青色的竹片早已退成了暗黄色，倒是串起这些竹片的丝线我似乎从未见过，一根根极为细小，却散发着银光，分不清到底是什么质地。

实话说，虽然我自小生于皇室，集万千宠爱于一身，看过的书不少，但对于这竹简，我却并没有研究。因为，这种东西，在这片神州大地上，早在千余年前造纸术发明的时候，就已经退出了历史舞台。

我至今记得，小时候在广阔的皇家书库中，唯一用这竹简记载的东西，就是数千年前瑾国先祖们遗留下来的族谱。

"这是九天冰蚕丝。"就在我凝神看着那丝线的当儿，脑海中突然闯进这么一句话。

我立刻偏过头朝一直待在蜉漓肩上的黑崎看去："你知道？"

"我当然知道。"那声音又响起来，"璞小子，本妖尊活了数千年，九天冰蚕丝也不是什么稀罕物，我当然一眼就能辨识出来，只可惜谷梁小子不在这儿，对于这东西，恐怕他懂得比我多。"

我再度审视着这卷竹简，越看越是怪异，能用九天冰蚕丝串起来，想来也不是什么平凡的东西了，说不定里面写着的就是什么惊天秘密。

想到这一层，我立刻激动起来，胸腔里涌起一股热血。我抬起头看了夙莨一眼，见她也是一脸期待，便不再犹豫，一下将这竹简展开了。

只是，当我将视线投向竹简内的时候，却立刻愣了神，胸口的那股热血，瞬间像是被浇上了一大桶凉水，给淋了个透心凉。

这，这玩笑也开得太大了。

难道是谷梁成华在耍我吗？

夙莨也看到了里面的内容，满目诧异，情不自禁地开了口："怎么会这样？"

"怎么了？"黑崎的声音响起，他那小蛇头不住前伸，奈何长度有限，实在是看不见我手中的竹简内容。

事情到了这份上，我也没有什么好隐瞒的，立刻一转手，将那竹简展开亮于他看。

"怎么没有字？"黑崎还未说话，眼尖的漓儿已经问了出来。

我耸耸肩，这个问题，我也是费解得很呢。

谷梁成华故弄玄虚，要谷梁轩给了我一卷这看起来似乎很久没用过的竹简，还留下一句摸不着头脑的话。

但让人不解的是，这竹简上，竟然一个字都没有！

没错，这竹简是空的，上边干干净净，只是将竹片串好，但上面一个字，甚至是一个墨水点子都看不见。

"该不会……"夙莨轻声说，"该不会是谷梁成华拿错了吧……"

说完，她立刻又摇摇头："这种东西已经绝迹很久了，怎么会有拿错的道理？"

"那答案就只有一个了。"我不可置信地道，"难道是丞相大人太闲了，拿我们寻开心……"

这话没说完，我就立刻打住了，就谷梁成华那风烛残年的模样，这个想法真是有够荒谬。

只是，既然这些都不是，那真正的原因又是什么？

太让人费解了。

我将那竹简摊在桌上，托腮思考着，夙莨也在一边皱着眉头。

平日里，她的计谋最多，也总能看出一些事物的不平凡之处，但这一次，她似乎比我还要困惑，时不时地伸手在竹简上面摸索着，只是每摸索一次，她的眉头就皱得更深一分。

难道这个上面有什么暗示，或者是谷梁成华给我们设下的一个谜？

我试着换了个方向思考，可盯着竹简看了半晌，我还是放弃了，那根本就是空荡荡的一片，就算有谜底，也无从下手。

黑崎扭了扭身子，从蜉漓身上游了下来，缓缓地攀到竹简前，翘起了他尖尖的尾巴，在竹简上戳了几下，那一双黄豆大小的眼睛滴溜溜不停打着转，忽然冲我道："璞小子，你试试看能不能把这个竹简劈烂。"

"劈了它？"我愣住了。

"没错，你劈了它，我现在心里有个猜测，还不知道对或者不对，你劈了，我才能肯定。"

见他说得斩钉截铁，我也不好反驳了，黑崎活了这么多年，说不定是真的看出了什么门道。

立刻，我并指成剑，幽蓝色的剑芒自指尖窜了出来，再深吸一口气，剑芒闪着一道弧光，朝着那竹简用力劈下。

哗啦一声脆响，摊着竹简的桌子被我这么一下给劈得粉碎，漫天的木屑飞扬起来，几乎充斥了整个房间。夙莨护着蜉漓退到窗边，推开了窗子，又扬手比了个印诀，顿时一阵清风从窗外飘进来，将这一屋子的木屑给吹了个干净。

视线终于明朗了，我低头望去，那桌子早已化为飞灰，而黑崎，正灰头土脸地躺在地上，他那小眼睛瞪向我，我耳边立刻响起一阵咆哮。

"臭小子！你动作那么快干什么，不会等我从桌子上下去了你再劈啊！"他狠狠地瞪了我一眼，骂骂咧咧地翻了个身子，转而将视线投到同样摊在地上的竹简之上。

我也顺着看过去，这一看，着实让我骇在了原地，刚才那一剑我虽然没有使出大力，但威力也是不俗的，一张红木桌子已经变成了粉尘，但是那竹简，那不过是用粗劣的柔竹串成的竹简，竟然就这么好好地躺在地上，一点刮痕，不，上面连一点灰尘都没有！

"好怪异的东西。"凤莨走了过来，蹲下身子想要将竹简捡起来，就在这时，黑崎却突然爆发出一连串的长笑："哈哈哈哈，我果然没有看错，这是天承术，天承术啊！幻妖一族至高无上的绝学，神州绝迹了数千年的神术，竟然再现人界了，哈哈哈！"

他这一通乱叫，我虽听不懂，可是好奇心却被他勾了起来。

"什么天承术，什么幻妖，那些是什么东西？"我看着黑崎不住地在脚下扭动，笑得蛇身乱颤，却根本不理我，真想一脚就踩上去。

凤莨的表情突然变得古怪，眼里光芒连闪，却什么都没有说，只是默默念着："天承术？"末了，她也用一种怪异的眼神盯着我看。

终于，我实在是忍不住了，弯下腰，捏住黑崎的七寸就将他拎了起来："黑老妖，你到底要笑到什么时候？"

他万万料不到我会这样对他，一时间笑声戛然而止，反而转为痛苦的呜咽，蛇尾晃晃悠悠，想要缠上我的手腕，可我捏着他的命门，他有再大的力气也使不出来了。

"臭小子，你不把我放下去，我怎么告诉你！"憋了半晌，这像是闷在坛子里的话才飘进了我的耳朵。

我点点头，手一松，那条蛇就吧嗒一下摔在地上，声音清脆无比。

嗷！他发出一声痛苦的怒吼："璞小子，你竟然敢这么对我！"

"你要是再不说，我还有更厉害的手段。"我没摆出什么好脸色，反而是学着他黑崎平日的样子摆出了一副阴恻恻的笑容，"似乎这家店的蛇羹做得很有名，千年老蛇做的蛇羹，味道肯定更加鲜美吧。"

蛇身猛地一抖，黑崎耀武扬威地张开嘴，似乎想要吼些什么，可是盯着我的脸看了看，他还是颓败地一低头。

"罢了罢了，反正这件事也与你有关，你总归要知道的，倒不如现在全部告诉你。"说完，他摆了摆小巧的脑袋，将尾巴抬了起来，说道，"你看好了。"

我还没弄清他要卖什么关子，就看见他尾巴的尖端有一丝丝的黑芒正在迅速聚集。我心里一跳，这老妖，该不会是想要在这里用什么法术吧。

"不行！"想到这层，我立刻跳起来，"你在这里施法只会放大你的妖气，会被发现的！"

"别担心。"蜉漓立刻就上前来，双手平伸，顿时一股股的青色气流从她双手间席卷而出，将黑崎上上下下缠住，一丝妖气也透不出去。

不过这样大量地耗费仙气对蜉漓来说也是一个负担，但看着她坚定的眼神，我自然也不好说什么。

下方黑崎的法术似乎已经完成，一点点的玄光在他尾部形成了一个圆锥，黑崎一扬尾，顿时，那个小锥子就朝着地上的竹简飞去。

异样，就在这片刻之间发生了。

或许是刚才我用剑芒劈斩的动静太大，自然而然地忽略掉了这细微的变化，现在黑崎的这个手段，虽然只是一个小小的光锥，但是，我绝对不会质疑其中所蕴含的破坏力。只见那光锥迅速地落到了竹简上面，然而，竹简却并没有如我们预料的一样被击飞或者破裂，而是在整个竹简之上，神奇地泛起了一圈银光，形成一个淡淡的屏障罩住了竹简，光锥击在屏障上，立刻消散于无形，而那银光，也霎时隐去，埋入了竹简之中。

"那、那是什么？"我大惊失色，原来是这样，一卷竹简，竟然会自我保护？

"看见了吧。"黑崎平淡的声音幽幽传来，"这个就是天承术。"

"天承术，是整个妖族中至高无上的防御术，传说施展到顶级境界，可以无视任何伤害，神魔皆要退避三舍，天上地下，唯我独尊。"

天上地下，唯我独尊，好狂妄的口气。

我沉默半晌，才道："黑老妖，既然这是妖族的法术，怎么你现在才认出来？"

他小小的眼睛忽然斜着望过来："你刚才没听见我说吗，这是幻妖一族至高无上的绝学，神州绝迹了数千年的神术，放眼天下，恐怕认得这个的，除了本妖尊，再没有别人啦，况且我也从未见过，哪里是立刻就能分辨出来的。"

　　说到这里，他突然神色古怪地望向我："璞小子，你想不想看看这竹简里到底写了些什么？"

　　"那是自然。"我立刻答，"只是这竹简上哪里有写东西。"

　　"不，一定有写。"他的语气充满了肯定，还把尾巴抬起来煞有介事地晃了两下，"光是看那施展在这竹简上的天承术，我就知道这竹简肯定不是一般的东西，说不定里面记载了什么惊天秘密，所以留下竹简的人才用这等奇术来保护它，等待将来有一天有人能够看到里面的内容。"

　　这话说得不无道理，我想了想，顿时豁然开朗了，如果这竹简里真的藏了什么内容，那自然是不能给别人随便看的了，不然东西留在谷梁成华那里，就算有什么，还不早被别人给看光了。

　　"但即便是这样，破不开这天承术，我们一样也看不到里面的东西。"我沮丧地道，"还说要交给我，难道我有办法破了这天承术不成？"

　　万万没有想到的是，我话音一落，凤茛与黑崎却突然异口同声地道："你有！"

　　我一愣。

　　什么，我？

　　这两人什么时候学会串通在一起捉弄人了？

　　我看向凤茛，她似乎对自己说出的话有些意外，眉头微微皱起，甚至抬手轻捂住了嘴。

　　望着她有些懊恼的表情，我更是疑惑了。

　　如果黑崎说出莫名其妙的话来，多半是因为它活了近千年，很有见识，但是凤茛，看情形她似乎早就知道了什么，只是都没有说予我听。

　　面对我的目光，凤茛开始有些闪躲，黑崎在一边也不说话了，仿佛是故意等着凤茛开口似的。

　　终于，片刻之后，她似乎也明白了一味地避开没用，于是轻叹了一声，开口道："璇璞，这件事情，我总觉得永远不要让你知道的好。"

　　我一愣，立刻问道："什么事情？"

　　"真的要说吗？"她深深地看了我一眼，似请求，又似决断。

"说！"我一咬牙，此时此刻，好奇心已经战胜了一切。

"唉，虽然你执意想要知道，但我还是劝你做好心理准备，毕竟这个事实，换作任何一个人，都是很难接受的。"

她的声音逐渐变得空灵，明明就站在我面前，那细而绵长的嗓音却像是隔了千山万水飘荡过来。

"璇璞，你，不是人。"

"什么？"片刻之间，我还没有缓过神来，她又接着道："你，不是人，你的身体里，有一半是妖族的血脉。"

寂静，长久的寂静。

说完了这一句，凤莨立刻闭口不言了，只是一动不动地望着我，眼神笃定。我努力理解着她方才说的话，好半天，才勉强将她的话语和自己联系起来。

"你说什么，你……"我怔怔地朝后退了两步，顿时只觉得天旋地转，声音缥缈，"你说，我不是人？你说，我有妖的血统，是妖族？"

"知道那日在皇宫里，在你父皇面前……"凤莨渐渐走近我，"在那滴血认亲的时刻，为何你的血会和璇武帝不相融吗？"

她的表情露出一丝悲戚与愧疚："对不起，因为我的自私，隐瞒了你这么久。"

我呆呆地望着她，哑声道："你是说……我的血液之所以和父皇的不相溶，是因为……我体内有妖族的血脉？"

"那是自然了。"黑崎的声音此时插进来，"妖族的血液和人类是绝对不会相溶的。"

"还有你自小潜藏在身体里的那股力量。"凤莨继续道，"那不寻常的力量，绝对不是什么上天赐予你的财富，而是你身体里的血脉带给你的力量。"

我表情漠然。

"如果你不相信我说的，你也可以去问公孙锦，我相信，他肯定比我还要清楚。"

"什么，师父？"

"毕竟是公孙锦最开始教导你使用那股力量的，不是吗？而且璇璞，你要知道，这竹简之所以会与你有关，我想，也是因为你的血脉。"她面容平静，对着我一字一顿道，"因为你身体里那一半妖族的血统，不是一般的妖，璇璞，你是幻妖一族的传人！"

荒谬，可笑！

"不可能，如果照你说的，为什么从小到大没有任何一个人对我说过？我的父皇是人，难道你是说我娘亲是妖了？"

我笑了出来："更可笑的是，你说我是妖，那我的妖气在哪里？如果我有妖气的话，恐怕第一次见到廖青枫的时候他就已经发现了吧？没有妖气，又算什么妖？"好不容易平复了自己翻腾的气血，我喃喃道："凤莨，你莫要骗我，这种玩笑开不得。"

面对着我近乎癫狂的样子，凤莨却也只静静地说出一句话："其实你心底已经相信了，不是吗？"

我的表情霎时凝固在了脸上。

"那么黑崎呢？"我争辩道，"黑崎，漓儿，他们都是妖族，为什么他们都没有发现？如果我是妖，他们肯定早就已经发现了，为什么……"

我正努力要将自己所有的辩词都说出来，却在此时听见黑崎幽幽地叹了一口气，道："璞小子，从第一天见到你的时候，我就知晓你的秘密了。"

"什么？"我望着他，"黑老妖，你也拿我寻开心是不是？那个时候你就知道了，可是你为什么一直不说，一直不说？"

"或许那个时候，你会很疑惑，为什么我在身受重伤的时候，凤女娃会让我喝你的血吧。"黑崎缓缓道。

我仔细回忆着那时在雁翎山的事情，不错，那日黑崎重伤倒地，凤莨的确是在危急关头咬破了我的食指，然后塞进了黑崎的嘴里。

"因为你的幻妖血脉。"黑崎道，"幻妖之血，对任何妖族来说都是疗伤圣药，而且我可以与你用血咒来共生，这个，也是幻妖血脉的另一种特性。"

黑崎看着我，又叹了一口气："我之所以一直瞒着你没有说，是因为凤女娃告诉了我你那时正逢人生剧变，说出这件事，对你的精神来说无疑会雪上加霜，于是就搁置下来了。直到现在，本来我想，这件事如果你终其一生不去知晓，对你来说也是一件好事，但是今天看见这天承术的那一刻，我便知道，瞒不了了。"他喃喃着，"你该知道的，总会知道。"

"所以，你们都知道，反而是我这个所谓的'幻妖'，自始至终被蒙在鼓里？"我笑了出来，望向凤莨："你呢，你恐怕早就知道我的事了吧，为什么在宫里的时候你也什么都没有说，你到底是为了我，还是为了你自己？"

"璇璞，你不要这么说。"她的声音低沉下去，"我承认，我一开始就瞒着你虽然很自私，但也是为了保护你。你想，如果那日在皇宫中你与璇武帝的血不相溶，我却说你有妖族血脉的话，那……"

"我知道了。"我抬起手，打断她。

这件事实在是再简单不过了，如果让他们知道我并非纯粹的人类，而是一个十足的异类，恐怕他们会将我当场格杀。

"那凤莨，你又是怎么知道这件事的？"

凤莨叹了一口气，或许是知道我迟早会这么问，她将手伸入领口，拿出了那块神秘的玉石："这块玉，原本就是你们幻妖一族的东西，我也是通过它，才知道你隐藏在体内的秘密的。"

明白了，我终于明白了。

自始至终，让我在外面颠沛流离的，不是其他什么原因，不是叛国，不是真假皇子，而是这个该死的幻妖血脉！

"现在，你明白那些发生在你身上的种种离奇的事了？"凤莨缓缓道，"你救了黑崎，与他立下血咒，你能御气成剑，施展妖族不传秘籍《天剑神诀》，这些，都是因为你的血脉。"

原来是这样。

黑崎此时也摇着尾巴，缓缓地顺着我的脚攀到了我的脖子上，他声音变得温和不少："原本我与凤莨并不准备现在就告诉你，但既然这卷竹简出现了，而且有些事情并不能永远藏着掖着，总有一天你是会知道的。"

他这一番话说得极为诚恳，桀骜不驯的黑老妖竟然能够讲出这种话来，恐怕也是第一次。

我叹了一口气，过了很久，才安静下来。

"我明白了。"缓缓地，我露出一抹轻笑，"黑老妖，平日里我总是叫你老妖，没想到现在，咱们倒是同类了。"

"不不。"他举起尾巴摇了摇，"你的体内还有一半的人族血统，况且，幻妖一族与一般的妖族不一样。"

"哦，怎么不一样？"我疲惫地抬起头，这种惊天动地的事实落下来，虽然我一时难以接受，却必须要接受。不过既然黑崎这个妖尊愿意帮我答疑解惑，我也乐于多请教一些关于自己的问题。

黑崎装模作样地咳了两下，见我并没有因为知道这个消息而变得消沉，才道："璞小子，你可知道这世间大部分的妖族都有原形？"

这个我自然知道，世间大部分的精怪是由生灵修炼而成，比如黑崎的原形是蛇，而那曾对付过我们的漓樱，原形则是树。

"幻妖与其他妖族最不同的有两个地方，没有妖气你已经知晓了，另外一个就是幻妖一族没有原形。"

没有原形？

我道："黑老妖，虽然我不懂，可不代表你能唬我，没有原形，那还能叫妖族？还能称之为妖？"

黑崎叹了口气："我说的是真的，幻妖一族的的确确是属于我祈灵山妖族一脉，至于为何会这样，却要追溯到数千年前的上古时期去了。"

这条蛇的语气渐渐变得苍凉："这个古老的传说，一直以来都在历任妖尊之间传承，第一代妖尊大人曾经留下严令，幻妖一族的隐秘，除了在妖尊之间代代相传外，只能说予幻妖族人听，万不可泄露他人。"

说完，他黄豆大小的眼睛扫向一边的凤葭与蜉漓。

凤葭立刻会意，牵着蜉漓出了房间，再带上门。

黑崎这才转过头来，嘴里却只蹦出两个字："坐吧。"

我挪过一边的凳子坐下。

"我想，关于祈灵山的事情，你们人界并没有什么奇闻传说吧。"

"没有。"我干脆地答。

"我知道，在你们人类的眼里，祈灵山是一个恐怖之地，那里精怪出没，残忍嗜杀，所以根本没有人愿意深入，可是这样？"黑崎慵懒的声音里却带有一丝隐隐的怒气。

我没有否认，再次点头说："是。"

"不过，我若是告诉你，在数千年前，祈灵山的妖族们还与很多人类关系密切，甚至这神州各国的建立，有一半是我们妖族的功劳，你是信，还是不信？"黑崎的眼睛直直地盯着我，等着我的回答。

我沉默了。

这听起来太过骇人，妖族与人类似乎就是天生的敌人，民间有很多传说，凡是妖族，都是要靠吸食人类的精血才能修炼，因此妖族们都残忍无比，如果见到人，是见一个杀一个。

可是黑崎，他是祈灵山的妖尊，出于王者的觉悟与傲骨，他是不屑于说谎的。

黑崎将我的沉默当成了默认，继续道："我若是再告诉你，这人世间行走的诸多御音师，他们掌控的御兽，曾经都是妖族的一员，都是妖族，你信还是不信？"

我惊骇地瞪大眼。

可随即黑崎又摇了摇头："不，那些御兽已经不能算是纯粹的妖族了，他们应该是千百年前那一代融入人类的妖族所产下的后代，千年繁衍，他们早已经成为人类的组成部分，比如说成了那些御音师的助力，帮着你们来对付我们妖族——他们曾经的祖先。"

我还是一脸不相信的神色。

黑崎忽然怪笑："璞小子，你不要露出这种表情，我知道其实你的心底跟明镜似的。数千年前，正是有我们妖族的帮助，你们才能在乱世之中建立自己的国度，之后，一些妖族返回了祈灵山继续休养生息，另一些妖族，则留在了人界，与一些山兽结合，生下带有灵气的后代，代代繁衍下来，自然产生了如今的那些御兽。"

我想了想，这确实说得通，可要我相信现在人人闻之色变的祈灵山妖族曾经是人的伙伴，这着实也太骇人听闻了一些。

"可是，这些和我是幻妖有什么联系？"

听了这么多，似乎与我没什么关联。

"关联可大了。"黑崎的语气带上了一丝肃穆，"正是因为数千年前妖族与人类的和睦，才产生了你们幻妖一族。"

"或许你听说过'商阡'这个名字吧。"黑崎道。

"商阡？"听见这两个字，我确实仿佛在什么地方听说过，想了片刻，才道，"你说的，是商都国第一任国师商阡？"

说起这商阡，在神州大地上，也是传奇一般的人物了。

在很多传说中，商阡是神仙下凡，跟随着商都国始皇帝南征北战，打下了大半片的江山；而在廖青枫于商都国皇宫深处发现的千古密卷中，千年之前那场太白凌日天象，也是这商阡以四把瑶琴设阵，引来星辰之力，才造成了商都国现在的繁荣。

"嘿嘿，璞小子，如果我说，这个商阡就是你们幻妖一族的鼻祖，而那时，他也是我们妖族中人，你又相不相信呢？"

"什么？"我目瞪口呆地从凳子上站了起来。

这个被整个商都国传颂千年的人物，竟然是妖族？

"唉……"黑崎长叹一声，"原本这件事一直是我们祈灵山的丑闻，而且，还牵扯到了第一代妖尊……千年前的恩怨情仇，那是说不清啊。"

我静静地听着黑崎说下去。

"那个时候，整个祈灵山的妖族都是一盘散沙，有些妖族，为了修炼邪功增加修为，深入人界而残害生灵，可是，并不是所有的妖族都是那般可恶，自然也有妖族看不惯这些行为，便下到人界去阻止，于是那个时候，妖族在人界形成了两派，两派之间经常发生争斗，这一斗，就是好几百年。"

"后来，第一代妖尊于祈灵山中崛起，以其强大实力迅速收拢了原本涣散的妖族，更是广入人界，追捕那些散落为害的妖族。也就是在那时，我们的第一代妖尊，灵琦大人，遇见了商阡。"

"商阡那时只是一只修为不过百年的蛇妖，在那时，妖族互相捕杀、吞食元丹的事情时有发生，而商阡，就是要被另一只妖族杀害吞食元丹的时候，被灵琦救了下来。"

听着这些，我忽然觉得即便是妖族之间，也是有情义存在的，而并非单纯的争斗与杀戮。

"在那之后的很多年里，商阡一直陪在灵琦大人身边，荡群魔，救众生，树立起了妖尊的威信。"

我笑道："即便这样，你也说了那商阡是蛇妖，而蛇妖必然有原形，这和幻妖有何关系"

"你听我说完。"黑崎幽幽地道，"在那段时间里，商阡为了成为灵琦大人最大的助力，拼命修炼，修为突飞猛进，在灵琦大人的帮助下，他很快便达到了地精修为的顶点，只要渡过天劫，便能飞升而成为天精，到那时，妖气尽褪，他就算是修成正果了。"

"其实这商阡，真可算是妖族中的异数，当初灵琦大人救下他时，他也不过修行百年，化为人形都甚是勉强，可在接下来短短的时间里，他的修为却迅速赶上了灵琦大人，甚至隐隐有了超越之势。"

"你的意思，商阡还是天才了？"我的兴趣起来了。

黑崎点点头："那个时候，灵琦大人本来已经能够渡劫飞升了，可是却强行压制体内的力量，避过天劫，就是为了等待商阡修为有所突破之时一同渡劫。可就在他们应劫的当口，发生了一些意外。"

我的心微微提起来："什么意外？"

"那个时候有一名邪道，虽然为人，却大肆屠杀妖族，以妖族元丹修行来增进功力，实在是一大恶人，但他修为了得，又善于隐匿行迹，是以灵琦大人追杀过他好几次，还是没有得手。但是后来的一段时间里，那老道仿佛突然沉寂了，再没有传出妖族被其杀害之事，灵琦大人以为他改过自新，就没有再追查他的下落。"

"后来，灵琦大人便与商阡一同渡劫，二人法力通天，九重天劫虽然浩大，但拼尽全力之下，两人也已经渡过八重，可就在最后一重天劫降临之时，那个邪道却突然出现了。"

"那邪道也不知从哪里弄来了妖族的克星化妖水，见灵琦大人与商阡忙于应劫，趁其不备，将化妖水尽数朝灵琦大人的身上泼去。这化妖水乃是我妖族的天敌，一般的妖族只要沾上一点，全身的功力便会化去八成，修行弱的甚至还会被打回原形，形神俱灭。以灵琦大人的修为，平日里对这些化妖水自是不足为惧，但偏偏八重天劫过后他的实力大打折扣，若真被这化妖水上身，等那第九重天劫降临之时，就是他的死期。"

"灵琦大人追杀那邪道多年，邪道早已怀恨在心，如今杀了大人，恐怕妖族之中便再无其对手，只能遭其屠戮。眼见化妖水临近，灵琦大人虽然心急，但神念已被天劫锁定，动弹不得，而这个时候，却是商阡转过身来，用身体挡住了那些化妖水。"

"啊！"我惊呼一声，想着那场景，是如此惊心动魄。

"那商阡他……"

"邪道惊讶于商阡竟然如此不顾死活，但他也不会轻易放弃，料到对方修为如今肯定不如自己，便拔剑而上，妄图以其强大的实力强行格杀灵琦大人。而商阡，却真的是不顾死活一般，身上的化妖水不断地吞食着他的妖力，可他还是死死地缠住了那邪道……终于，最后一次天劫降下，灵琦大人成功渡劫飞升，而灵力折损大半的商阡，却和那邪道一起消失在猛烈的雷光里。"

太惨烈了。

我忍住澎湃的心情："那第一代妖尊飞升成功，但商阡，可是死了？"

黑崎眼睛一斜："死了？当然不，如果商阡那时便死了，你就不会坐在这里听我细说幻妖的由来。"

我只好安静下来，继续将这故事听完。

"灵琦大人飞升了，那场天劫的余韵几乎扫平了祈灵山三大主峰近一半的山头，可见威力是多么的震天动地。灵琦大人飞升之后，已经继位的第二代妖尊便带领着大量的妖族来到渡劫之地，因为天劫之后会留下许多天地灵气散于四周，妖族们吸食了大有裨益。就在那里，昏迷不醒的商阡，和已经被轰成人干的邪道，被发现了。"

"商阡为何没死，这个谜题现在都未揭开，他昏迷了近一个月，醒来之后，他发现自己全身的妖气都变得无影无踪，甚至就连本体都消失了。再一试探，第二代妖尊更是惊讶，他那时的身体，竟然完完全全是由天劫之力组成的，等于说，他变成了一个能量体。"

"那还不好吗？"我插话道，"这样就不算是妖族了，反而可以融入人界，成为人们的一分子。"我大概猜到为何后来商阡会成为商都国的国师了。

"你现在这么想确实无虞，可是，商阡那时既然成了能量体，便不能再渡天劫进化为天精，只能以这样奇异的状态存活着。"

我摸摸鼻子。

"从那时起，商阡耗费了数年时间参悟如何飞升，他也确实是天才，竟然参悟出了数种强大的术法，但要强行破开空间的禁锢飞升，还是差了一些。你也知道，那一直掌握在祈灵山历代妖尊手里的《天剑神诀》，包括这竹简上的天承术，就是那时商阡参悟出来的。"

"商阡既然没有了妖气，没有了原形，照理说不能称之为妖了，可他却自称幻妖，还是将自己归为妖族。后来，他实在是参悟不出怎样才能渡劫飞升，于是离开了祈灵山，去人界另寻他法。"

电光石火间，我忽然想到了什么，几乎就要脱口而出，那……

"我知道你想说什么，你是不是从谷梁小子的嘴里听说过，数千年前太白凌日之时，商阡大展神威的事？"

我点头。

"那我现在就给你一个确切的答案。"黑崎一字一顿道，"祈灵山妖尊千年传承，散落世间四把瑶琴，皆为商阡所造。"

果然。

"神州大地那时小国四起，商阡游历之时结识了许多有抱负的人类，偶尔听闻了'铸九鼎而镇国运'的说法，他素来聪慧，又想到曾于灵琦大人嘴中得知世上有太白凌日这一盖世奇象，顿时豁然开朗，在帮着那些人建立国度的同时，四处搜集珍奇材料，以大神通炼制，终于在商都国建国之时，炼制出四把瑶琴。"

我脑子都有些听昏了，怎么这背后还藏着这么多事，看着黑崎的眼光也不禁异样起来："黑老妖，你竟然知道这么多，为何之前从来没听你说过，还装傻到现在？"

黑崎笑了两声："凡事皆要看时机，之前我不说，那是时机未到，现在我说出来，却是感觉到了启示。"他尾巴指了指那竹简，"这上面的天承术，就是最大的启示，我有预感，太白凌日降临之时，必有大恶崛起抢夺星辰之力，身为幻妖的后代，能不能阻止，却是你的义务了。"

"那最后，商阡摆出'九恸劫阵'引星辰之力，到底是为了商都，还是为他自己？"

"两者都有。"黑崎道，"我说的这些事，是商阡本人在他游历的过程中，不断将自己的经历记载下来以千里传书之术送回祈灵山封存的。我想他还是抱有期待，希望灵琦大人日后若是修为再有精进，回到人界，回到祈灵山，能寻着他留下的这些信息，找到他……"

黑崎说到这里，语气也变得唏嘘了："至于后来的事情，商阡确实是成功地运用星辰之力破开了空间的屏障飞升上天，我想，他的目的，最终还是达到了吧。"

看见我的表情也跟着变得沉重，他轻咳了两声，道："幻妖，就是商阡大人留下的一个特殊群体，商阡在人界若是碰到一些枉死的妖族，便会帮助他们，再以自身血脉为引开启他们的生命印记，而这些得以复生的妖族，就是幻妖一族。不过经历了几千年的传承，到了这一代，全天下唯一的幻妖，恐怕就只有璞小子你了。"

一直到黑崎说完，半晌，我才回过神来，心里，却是五味杂陈。

莫名其妙地成了妖族，听了这么一段故事，知道了这血脉的来历。

可我心里，却越来越沉重。

似乎这幻妖一族的命运，就是这般坎坷。

从数千年前的祖先，那位商阡开始，一直到娘亲，再到我。

似乎我们的命运，就是天生带有的诅咒。

故事说到这里似乎是说完了，黑崎摇摇尾巴，房间的门豁然洞开。

凤茛与小蜉漓一直站在门外，见门开了，他们也走了进来。

"好了，璞小子，开始吧，现在我们来看看那竹简上面写了什么。"黑崎缠上了我的脖子。

我深吸一口气，轻声道："我要怎么做？"

"很简单，你只需要将你的血滴在竹简之上，天承术，自然就破开了。"

我点点头，将那竹简捡起，重新平摊于地上，右手光芒一闪，迅速在左手指尖划了一下，我微微皱眉，挤出一滴血珠。

啪！血珠滴落在竹简上，如同一朵殷红的花般绽开。

刹那间，神奇的一幕发生了，那竹简竟然开始吸收那滴血，红色的液体正以肉眼可辨的速度不断消失，很快，那一滴血就消失得无影无踪。

紧接着，整个竹简上渐渐浮起一层金光。

我赶紧将那竹简捡起来，金光开始还很刺眼，不过很快就缓缓变淡，一个又一个金色的字仿佛是刚被写上去一样，在竹简上接二连三地跳了出来。

我将视线落于竹简的开头，最先出现的四个字跳入眼帘，我顿时如雷击一般愣在了原地。

那是用十分娟秀的字体，轻轻写着的四个字——"璇璞吾儿"。

这……这……

"这是娘亲留给我的！"我失声惊呼道。

"什么？"凤茛也是一脸惊讶地凑上来。

我正准备将那竹简亮于她看，不料拿着竹简的手忽然感觉到一股灼烧感，我吃痛，手一松，竹简摔落在了地上。

刹那间，竹简上的金光猛然大涨，一道浑圆的光柱自竹简内冲天而起，破开屋顶，直接射往天际去了。

整个屋子里刮起一阵狂风，所有的器具都被卷得七零八落，我张开一层蓝芒挡住自己与黑崎，而另一边，凤莨也将蜉漓保护起来。

也不知这狂风吹了多久，屋子里终于变得平静了，但那道金光却未曾散去，而是从里面缓缓浮现出了一个人形的光影。

那是一名女子。

她穿着一身素雅的白袍，乌发轻柔地披散在肩头，倾城的面庞上有一双深邃的眼，她望着我，微微一笑，开口道："你终于来了。"

"你终于来了，我的孩子，璇璞。"

"你……"我只是看着她的眼睛，就连整颗心都跟着战栗起来，心中有一个大胆的猜想，可是，偏偏到了这时，那句话却卡在了我的喉咙，说不出。

"璇璞，你怎么了？"凤莨在一旁冲我呼喊，脸上布满诧异，我也觉得不舒服，抬起手在脸上抚了抚，原来不知什么时候，泪水已经流了我满脸。

"你、你真的是，我娘？"我望着那金光中的人影，只觉得连声音都要失去了，那两个字吐出来，仿佛用尽了我全身的力气，"娘亲？"

她微笑点头。

这么些年，我一人孤独地成长于深宫，或许在别人眼里，六皇子无所不有，要风得风，要雨得雨，可是他们都不明白，我有多么羡慕几个皇兄，因为，他们从小就有娘亲陪在身边，即便见不到父皇，也能在夜晚安睡之时被怀抱着，耳边总有一首耳熟能详的小曲。

而我，璇璞，从我记事开始，身边就只有黄胤，可就是这样一个老仆，也在最后时刻，被人夺去了性命。

现在，我该怎样，欢呼还是大笑？

"璇璞，你到底怎么了？"凤莨关切地迎上来。

我指着那道金光，颤声道："这些，你看不见？"

凤莨的目光顺着我指着的方向看去，可是看着她茫然的眼神，我心中便明白了八九分。

"他们是看不见我的，这里能看见我的，只有你，我的孩子。"

那道人影，或者说是"娘亲"，开口了，声音轻柔，悦耳动听。

"你，为什么会在这里？"我回过头，怔怔望着她问。

"确切地说，我并不是安素伊本人。"她依旧是那般笑着，"我只是她封存在这竹简之内的一段记忆，一直等着你来开启。"

我擦干脸上的泪水，心里不禁有些失落，原来这个她，并不是她。

凤茛也似乎发现了我在与她看不见的东西说话，她素来聪慧，便不打搅我了，只是退在一边，黑崎也从我的脖子上滑了下去，回到蜉漓身上。

"你……你又怎么能知道，我一定会来开启这竹简？"踟蹰半晌，我依旧是没有将那一声"娘亲"喊出口。

她的声音变得肃穆而幽远："这都是宿命，孩子，在很多年前我便料到，你总有一天会到这里来，会从谷梁成华手中接过我留下的竹简，接受这段记忆，然后，去完成那我们都必须完成的事。"

"我的时间并不多，因此我必须要尽快将所有的事情都告诉你。"她抬起手，指尖轻指黑崎，"幻妖的往事，我想那条小蛇已经告诉你了。"

我点头。

"孩子，你说，知道自己不是人，而是妖族之后，你是不是觉得很荒诞，甚至想要逃避？"她忽然问我。

我想了想，点头。

她忽然笑了："孩子，你与我，都是一样的。"

"很多年前，当与我相依为命的娘将这件事告诉我时，我甚至还有了轻生的念头，对了，那个时候，我也就是你这般大。"

"我的娘，也就是你的外婆，是商都国有名的医者，她带着我游历神州的大江南北，寻山采药，济世救人。那时，你外婆的力量甚至是你想象不到的神奇，因为幻妖的强大血脉，她甚至只要挥一挥手，便能驱散大片的阴云，抑或是将阴雨缠绵的天气变得艳阳高照。只是，她从不在人前展露这些本事，因为，在任何一个民族中，异类，永远是被排斥的。"

她依旧笑着，可是眉目间却有一丝苦涩："怎么说呢，当年你的外公，似乎也是

窥见了你外婆的秘密，才不告而别，留下了我们母女二人。"

我心口一紧，她现在提起的人，都是我的至亲，都是我从前认为，永远不会出现在我记忆里的人。

"那时我很恨你的外公，也为你的外婆打抱不平，可是那时你外婆却告诉了我这么一句话，她说这是对幻妖的诅咒，当时我不懂，只是后来当我遇见你的父亲时，我才深切地明白，有些事情，是真的只能够用宿命来衡量的。"

听见她提起父皇，我终于忍不住了，鼻子一酸，泪珠又掉了下来："父皇他……"

"别哭，你是男孩子。"她嗔怪地看了我一眼，"所有的事情，我都预料到了，只是这么多年，也难为璇武他了……"

她叹了一口气，双眼里没有责怪，只有淡淡的惋惜与惆怅。

"你还爱他吗？"鬼使神差地，我忽然问出这么一句话。

她笑："孩子，你忘了你是在与一段记忆说话吗，如果真的要回答，那么在我留下这卷竹简的时候，我是深爱着他的。"她幽幽道，"即便我知道，总有一天，我们中有一人，会离另一人而去。"

我沉默了。

"为什么会这样？"我不甘心地道，"那是什么狗屁诅咒！"

"这是数千年前便留下来的因果，从商阡大人招来星辰之力的那一刻开始，种子就已经种下了。"她的声音越来越沉。

"我不懂。"我望着她。

"我们所受到的诅咒。"她抬起了眼睛，没有看着我，却不知看向哪里，似乎已经陷入了深沉的回忆之中，"就是，幻妖一族，永远不能与所爱之人长相厮守。"

她望着我不解的眼神，忽然笑道："你不相信吧，其实我也不相信，但只得承认，一旦时机到来的时候，即便有再大的不舍，也只能离开。千年前的商阡大人是这样，你外婆是这样，我是这样，而你……"她看着我，"我的孩子，你也会是这样。"

"我不信。"我摇着头，眼神坚定。

"你错了。"她忽然打断了我，"你认为星辰之力真的那么好得到，你以为逢着太白凌日之时，用瑶琴摆下那传说中的'九恸劫阵'就真的能颠倒阴阳，扭转乾坤？"

她一字一顿地说着："不管做什么事，都是要付出代价的，即便你用通天彻地之能短暂地打破了这天地之间的束缚，但接下来你所要背负的代价，却是沉重到可以延续千年万年。"

"或许你已经知道了商阡大人的事，不错，他那时的确是成功了，可是却不得不为此付出了惨痛的代价，也就是从那时起，我们幻妖一族便背负上了一个甩也甩不掉的诅咒——世代幻妖永远都得不到真爱！"

她这一番话说得又急又快，甚至连光影都产生了一丝扭曲。

世代幻妖，永远都得不到真爱！

是了，忽然间，我想到父皇对我忽然而来的疏离，想到夏祝情当上孝宁皇后的风光。

原来这一切，是早已注定的。

"我和你的父皇，曾经有过一段非常美好的时光。"光影的眼神变得悠远，"我们在山间相遇，那时，我并不知道他是瑾国皇帝，只当他是游山的旅人，我陪着他，一座山一座山地旅行，再后来，我就爱上了他，成了他的皇后……在你刚出生时，我甚至以为，那噩梦一样的诅咒已经结束了，可是，我不得不说，那只是我一厢情愿的想法。"

"你还没死，对不对？"看着她，我忽然问出了心中这个大胆的想法。

她微微一笑："我没有死，我只是离开了。"

没有死！我心中涌起一股狂喜，娘亲还活在这个世界上！

"可是，你为什么要离开？为什么？"我紧紧握住拳头，"为什么这么多年，你都不回来，都不见我一面……"

"孩子，你会明白的，我并不是不想见你。"她俯下身子，轻柔地捧起我的脸，"我比任何人都想见你，我的孩子……只是我已经不能再出现在你的身边，那样，反而会害了你。"

两道由光线组成的泪水顺着她的脸颊滑下："相信我，我一定会来看你的，时间到了，我一定会回来的……"

我埋下头。

"现在，让我告诉你接下来你要做的事情。"她缓缓地道，"现在你恐怕是处在一个很尴尬的境地，但是无论如何，你都一定要救你的父皇！"

父皇现在有危险，看来她早在留下这卷竹简时就预料到了。

"我一定会的，我既然来了这里，就一定要挫败旬帝的野心。"我坚定地点头。

"孩子，我相信你可以。"

那道光影忽然变得有些弱了。

"太白凌日为千年异象，到那时必然会有很多人觊觎，你要想办法阻止，这也是商阡大人留给我们幻妖的使命。"

"怎么还有这样的使命？"我愕然。

"当年商阡大人既然以他自己的血脉创造了我们幻妖一族，为的，就是能在每次太白凌日到来之时，力挽狂澜，拯救苍生，同时，也是在为他自己赎罪。"

"你都知道了，这星辰之力如今之所以留下了使用的法门，便是因为商阡创造了四把瑶琴。或许这些瑶琴的诞生就是错误的，之后，为了弥补这些错误，我们幻妖一族都要尽自己最大的力量，来阻止任何有野心的人借着星辰之力来给人界造成动荡。"

她柔和地看着我："孩子，我知道，或许你的身上不该背负这么大的责任，但现在的一切局势，在很久之前，就已经注定了。"

"你为什么会知道这么多？"我问道，"难道这些事情，你在十几年前就已经完全预料到了吗？"

她叹了一口气："那是你的外婆用毕生的力量推算而来的，她窥视到了你的人生轨迹，可是最后却依旧看不出那结局……我想，或许任何事情的结局都是在不断变化着的，在它真正到来的时候，没有任何人能给出个结果，就算是大罗金仙也一样。"

她的身影越来越淡："孩子，我留下这段记忆将这些事情告诉你，并不是说非要逼着你做什么，一切的一切，你都是注定要知道的，只是每个人的人生都会出现许多选择，而现在，这个选择权，在你的手中。"

她抬手一指，指向天际："上天只会将一个棋盘摆在你面前，然后制定出规则，至于怎么去下，就要看你自己了，而我……"她顿了顿，"我只能当一个教授你规则的人……"

说完，她收回指头，停在我的眉心之上，我立刻觉得眉心一凉，一道细细的金光破入了我的身体，一瞬间，我感觉原本沉浸在丹田里的灵力如浩瀚大海一般鼓动起来，瞬间充入我的四肢百骸，身体里的力量在瞬间庞大了不知多少倍，连筋络都隐隐有涨破的痛感。

"你小的时候，因为担心你体内的幻妖之力会成为你成长的一个束缚，所以我将它封印了起来，只有在你的生命遇到危险时才会引发自保……现在，我将束缚着你力量的封印化去，你就会原原本本地拥有幻妖血脉，而且，我相信现在的你，完全有能力驾驭这股强大的力量了。"

窗外一阵清风吹入，她的身影晃了晃，仿佛随时都会散去。

"你是要走了吗？"我闷闷地说。

"我的使命已经完成了。"她还是笑，"可是，至少我看见了你，见着你长得这么大，见着你已经成了一个顶天立地的人，我想，我也满足了。"

"孩子，或许我并没有在你身边陪伴着你成长，但是你要相信，娘亲一直都在某个地方，默默地看着你……"

说完这最后一句，她身影一荡，终于彻底消散了。

金光瞬间收敛入竹简之中，房间里暗下来，又恢复到最初的样子。

"娘……"我喃喃低语着，抹了抹眼睛。

我默默地盯着地上那已经失去任何光泽的竹简，捡起来，细细地擦拭着上面的灰尘。

"你刚才在喊娘？"凤莨缓步上前来，"你是见到了你娘亲吗？"

"算是吧。"我低声说着。

她见我情绪低沉，也没有再问，出去招来了店小二打扫房间。见着房间里一片狼藉，小二本来还有些怒色，可凤莨一锭银子塞过去，他便立刻低头哈腰地笑开了。

我默默地走到窗边，一闭眼，手中光芒连闪，那竹简顷刻之间变成了一堆粉尘。

"这东西，现在是用不上了。"

"璞小子。"黑崎忽然游了过来，两只黄豆大小的眼睛盯着我，有些欲言又止的模样。

我笑了笑，装模作样地摸摸他的脑袋："黑老妖，我没事。"

"呸！"黑崎用力地一甩头，"别摸我脑袋，老子可不是你的宠物！"

我轻哼一声，一把捏住他的七寸将他拎起来："我可是你的主人，别忘了。"

他小小的蛇身被我甩得左摇右摆，龇牙咧嘴的模样无比好笑，我原本郁结的心情一扫而光，果然，有这家伙陪着，连偶尔的难过都没有机会。

今晚一下子知道了那么多匪夷所思的事情，还偏偏事事都与自己有关，如果换了别人，说不定此时早已被骇得躺下了，哪能像我这样谈笑风生。

说到底，这些日子以来，从黑崎到蜉漓，从御音师到十二地煞，从瑶琴到太白凌日，惊涛骇浪中什么稀奇没见过，脑子里面那根筋，只怕早已被我练出来了。

如果这一切都是注定的，注定逃不过，那不如直面。

我璇璞并不是懦弱的人，该面对的，绝不逃避。

第二日清晨，天还只有蒙蒙亮，客栈里面却窜进了一道人影。

我不过才刚起身，正准备去客栈的大堂找小二讨点热水洗把脸，就看见郭老正歇斯底里地敲着客栈的柜台，对掌柜的吼道："快，快，我要找公孙公子，告诉我他们住在哪间房？"

看着他那惊慌失措的样子，我立刻抬起手喝道："郭老伯，我在这里。"

郭老回头看见我，仿佛看见什么大救星似的，飞快地冲上来，扯着我的袖子，上气不接下气地道："公孙公子……快些……快随我去……二夫人她……快不行了……"

我立刻被这突如其来的消息骇住了，什么？谷梁轩的娘，快不行了？

"不应该啊！"我拉住郭老的手，"师父说伯母至少还能撑过十日，怎么这样就不行了？"

"老朽，老朽也不知！"他急速喘息着，脸色也开始发白，"今天早晨我给二夫人送饭，才发现她情况严重，就立刻通知了三公子，三公子也没法，我这才想到来找你！"

我知道现在事态紧急，也来不及多想了。"黑崎！"我低喝道，"我先随着郭老伯过去，你赶快去叫凤蔑！"

黑崎应了一声，从我眉心窜了出来，我也不耽搁，揽住郭老伯的腰，窜出客栈，直接御风窜上了半空。

脚下蓝芒连闪，身体里灵力川流不息，这幻妖血脉果然厉害，我将速度提升到极限，连身下纵横交错的街道都化为了光影。

片刻之间，我便穿过大半个卞京，身影落于谷梁轩的娘栖身的小院内。

此时院子里的温度比外边好像低了许多，郭老伯一落下地就打了个哆嗦。我疾步上前，将屋子的门一把推开，迎面就扑来一股寒气，甚至在我的眉毛与发间盖上了一层霜。

整个屋子里所有的器具此时都蒙上了薄薄的一层冰，几只冰蚕蛾在半空中卖力地飞舞着，不断从翅膀上震荡下白色的雾气，而谷梁轩正站在床边，那床已经被一个圆形的白色光茧包裹了起来，谷梁轩两只手掌按在光茧上，不停地向里面灌输着寒气。

"谷梁轩！"我踏进门。

"璇璞！"他不再客套地称呼我为璇兄，而且此时，他的语气里面竟然是少有的惊慌失措，"快来帮我，我娘亲她……"

我也不再多言，快步上前将手按在那光茧之上，一丝灵识就透了进去，果然，光茧内谷梁夫人的情况已经相当糟糕，全身都近乎泛起了青黑色，如果不是谷梁轩用寒气暂时停滞了她的血脉流通，只怕她立刻就要归天了。

"这太突然了！"我急道，"为什么会这样？"

"我不知道！"谷梁轩慌乱地摇着头，手底下寒气的输送速度依旧在加快，"我来时娘亲已经是这个样子了，如果不是郭老及时找我过来，恐怕她已经……"

我抬手打断了他的话，凝视着光茧中那随时都会死去的妇人，心里闪过万千个救人的办法，却又一一否决了。

不行，现在看她的境况，真是万分危急了，可偏偏师父此时却不知身在何处，虽然我幻妖血脉的封印已经解开，力量大增，但说到救人，却没什么好的手段，而且师父那般本领在我的帮助下殚精竭虑才延续了她十日的寿命，现在我在这里，自己一人又能有几成把握让这苦命的妇人醒转？

谷梁轩为了维持那个光罩，脸色都已变得乌青，一看就是力竭的征兆，眼见这样下去不是办法，我只好对他道："你先休息一会儿，我来。"

管不了那么多了，如今当务之急，只能暂时用这光茧将妇人的命吊着，能拖一时是一时。

谷梁轩点点头，立刻撒了手，我学着他的样子将双手按在光罩上，体内的灵力通过双掌缓缓注入光茧之中，维持内部的低温。暂时看来，以我现在的力量支持很长一段时间都不成问题。

片刻之后，凤莨与黑崎也赶到了，毕竟黑崎为了收敛妖气不能用动静太大的法术，只能由凤莨带着他，所以速度慢了不少。凤莨刚一进门，看见这屋内的情形，也是眉头一皱。

"谷梁小子，你娘昨日不还是好好的，怎么现在就这样了？"黑崎摇着尾巴，攀上了小屋中间的桌子，注视着不断在室内飞舞的九天冰蚕蛾。

"黑大哥，我现在很乱。"谷梁轩撑着脑袋，不知是因为寒冷还是恐惧，他的双手竟然在微微颤抖，"我娘亲……从小就只有娘亲一个人对我好……"

黑崎明白似的伸出尾巴拍了拍他的手，似乎是在安慰。

"情形怎么样？"凤莨凑上来问我。

"不好，很糟糕。"我摇摇头，"伯母的身体里不知怎的，已经逼出了的阴毒好像一夜之间全回去了，甚至还翻了好几倍，原本她的身体就脆弱不堪，这样一来，简直就是枯柴上又添了一把火……"

凤莨皱着眉："照你的意思，她还能撑多久？"

"没多久了……"我叹了口气，"虽然我不懂医，可现在这情况明眼人都看得出来，我维持着这光茧，也不过是聊尽人事而已。"说完，我还担忧地回头看了一眼谷梁轩。

那个在荆州城内与我们嘻嘻哈哈的人，如今竟然惶恐地坐在一边，脸上的表情，是我从未见过的苍凉。

这样的生离死别，经历起来，又有谁能不难过？

忽然，光茧里似乎传出了一丝异样的波动，我凝神细察，竟然是伯母开了口。

"松开……"她睁开眼，在里面冲我说着，"扶我坐起来……"

我急忙将听见的告诉凤莨，她也是眼神复杂。

我知道，我这一松，那她就只有等死的份，而我这里拖得久一些，那她，也能多活几个时辰。

可是，光茧里面传出的声音却越来越不可违逆："扶我坐起来……"

罢了，我咬咬牙，一下撤去了力量。

光罩失去了灵力的供应，向外膨胀了两圈，接着砰的一声，化为漫天光点消散不见了。

床上的伯母已经睁开了眼，她竟然自己用手撑着床沿，坐了起来。

"你……"我急忙走过去想要扶她，却被推开了。

"谢谢公子。"她笑着对我说，"老身现在不用搀扶了。"

我错愕地收回手，再端详她时，只发现她面色都已变得红润，而那双眸子，也一扫浑浊的气息，变得晶亮有神。

"难道……她痊愈了？"这种想法只在我的脑海里一闪，立刻就被我否定了，那些炽烈的毒素，是不会放过这个老妇人的，那么她现在的情况，便只有一种了……

我吞了吞唾沫，还是没有将那四个字说出来。

"娘亲……"见着伯母坐起身，谷梁轩面露惊诧，立刻来到床边。

"孩儿，"伯母微微露出一道笑容，拉住谷梁轩的手，"这段时间累着你了。"

"娘亲，你感觉怎么样？"谷梁轩红着眼睛，细细打量着她。

"我自己的身体我自己清楚，时候到了，逃也逃不过，所以，你们还是不要浪费力气了。"说完，她将脸转向我，道，"一直想向这位公子道一声谢，你们为了我也花了不少力气，我还真是过意不去。"

面对她歉意的表情，一时间我还真不知道说什么，只是一个劲地道着"不用"。

"孩子，你长这么大，娘亲从来没给过你什么，你恨不恨我？"伯母一脸慈祥地看着谷梁轩。

"我怎么可能恨你？"谷梁轩声音很激动，"娘，你别说话，好好休息，我会想办法治好你！"

"呵呵，你啊，小时候就和现在一样，又固执，又傻。"伯母伸出手指在谷梁轩的眉心处点了一点，那个神态，真像在教训一个小孩子。

这场面，看着虽然温馨，可是我心里却没有一丝感动，反而越来越沉重。

她，是在做最后的交代了吧……

"你娘我这一辈子并没有什么值得夸耀的，我想上天唯一眷顾我的，就是把你赐给了我，这么多年，你陪着我一起吃苦，就没有安心地过过一天，真是苦了你了……"伯母说着，展开双臂，将谷梁轩轻轻地抱入怀里。

"娘……你不要这么说……"谷梁轩抽泣道，"轩儿……轩儿从来没有觉得这些日子苦过，和娘在一起，很开心，真的……"

妇人笑了笑，爱怜地看着静静依偎在自己怀里的男子："娘最后，有件事情要你答应。”

"你说。"谷梁轩的眼泪不停地往下掉。

"不要恨你爹……"她缓缓地说着，"这些年来……他对我们不薄了……"

听见这句话，恍惚间我仿佛又回到了昨晚，娘亲留下的记忆捧住我的脸，对我轻声道："孩子，不要恨你的父皇……"

这一模一样的场景再度出现，我鼻子一酸，竟然也红了眼眶。

而凤茛，则直接偏过了头，却是不忍再看了。

"他、他这样对你，你就一点不怪他？"谷梁轩哽咽着问道。

伯母微微一笑，脸色缓缓变白："孩子，你要明白，你爹不是一般人，他是丞相，他手中握着万千生灵的生命，他，是不能用一般人来衡量的，他身上肩负的责任，让他难免有顾此失彼的地方……"顿了顿，她又道："实在要说的话，我想，我也是有那么一点恨他的……"

她的眼神变得悠远起来："那一年，我全家惨遭灭门，独我一人苟活于世，只有他，只有他在我最孤苦无依的时候一直紧紧抱着我，那一刻我就忽然明白，我这辈子唯一的依赖，就是他。即便他后来高中状元，又被商帝赐婚迎娶了萧将军的女儿，我的这个想法，也从来未曾改变过。"

她轻抚着谷梁轩的头："或许你现在不知道，但是当你遇到你生命中独一无二的那个人时，你就会明白了，有的时候，你对一个人的爱，是能战胜一切的……"

妇人的脸上挂着微笑："不错，我是恨你的父亲，但是我更爱他，因此那些恨，也就变得很微不足道了……"

我也静静地在一旁听着，不自觉地又看了看凤茛，她眼神凝重，似乎也与我一样在思考伯母话中的含义。

你对一个人的爱，是能战胜一切的。

"我知道，你的父亲其实从来没有背叛过我，我并不怪他，他只是不明白，其实从我很多年前来到这下京，再见到他的那一刻起，我就不怪他了……"她的声音越来越低，身体也渐渐萎靡下去。

"如果……还有来生，我想，我还是会心甘情愿地与你父亲相遇……或许这个世界上，再没有一个人能像他那般把我放在心上了……"

她一张嘴，吐出了一片幽蓝色的小叶子。

"碧落幽昙！"我惊呼出来，愣愣地望着她，"你为什么要这么做，为什么这么傻？"

原来，原来那强烈的阴毒卷土重来就是因为她将这叶子含在嘴中！

这简直就是在自杀！

可是她却淡然一笑，根本没有回答我，而是将眼神移向窗外的天空，那里，朝阳正在缓缓升起。

"时候到了，成华哥，你等等我……"没来由地冒出这么一句话，她枯瘦的手掌忽然从谷梁轩的脸上摔落下来，瘫在一边。

她的眼角，还残留有一滴清澈的泪。

当……当……

不远处，沉闷的丧钟也在这时被人敲响了，那方向，正是谷梁丞相府。

"看来，那个老头子也去了。"黑崎盘在桌上，淡淡地说。

"原来，是这样……他们说好了一起的……"我明白过来，轻声道，"情到深处，于是黄泉路上也能相扶相依……"

众人无话。

商历三九七八年，商都国重臣、一代名相谷梁成华于卞京家中病逝，享年五十五岁。

商帝亲自发了悼文，并主持整个葬礼。为这个庞大国家的第一重臣，商帝特别下旨在皇陵中划了一片地方作为他的墓地，整个下葬过程轰动全城，数以万计的百姓跪于道路两旁，给这个为国家鞠躬尽瘁的丞相做最后的送行。

然而他们并不知道，那庞大的送葬队伍，其实真正送的不过是一副衣冠而已。

番外 人生若只如初见

商都边境，咏鸣村。

清晨的村庄总是处在一片杂乱的喧嚣中，人们接二连三地步出了屋子各自忙活，男人在自家小院里清理着劳作器具，女人则窝在厨房里烧火做饭。不过晨光熹微的时刻，大多数村户家里已是炊烟袅袅，孩童穿好衣服蹦跳着在巷子里嘻嘻哈哈，银铃一般的声音传出去老远，惊醒了停在村外野花上的蝶儿们。

蝶儿振翅而飞，抖落了叶尖悬挂的一滴露珠，露珠闪着彩光落下，打在青年挺直的鼻尖，散落为点点星光，再也寻不见了。

露水沁凉，青年闭着的眼皮抖动两下，缓缓张开。

眸子里有一团迷蒙的雾，他伸出手揉揉，不多时已见清明。手边放置的书册因为一整晚的露水浸渍而起了皱，青年拿起来，翻看了两下，随即苦笑一声，原来那书页上的字此时都已变成了一块块的墨斑，再也识别不出了。

"一晚研读，没想到却毁了一册上好的《智经》，果然天下之才不可尽数填入腹中……"

青年摆摆脑袋，满脸唏嘘之色。

不远处传来一阵细碎的脚步声，青年转过头，看着正缓步走过来的人，笑道："小依，今日你怎起得这般早？"

"成华哥，难道你就这么不待见我吗？"少女掩嘴轻笑一声，嘴角露出浅浅的酒窝，晨光在她身后形成一圈耀眼的光晕，越发衬得她高洁。青年呆呆地愣住神，竟然是看得痴了。

苒依见眼前的谷梁成华这般模样，也是不恼，探手从随身挎着的小篮里拿出一个小纸包，递上前道："这是家里几个手脚利索的丫头为了今年祭祖耗了半夜工夫做的桂花糕，我瞧着还算精致，就拿了些，去了你家才发现你不在屋里，这才寻过来。你快吃了，填填腹中饥饿，瞧你这落魄样，怕是昨天夜里起就没吃东西了吧。"

谷梁成华不好意思地笑笑，抓抓头，赶紧将那纸包接过，立刻拆开，只觉得香气四溢，迫不及待地就拿出一块精致的桂花糕大口咬下。

"慢些吃，可别噎着了。"苒依浅浅笑着，"我这就先走啦，还得帮娘亲送封信给邻村的刘姥姥，去得迟了，只怕会被娘亲训斥。"说罢，她转身欲走。

"小依，等等！"谷梁成华忙不迭地站起身，拍拍自己身上还打着补丁的长衫，急道，"我和你同去。"

苒依回过头，一双眼睛在谷梁成华身上打量了好几个来回，笑道："哟，今日你不去钻研你的《智经》啦？"

"非也非也。"谷梁成华摆摆手，"所谓求学之最高境界，便是要超脱书本，自琐碎小事中摄取真理，我这番与小依你同去邻村，不过是体悟民生，以民生百态悟各家真言，免得他日去卞京面圣时，对着圣上说不出个治国之道来，岂不丢脸到家？”

苒依扑哧一笑，心里暗道，你不就是想偷偷懒嘛，还找个这么冠冕堂皇的理由，能不能赶考面圣还八字没一撇呢，真不知你哪里来的这般自信。

不过她也不点破，只是道："既然这样，成华哥便随我同去好了，刚好刘姥姥对你也是好奇得很，你也正好见见她。"

谷梁成华知道苒依口中的"刘姥姥"其实便是苒依娘亲的三婶婆，也是这咏鸣村附近十里八乡出了名的媒婆，百余里内各家婚姻，至少有一半是靠她牵的线，所以即便她现在年事已高，已经不干这行了，但不少人依旧对她感恩戴德，逢年过节上门送礼的亦是络绎不绝。

二人说走就走，出了村子便是乡野小道，周围浮动着早晨特有的雾气，夹杂着光线有些光怪陆离的感觉。不时有成群结队的鸭子被人赶着从身边经过，应该是到不远处的小溪中放养。

"成华哥，这次上京所用的盘缠你可都备齐了？"苒依边走边问。

"这个么……当然备齐了。"谷梁成华迟疑片刻，小声道。

苒依望着谷梁成华忽然变了的脸色，想了想，立刻明白了什么，开口道："得了吧，瞧你这语气我就知道肯定是没备齐，你说谎的本事实在是让人不敢恭维。"

苒依一下便识破了他的谎话，她斜眼看着谷梁成华道："我还记得上次爹爹请你到账房管了一个月的账，娘亲给了你十两银子当酬劳，照理说应该勉强可够路途之用了啊。"

谷梁成华被苒依一下点破了痛处，嗫嚅片刻，竟然没有讲出一句完整的话来。

其实不是他不想说，而是不好说，若让苒依知晓了她娘给的十两银子全被他脑子一热赠给了村东头刚死了老伴的黄老汉，免不了又是一顿数落。

虽说苒依家境殷实，是附近三个村子当中数一数二的大户，但十两银子也不是什么小数目，不能说给就给，毫不顾惜的。

而他自己，不过是一个举目无亲的穷小子，全靠村里那些热心的邻居的接济才不至于饿死路边，虽说前些日子中了进士，但谁也不看好一穷二白无依无靠的谷梁成华能有那本事进京赶考，唯有苒依一家鼎力支持，还不惜解囊相助。然而他得了钱财却

还这般挥霍，传了出去，不光自己无脸见人，连带着苒依一家也会落人笑柄。

苒依天生聪慧，似乎是看穿了谷梁成华的心思，也没有再问下去，只是道："这样吧，过了今日我去找娘亲，看能不能帮你再讨些盘缠来，不过这是最后一次，再出状况，我可真的没有法子啦！"

谷梁成华大喜，停下脚步对着苒依一拱手："妹子这般大恩大德，谷梁成华没齿难忘，这辈子我若是还不起，下辈子做牛做马也心甘情愿！"

苒依柳眉一竖，眼里却泛起一丝甜意，轻声道："什么做牛做马，这般说做甚……"说罢，竟然加快脚步往前去了。

谷梁成华笑了一声，快步跟上。

越过一座平缓的山头，遥遥可闻见不远处村寨里传来的声响，路边的田地中已经有不少汉子抡着锄头劳作起来，偶尔有两三只鸡与麻雀停在路边轻啄着地上散落的谷糠，听见脚步声，就迅速散开了。

田间一个约莫六旬的老汉抬起头，望见遥遥走来的谷梁成华与苒依，哈哈笑道："这不是谷梁小子和苒丫头吗，什么风把你们吹到这儿来了，该不会是趁着刚开春特意来抒情踏青的吧！"

听见这老汉的一番调侃，苒依也是不恼，只是道："庄伯伯就不要取笑我了，苒依这次来不过是赶在清明之前给刘姥姥送些东西，顺便帮娘亲送封信，哪里有什么闲心踏青啊。"

庄老汉不置可否地笑笑，又把目光转向谷梁成华，朗声道："谷梁小子，听说你中了进士，这等好事怎么就你一个人闷着，若不是那日听苒老爷说起，我们现在都还蒙在鼓里呢，怎么说你也应该摆个十桌八桌，大伙一起热闹热闹，也好为你上京赶考鼓鼓劲不是？"

听庄老汉这么一说，另外几个忙活着的人也相继直起腰来出声附和，一时竟然说得谷梁成华苦笑连连。

"好啦好啦，各位叔叔伯伯们，你们就看在小女的面子上饶过成华哥可好？"苒依瞧这些人闹也闹够了，便出声规劝。

"哈哈，每次一说成华小子，苒丫头总是要帮着出头，你们这般投缘，也够那年纪了，我看不如就趁着谷梁小子上京之前将这婚事办了算了，我们没吃上谷梁小子的金榜题名酒，这喜酒啊，可是非吃不可。"庄老汉说罢，又朗声大笑起来。

苒依涨得脸色通红，愤愤地一跺脚："庄老伯好生损人！"说完，她还斜眼瞟了瞟谷梁成华，发现他正笑眯眯地望着自己，脸上更是一片火烫，急急转身道："成华哥，我们快走，再这般拖下去，就要到正午啦。"

说完，苒依脚步加快，竟然急急地走远了。

谷梁成华一脸愕然，正要抬脚跟上，却听见庄老汉又道："谷梁小子，不是老头子我说你，这儿女情长的事情总得有一方先出手不是，你和苒丫头这关系我们都瞧在眼里，拖拖拉拉磨磨蹭蹭就是不见有个准信，要是再这般拖下去，恐怕黄花菜都要凉了，你自己掂量掂量吧。"

说完，庄老汉递给他一个意味深长的眼神，继续躬下身子专心锄地。

谷梁成华愣愣地听完这番话，又看着远处苒依逐渐缩小的背影，一咬牙，唤道："小依，你慢些走！"抬脚小跑着跟了上去。

两人各怀心事地进了村子，这里是隔了咏鸣村五里地的咏乐村，两个村子并不远，而且时有联姻婚嫁，因此各家都算是熟人亲家，见到苒依与谷梁成华的到来，村民都竞相打招呼。苒依的父亲苒正虽为地方一富，但为人谦和，经常为交不起地租的村民免租，因此深受爱戴，一家人又教养极好，丝毫不会专横跋扈的伎俩，因此大伙见到了苒依岂有就这般放走的道理，不少热心大嫂都邀请二人进屋内小坐用饭。

苒依有事在身，自然不好接受大伙的邀请，一路推辞又耗费了不少时间，待到了刘姥姥的院门前，竟然给慼出了一身的汗，而时辰也过去不少了。

刘姥姥的家只是一方简朴小院，院里种着些野菊，还有一处小池塘，一群农家孩子正三三两两地围在池塘边上抓着蝌蚪，不时发出童稚的欢呼叫喊，倒也没有破坏整个院子中静谧的氛围。而刘姥姥此时正斜靠在院子里的躺椅上，盯着那一群戏耍的孩童，眼里满是慈爱。

吱呀一声，苒依推开院门，冲那老妇喊道："刘姥姥！"

刘姥姥抬眼，见是苒依，忙拿过一边的拐杖站起身来，笑呵呵地道："丫头，许久都没见你来了，快过来让我瞧瞧。"

苒依刚一踏进院子，原本围在池塘边的孩童们立刻围了上来，争抢着要零嘴，看来这情形也不是第一次了。苒依大方地从篮子里拿出各种糕点分发着，孩子们得了吃食，一个两个更是又叫又跳，一时跟在茜依后面的谷梁成华，倒成了最为清闲的一个人。

刘姥姥拄着拐杖走到谷梁成华跟前，上上下下将他打量了个遍，才眯起一双细小的眼睛道："老身若是没猜错，你便是茜依那丫头常挂在嘴边的谷梁成华吧。"

谷梁成华忙躬身行了一礼，道："小生正是。"

"呵呵，之前茜依过来时总把你要上京赶考之事说了又说，我还想着这谷梁成华到底是个什么人物，值得那丫头这般念叨，今日一见，果然是一表人才。"刘姥姥笑道。

谷梁成华脸色一红，轻声应着："姥姥过奖了。"双目却瞟向另一边站在孩童之间的茜依，见丽人冲他微微一笑，他不禁怦然心动。

真是一对小冤家。刘姥姥心里暗想着，转过身冲茜依道："丫头快随我进屋吧，从咏鸣村赶过来怕是早累了。"说罢，推开屋子的门自己先进去了。

茜依与谷梁成华紧随其后，进了门厅，刘姥姥也只是随意地在桌边坐下，问道："茜丫头，今日上这儿来可有什么事情？"

茜依笑盈盈地说："清明不就要到了吗，娘亲特地差我来给姥姥送些糕点蔬果，还有高香纸钱，聊作祭祖之用。"说罢，她将那篮子放于桌上，接着又道："还有一封信，娘亲嘱咐我特意要亲手交予你。"

她从怀里掏出一个牛皮纸信封，恭敬地递到刘姥姥手中。

刘姥姥掏出信纸，只是略微扫了一眼，又抬起双目似笑非笑地在茜依与谷梁成华身上来来回回打量一番，才道："你们也别站着，坐下说话吧。"

见二人各寻着凳子坐下，刘姥姥白皙的手指在膝盖上轻轻拍了拍，一只白色的小猫从房间的角落里窜了出来，三两下跳上刘姥姥的膝头，慵懒地张大嘴，打了个哈欠。

刘姥姥漫不经心地梳理着那小猫的毛发，道："茜丫头，你和谷梁小子认识有些日子了吧。"

茜依掩嘴一笑："姥姥你问这个做甚，我与成华哥从小一起长大，算起来，怕是十好几年了。"

说罢，她又回过眼睛望向谷梁成华："我记得那年你刚好在我家田里偷番薯来着，是吧，成华哥？"

谷梁成华面色大窘，低声说了些什么，可就是让人听不清。

刘姥姥朗声笑了起来："哟，真看不出这文质彬彬的一个小子会去干些偷番薯的勾当。"

谷梁成华不服气地抬起头，对苒依急道："妹子你还说，那天若不是你与一帮小子跑到地里来挖番薯，我又怎会被你给撞见，结果后来还被守夜的发现了，白白去你家陪你蹲了一夜的柴房。"

这一下似乎戳到了苒依的痛处，她霎时脸红，好半天才喃喃道："若不是那时与他们打赌输了，我也不会想着大半夜去田地里啊……"儿时的那些事情被重新提起，苒依不好意思的同时，竟也对逝去的时光有着那么一丝的留恋。

"苒丫头小时候就是调皮，不过你们这般撞见，也算是有缘了。"刘姥姥端起桌上的茶水喝了一口，眼含笑意道，"苒丫头，我家院子里的鱼儿这点尚未喂食，你帮老身喂了可好？"

"我这就去。"苒依点点头站起来，出去了。

谷梁成华本也想跟着出去，不想却被刘姥姥唤住。

"谷梁小子，回来，老身有些事情要说与你听。"

谷梁成华愣了愣，回到桌边坐好。

"你想知道这封信里都写了些什么吗？"刘姥姥似笑非笑地望着他。

谷梁成华想了想，如实答道："不知。"

刘姥姥又道："苒依这个丫头，你怎么看？"

"小依？"谷梁成华挠挠脑袋，过了半晌，才道，"是个很好的姑娘，心地善良，聪明手巧，人也漂亮。"说完，他脸色不禁有些微微泛红。

刘姥姥眯起眼睛："你喜欢她吗？"

谷梁成华仿佛被人一下揭穿了自己内心最深处的秘密，猛地抬起头，却不知该说什么。

"你小子，也不要这般反应吧。"刘姥姥站起身，"姥姥几十年看人的功夫可不是浪得虚名的，这十里八乡，有谁不知道当年我刘媒婆的名号。虽然这些年姥姥不再做媒，但察言观色，却是再简单不过的伎俩了，瞧你这小子自从刚进门开始，眼神就没离开过苒丫头，若这还看不出你的心思，姥姥真的可以直接进棺材啦！"刘姥姥一番话说完，又哈哈笑起来。

谷梁成华只听得脸红脖子粗，只好僵硬地保持着坐姿，不知刘姥姥接下来又要说什么。

"你可知道这信中所言何事？"刘姥姥又扬了扬拿在手中的信纸。

谷梁成华摇头。

"傻小子。"刘姥姥呵呵笑道，"你的大好事来啦！"

见谷梁成华困惑的样子，刘姥姥也不再戏弄他了，直接开口点破："苒依她娘见你二人这般情投意合，你又高中进士准备上京赶考了，所以特地写信托我给做个媒，就地将你二人的婚事办啦！"

"啊！"大好消息来临，谷梁成华倒给愣住了，半天没反应过来。

刘姥姥拍了拍谷梁成华的肩："苒依她娘在信中都说了，毕竟女儿家面子薄，你偏偏又是那么一个书呆子，所以她也就顺水推舟一回，成全了你们这对小冤家，也好给自己找一个踏踏实实的女婿。"

"这……这是真的吗……"谷梁成华看着刘姥姥，半晌才道。

刘姥姥眼睛一斜："怎么，姥姥还骗你不成。"

"这……这……"巨大的喜悦让他突然之间都有一些语无伦次了。

"傻小子，你还愣着干什么。"

见刘姥姥意味深长的眼神，谷梁成华立刻想到了什么，一下窜起身来，道："小生不才，待请刘姥姥帮我提上这门亲事！"

"呵，总算是有些脑筋，姥姥等的可就是你这一句话。"刘姥姥重新坐下，感叹道，"想我不做媒已经很多年，但这次情况不同，毕竟苒丫头是我的小辈，接下这门亲事，算是我作为长辈的一点小心意吧。"

谷梁成华道："那，刘姥姥，这彩礼……"

不料他话还未说完，刘姥姥却直接甩给他一个白眼，道："你能出得起彩礼钱？"

谷梁成华面色一难，嗫嚅着不说话了。

刘姥姥叹气道："你呀，你以为苒依她娘还指望着你能出得起彩礼？她不过是想找个真正对苒丫头好的人，你说这天下父母还不都是一样的想法。"

"姥姥教训的是。"谷梁成华又是一躬身子，"小生定然不会辜负她老人家的一片苦心，一生一世对小依好的。"

"有你这句话就够了。"刘姥姥笑着摆摆手，"这门亲事我算是接下了，等过了清明我便会上茚家去帮你提亲，你也需要气度一些，毕竟人家茚丫头愿不愿意嫁你还不好说咧，你先去陪陪她，培养培养感情。"

谷梁成华点点头，转身出了屋子，就看见茚依正站在那一方小池塘边，手里抓着一把晒干了的馒头屑不断抛向水中，水面上金色的锦鲤不断穿梭争抢着，逗得伊人脸上笑容不断。

"小依。"谷梁成华喊道。

"成华哥。"茚依回头，将手中的馒头屑尽数撒进池中，上前道，"姥姥都跟你说了些什么？"

"没什么，不过是一些小事……"不知该怎样回答，谷梁成华唯有轻咳几声，敷衍道。

"哼，还跟我玩神秘，不说也罢，想来也不是什么有趣的事。"茚依越过他，进了屋，片刻之后才提了篮子出来，背后跟着刘姥姥。

"成华哥，事情办完了，我们这便回去吧。"说完，她还特意回过头，冲身后的刘姥姥一福身，"姥姥，我们这就走啦！"

"哎，路上小心着点啊。"刘姥姥笑眯眯地说着，末了，还递给谷梁成华一道鼓励的眼神。

谷梁成华沉稳着点头，与茚依一起出了院子。

待二人的身影消失不见，刘姥姥才叹出一口气，自语道："看来又要累上一阵子咯！"转身进了屋子，关上门。

回了村子，茚依便说家中祭祖繁忙，与谷梁成华分别返家了。谷梁成华也回到住所继续钻研诗书，只是脑子里不时回想起刘姥姥的话，想及自己与茚依青梅竹马多年，其实早已痴心暗付，只是碍于自己窘迫的身世而不敢高攀，本想等进京赶考混出点名堂之后再回乡提亲，不料茚依她娘却现在就将自己的心愿给了了。

想着想着，他竟突然笑了出来，仿佛眼前的书本，都成了描金的大红喜帖。

就这般过了几日，茚依还是同往常一样不时过来找他，每次都会带一些糕点吃食，或是自己亲手做的长衫布鞋。女儿家手巧，做成的衣物精致无比，谷梁成华如获至宝，穿在身上都不舍得坐一下，怕将衣裳给弄脏了。

每每瞧见谷梁成华这样，茚依都会笑出声，而谷梁成华也不管，只满目爱怜地盯

着苒依看，直到看得她脸红埋首，不再出声。

二人就这样将百般言语暗藏在彼此交汇的眼神与动作里，心照不宣地又过了好几日。

每到清明，祭祖便是相当重要的一件大事，苒依一家自然也不例外。这项浩大的工程一般要从四月上旬一直持续到四月中旬，因此祭祖开始之后，苒依便很少有机会出家门，就算能出来，也是急匆匆地处理一些事情再回去，根本没有与谷梁成华会面的机会。

于是谷梁成华只好日日夜夜不停地研读着各种书册，实在想念得紧了，便拿出苒依亲手做的长衫，仔细观摩上面的每一个线头，撑过相思之苦后，再继续研读。

当所有的人都在忙着同样的事时，孑然一身的谷梁成华，倒成了整个村子里最为悠闲的人。

刘姥姥并未食言，清明刚一过完，她便带着谷梁成华亲自上苒家提亲了。

事情一传出，立刻在咏鸣村炸开了锅，一时村民们皆对这件事情议论纷纷，且不说谷梁成华一介穷小子竟然有胆子去攀苒家这棵大树，单是名媒婆刘姥姥再度出马亲自做媒，也足够让人惊奇一阵的了。

而且，最最不可思议的是，苒家二老竟然没有拒绝！

不过他们哪里知道，其实这一切都是那苒家二老的意思，对于早就写好剧本的戏，所有的人不过只是走个过场而已。当然，整场戏中，村民们充当了观众，谷梁成华成了最得意之人，而一直被蒙在鼓里的苒依，却给吓得满脸通红，一度躲在闺中，让谷梁成华在门口唤了好几声也不肯开门。

"这丫头，平常就没见有什么事情会让她害羞成这样，你小子以后若是负了她，我第一个不饶你！"

房间的门吱呀一声开了，走出一名妇人，眼角带着笑意冲谷梁成华道。

谷梁成华苦笑一声："岳母大人，我只想问问，小依她到底是愿不愿意见我？"

谷梁成华其实觉得自己是无比委屈，好不容易可以见着苒依一面，不料苒依一听闻他上门提亲的消息，立刻躲在房间中闭门不见。谷梁成华无法，只好搬来岳母这座大靠山，希望她能帮着劝劝，好让他见上苒依一面，一解相思之苦。

"你进去吧。"妇人笑盈盈地让开道，"这丫头早就想见你了，不过是苦撑着那张面皮，你可得好好哄哄啊。"

谷梁成华大喜，谢过妇人之后立刻推门而入。

房间里，苒依正坐在梳妆台边，轻埋着头，铜镜里映出她流转的眼波。听见有人进来了，她脸颊顿时飞上一抹红晕，头埋得更低了。

谷梁成华一步一步朝她走去，感觉胸腔里的那小东西正怦怦怦地跳个不停，怎样都无法平复，在过去的那些年里，他们二人独处的时光不在少数，然而他的心情却没有一次像现在这般的慌乱与紧张。

近了，近了，伊人就在眼前，谷梁成华再也忍不住，伸出手一把将苒依揽在怀里。

"烂人。"苒依不怒也不恼，反而静静地将脸贴着谷梁成华的胸口，两只白藕般的手臂抬起，攀上了他挺拔的脊背。

谷梁成华低低应了一声，也不说话，只是贪婪地吮吸着苒依脖颈间那清新的气息，手臂搂得越发紧了，仿佛要将她揉到自己的身体里去。

"你之前为什么都不告诉我，非要弄得这般突然……"苒依闷闷地问道。

谷梁成华深吸一口气，道："我怕我事先说了，你会不愿意。"

苒依扑哧一笑："那你等到现在才说，就料定我会愿意吗？"

谷梁成华手臂一僵，半晌才道："你若是不愿意，我就哪儿也不去了，当着岳父岳母的面缠着你，缠到你愿意那天为止。"

苒依拍了一下他的背，道："我还没说就这么嫁你呢，别岳父岳母叫得那般亲热。"

"小依……"

"算了，瞧你那样。"苒依小声道，"其实，你与我爹娘是早就串通好了的吧？"

面对苒依突然的问题，谷梁成华想也没想就一点头："嗯。"

"早猜到了。"苒依浅浅笑道，"我在那日被刘姥姥假意支出屋子的时候就应该猜到了，唉，原来娘亲就这般舍得我，都不问问我就将自己的女儿交到一个穷书生手里。"

"呃……"谷梁成华语气一滞，竟然不知该如何回答。

"你什么也不用说。"苒依抬起脸，凝视着谷梁成华的双眼，"我想娘亲她也知道吧，或许除了她与爹，这世界上，就只有你最心疼我，待我好，在他们看来，我嫁给你，真的是一个再好不过的归宿了。"

　　谷梁成华只是静静地听着，脑海中思绪万千，他想不到，原来怀中这个女子，竟然会有这般透彻的思想与情感。

　　"怎么，你傻了吗？"看着谷梁成华的眼神，苒依又是一笑，"只是我有点舍不得呢，若是就这般随你走了，爹爹与娘亲不知该有多难过，我肯定也会难过，虽然我知道，你就会用一些笨到骨子里的方法来安慰人。"说着说着，苒依的眼角竟然有些湿润。

　　笨到骨子里的方法？谷梁成华虽然被这番言语说得有些黯然神伤，但还真有些为自己抱不平，他安慰人的方法什么时候笨到骨子里了？

　　"小依，其实你不用这么想。"谷梁成华想了想道，"我们一样可以安静地生活在这里，我去学堂里谋上一份差事，你就在家里相夫教子，这样的日子不也其乐融融？"

　　哪知苒依听见这话，却突然推开了他，道："你不上京赶考了？"

　　谷梁成华摸摸鼻子："我若是上京，这一路路途遥远，而且还不知道要花费多少时日，留你在这里我心里难安，倒不如就此安定下来，过些平淡的生活，你也可以经常回家与爹娘小聚，这样难道不好吗？"

　　"不成！"哪知苒依却突然道，"你若是这样，我宁肯不嫁你！"

　　谷梁成华急了："小依，你为何这般说？"

　　苒依摇摇头，缓步走到窗前，凝视着窗外，轻声道："我不能当一个拖你后腿的人，你若是为了我而放弃大好的前程，我……"

　　谷梁成华大步上前，再次抱住她："名利如浮云，我执着于那些东西做甚？我虽不算聪慧，但这么多年研读诗书却悟出一个道理，人活一世，只为快乐安心，其余什么都是虚的，我今生有你已无憾，其他的，不要又何妨？"

　　这一次苒依没有推开他，静静地倚在他怀里听他义正词严地说完这番话，才幽幽叹了一口气道："你要的。"

　　谷梁成华一愣。

　　苒依继续说："你要的，我比任何人都能理解你，你唯有上京赶考，金榜题名，才能出人头地，这些，都是你最为需要的，而不是我。"

　　"不是，你不要想歪了。"谷梁成华有些急了。

　　苒依摇摇头："你瞒不过我的，这些年来，你在一种怎样的环境下长大，我难道没有看在眼里吗？"

谷梁成华不语。

"你从小便没了爹娘，儿时因为腹中饥饿而不得不干些偷鸡摸狗的勾当，受够了别人的欺辱与打骂，那些不堪的过去，没有任何人会去忘记，即便后来你在爹爹的帮助下能够自力更生，还一番苦读，连中秀才举人进士，但这些对你来说，都是远远不够的。"

"这些年来，你一直在努力，就是想要证明自己的价值，而那些悲惨的过去与周遭所有人厌恶的眼神，都是你最大的动力。成华哥，在你心底最期望的一天，便是当自己站在巅峰，能够操控自己的命运时，再来对着自己的过去大喊一句'不'……而我，不能成为你最终说出这个字的绊脚石。"

谷梁成华愣愣地听着，直到苒依已经不再说，他依旧是那副仿佛凝固的表情。

半晌，他无言地将苒依搂得更紧了，一声不吭，然而苒依却分明感觉到有那么几滴温热的液体洒在了自己的脖颈处。

"我从没有想过……有一天能有一个人对我说出这番话，然而今天我却听到了，而且说它的人，是我未来的妻子……"

谷梁成华喃喃："等我……等我金榜题名的那一天，我要接你上下京，让你成为这世界上，最美的新娘。"

苒依露出幸福的笑容，闭上眼睛，应道："嗯，我会一直等着……"

这一刻，二人不再说话，仿佛他们之间已经不需再用言语交流，只是这般拥着，两颗心轻轻触碰在一起。

窗外，妇人悄悄背过身子，抬手拭掉眼角的一丝泪光。

"我倒是看不出来你会这般心细，明知谷梁成华那小子这么落魄还愿意将苒丫头嫁给他，这年头像你这样的娘已经不多见了。"刘姥姥拄着拐杖从一边走了过来。

妇人轻语道："只要小依能有个好归宿，我也就能安心了，这天底下的父母，又有哪个不希望自己的子女过得好呢？"

"不全是。"刘姥姥摇摇头，"几十年了，那么多的人眼睛只会死死地盯着钱与利，我刘媒婆当年之所以突然不再干这行，就是不忍心再拆散几对苦命鸳鸯。说到底，这一对恐怕是我这辈子最心甘情愿去撮合的一对了，但愿他们真的能夫妻同心，白头偕老。"

"三婶，你何时也变得如此多愁善感了。"妇人露出笑容，"我之所以会看上谷梁成华这小子，主要是他的不屈与上进，这样的人，委实太难得了，我若是没看走眼，将来他的前途会不可限量。"

　　"是啊，希望苒丫头真的找到一个好丈夫，了却这样一桩大事，你们夫妻两个，也可以安心颐养天年啦。"

　　说到这里，妇人与刘姥姥相视一笑。

　　"那这婚事你准备何时开办？"刘姥姥又问。

　　妇人道："谷梁成华不多时就将进京赶考，还是尽早办了吧，刚巧黄道吉日便是在七天之后，三婶意下如何？"

　　"如此甚好，那老身就暂且在你这里住下了，喝完喜酒我再回去。"刘姥姥满目喜气地道，"你可别嫌老身麻烦。"

　　"欢迎之至！"

　　七天之后，咏鸣村大半的村民都拿着苒家二老派发的喜帖聚集一堂，来见证这又一对新人的结合。

　　苒家大院里早已被装点得喜气洋洋，大红的灯笼配着流苏悬挂了不下百个，不管是长工短工都特地穿上了分发的红色对襟小衣，脸上带着笑。多半是因为小姐要出嫁，老爷多给了他们每人两百文的喜钱，又可以为家里添置些衣物或者多吃几顿肉食——当然，最重要的，他们和前来观礼的那些村民一样，都由衷地为小姐高兴。

　　苒依平日里很是照顾家里的下人，为人谦和，因此口碑极好，甚至有不少丫鬟因为她的出嫁而落泪。

　　此时苒依正身着大红色的新娘服静静地坐在香闺内，身后是帮她上妆梳头的一众丫鬟。见她们一个两个都是眼眶红红的样子，苒依也伤感道："你们何必这样，又不是什么生离死别，如此哭哭啼啼做甚。"

　　背后正帮她盘着头发的丫鬟哽声道："小姐这一走，就要好多天不见，想着以后再也不能帮小姐梳头了，小绿心里就难过得紧……"

　　苒依无言，只能抬手拍拍小绿按在自己肩上的手。

　　"是啊，真不知道那穷书生谷梁成华修了几辈子的福分，能娶上我们家小姐，小姐你嫁给了他恐怕还有得苦头吃啊，往后你要是日子过得不舒心，尽管回来找小月，小月虽然不才，但也能帮小姐教训教训那小子，出口恶气！"

苒依扑哧一笑："小月，你就这般说你未来的姑爷，也不怕我给你小鞋穿？"

小月语气一滞，好半天才悻悻地道："小姐这人还没嫁出去呢，胳膊肘就先往外拐了，果然一代新人胜旧人，我们这些丫鬟，也只有被抛弃的命。"说罢，她拂袖掩面，清泪涟涟。

苒依哭笑不得地回过身，将小绿小月的手尽数握在掌中，道："你们放心，就算我今日嫁出去了，也永远不会忘记你们这些好姐妹，往后抽空我一定回来看你们，可好？"

二人这才破涕为笑："小姐哪儿的话，你住到姑爷家去，瞧那房子四处透风，恐怕连床也睡不惯呢，要不今晚咱们就给你多送几床棉被过去，省得洞房之夜要是染上了风寒，可让人看了大笑话了。"

苒依面色一窘，抬手欲打："你们两个死丫头，什么时候学会这些了？看来是我长久没有调教，都学会造反了不成？"

两丫鬟立刻叫着躲避，一时房间里三人追作一团，娇笑连连，一改方才沉闷的气氛。

再瞧另一边，谷梁成华前一天子时就被接进了苒家，被丢在澡盆子里活像杀猪似的洗洗涮涮足足一个时辰，直到全身上下都白净得香喷喷之后，才被拉上来，接着烦琐的新郎服就被一层一层地往身上套。

那些仆人多半也是村民，自然识得谷梁成华，可是一个两个都像是对他怀着深仇大恨似的，且不说方才泡澡时那活活可以把人烫掉一层皮的滚水，就说现在给他系着腰带这位，已经拉拉扯扯快要将他肚里的脏器都给挤出来了，方才作罢。

谷梁成华苦着脸望着身前大块铜镜中的自己，受了好几个时辰的罪，才把自己给整成这副模样，可真是有苦说不出。想着今天便是自己大喜的日子，他唯有忍着，等会儿就可以见到小依了，这倒是他最大的期待，想到这里，他不禁又咧开嘴笑了出来。

午时已过，便有人进屋道该去接新娘了，于是他便正了正衣服，出了房间。不料前脚刚踏出门，就立马被一根绳子给绊了个四脚朝天。

"咯咯咯……"边上传来了一众女子清冷的笑声，谷梁成华明白多半又是那些丫鬟在捉弄自己。但他也只能无可奈何地爬起来，拍拍身上的尘土，又正了正胸前的大红花，对着她们行了一记大礼。

丫鬟们瞧见谷梁成华这样，也不好再说什么，只见领头的一个柳眉丫鬟微微一福身，带着笑道："姑爷好，小姐正在东厢，等着你接去正厅拜堂哪。"

"东厢啊，"谷梁成华喜道，"多谢妹子提醒！"

"哎哟，姑爷可别这般称呼奴婢，奴婢可担当不起啊，小姐知道了估计会扒了奴婢的皮。"那丫鬟故作惊讶地瞪大眼，拍了拍胸脯，转身领着一众丫鬟娇笑着走远了。

谷梁成华摇摇头，一路朝着东厢走去。

哪知，他这时才知道娶亲之困难，和后面这些花样比起来，出门那一跤还算是好的。这一路上，不停地有苒家的人变着花样给他出难题，更有甚者，那堵着东厢房大拱门的账房先生竟然端给他一大碗辣椒水，这可真是大发了，直给谷梁成华辣得一佛出世二佛升天，账房先生才笑眯眯地给他让开了道。

最后，当他推开苒依的房门时，真的是大呼庆幸伊人是盖着红盖头的。

看看他现在的样子，浑身尘土，乌黑的发丝上点缀着被人用面粉砸过而留下的点点白花，挂在胸口的大红花早已经因为反复的折腾而歪歪斜斜地扭在了一旁，而他原本清俊的薄唇，因为方才的辣椒水，硬生生地肿胀了一圈，直变成了不折不扣的"香肠嘴"。

不过，他到底还是撑过来了，看着眼前这位仙子一般的新娘，他突然觉得，什么都是值得的。

"小依。"他沙哑地喊出声，走上前握住了伊人的柔荑。

"嗯。"苒依低低应了一声，语气竟然颇为娇羞。

门口又传来了嘻嘻哈哈的笑声，谷梁成华回过头，就见小月和小绿领着一众丫鬟仆从道："姑爷，快领着小姐去拜堂吧！"

谷梁成华这才反应过来，一边点头一边搀起苒依，被一大帮仆从簇拥着，二人缓步朝正厅走去。

此时整个苒家的前院之中已经是人声鼎沸，偌大的院子被数十张大圆桌给挤得水泄不通，人们围坐在一起不断拉着家常，当然，最大的话题莫过于今天将要结合的那对新人。

谷梁成华和苒依的出现，更是在这原本就燃烧起来的场面上洒进了一勺油，所有的人都站起身欢呼起来。

虽然谷梁成华狼狈的样子有些失了颜面，但依旧挡不住他满面春光，对着不断起哄的村民，他也只是大度地笑笑，拉着苒依迫不及待地进了主屋的正厅。

正厅里，苒家二老已经坐于主座上等候了，刘姥姥因为身份特殊，特地被安排在紧靠着苒老爷的位置坐下，也正笑眯眯地望着踏进来的两人。

谷梁成华与苒依走上前，端正站好，就听见早已守候在一边的唱礼官喝道："时辰已到，新人一拜天地！"

二人转身，对着苍穹碧空一拜。

"二拜高堂！"

回过身，对着三位老人一拜。

"夫妻对拜！"

面对着苒依，谷梁成华这般告诉自己：过了这一下，面前这人就真的是自己的妻子了。

他郑重地躬下身子。

在与苒依头顶轻轻相碰触的那一瞬间，他分明听到了她轻轻叫了一声："相公。"

只这一声，他就在心里默念，一定要对自己的娘子好，好到生生世世。

这门婚事一直折腾到了半夜。

大半的村民都喝得醉醺醺的，一个两个跟跄着离去，而苒家的大院里，许多仆人也东倒西歪地醉卧在地，鼾声震天，不省人事。

谷梁成华双颊泛红，正在与苒老爷做最后的道别，苒夫人早已回房歇息。而刘姥姥，因为年迈，见证过二人拜堂之后就由苒夫人派家仆送她回了咏乐村。

苒老爷喝得不少，但因为太过高兴，也没有露出疲态。

苒依此时已经褪去了新娘服，一脸幸福地依偎在谷梁成华身边。再过不久，她就要离开苒家，离开这个生她养她十几年的地方，开始一段崭新的生活，陪着一个承诺过会陪着她一辈子的人，平静，却幸福地度过余生。

"好好待我的女儿。"说完这最后一句，苒老爷的双目竟然也红了。

谷梁成华坚定地点头："我会！"

苒老爷不再说什么，摆摆手："你们去吧。"说完，他转过身，背对着他们。

谷梁成华对着他深深地鞠了一躬，拉着苒依离开了，苒依虽然不断拭着眼泪，但

依旧强忍着没有回头。

二人出了院门，在清冷的月光下踱着步子，一路来到了村子最外围谷梁成华栖身的小屋。

原本为了今日，他已经将小屋内重新整理过了，奈何依旧是太过破旧，纸糊的窗缝还有丝丝冷风飘入。

"小依。"谷梁成华将苒依搂入怀中，"委屈你了。"

"哪里的话。"苒依轻语道，"只要有你在，即便是山间草屋，我也当它是琼楼金阁。"

房屋的角落里摆着一张新床，做工精致，那是苒夫人专门差木匠为这对新人新制的，床上还放着两床刺有鸳鸯戏水的锦被，倒是整间屋子里面最值钱的物事。

"小依。"谷梁成华握着苒依的手坐在床边，口干舌燥地唤着她的名字，却有些局促。

"成华哥。"苒依红了脸颊，浅浅地应着。

谷梁成华低下头，轻轻触碰着苒依温润的嘴唇。

苒依闭上眼，眼角带着幸福的弯儿。

这样的感觉就是幸福吧。

两个相爱的人，彼此分享着温度。

成华哥，我真的好喜欢你……

夜晚静谧，屋里的灯，也缓缓地熄灭了。

苒依是被窗外传来的嘈杂与尖叫声给惊醒的。

明明还是夜里，喧嚣声却足以掀掉整个屋顶，苒依窝在谷梁成华怀中猛地睁开眼睛，再起身时，已经听见有人在外面大声叫喊着开门。

"成华哥！"苒依惊恐地呼喊道，谷梁成华也立时警觉地起身，帮苒依套好衣服，自己只胡乱披了一件长衫，走到门边呼啦一下拉开了门。

"呼……呼……你们总算起来了！"门外站着的一个青年汉子弯着腰，双手撑在膝上不住地喘着气，抬起一双眼睛急切地望着谷梁成华。

谷梁成华认得，这个人是村里的农户李默，为人憨厚老实，他像现在这样慌张的样子谷梁成华还是第一次看见。

"李哥，出了什么事？"谷梁成华微微皱起眉，心里有一种不好的预感。

"莴老爷……莴老爷家里出事了！"李默平复了急喘的呼吸，终于喊出了一句话。

"什么？"谷梁成华震惊的同时，只听见房里传来咕咚一声，回过头，瞧见莴依正一脸不可置信地瘫在地上。

"小依！"他急忙奔回去，将莴依拉起来搂在怀里。

莴依怔怔张开的双眼好半天才对准了焦距，她失神地抓着谷梁成华的手臂，喃喃道："成华哥，刚才我听见了什么……"

谷梁成华眼神一痛，可还是转过头看向门口的李默，问道："李哥，到底出了什么事？"

李默担忧地望了望莴依，却还是开口道："我因为在田里扭伤了脚，才没能去喝你们的喜酒，本来是早早睡了，不料就在刚才起夜时，突然看见莴老爷的宅子里火光冲天，接着一堆蒙面人从宅院里冲了出来，骑上马朝村外奔去了。"

"此话当真？"谷梁成华一个激动向前一步，"现在那边情况怎么样了？"

李默哭丧着脸道："我一时急了，来不及去抓那帮人，只好挨家挨户地叫大伙起来救火。可是因为大半的人吃了你们的喜酒之后都变得醉醺醺的，能爬得起来帮忙的着实没几人，现在那火已经烧到了整个院子，怕是制不住了！"

谷梁成华心里一紧，又问："那岳父岳母状况可好，宅子里的人呢？"

李默有些担心地看了看依偎在谷梁成华怀里的莴依，发现她也是一脸坚定地望着自己，只好道："除了秦绿全身是伤地跑出来……其余的人……都身陷火海了……"

谷梁成华只感到怀中之人身体猛地颤动了一下，再低头看时，莴依嘤咛一声，已经晕了过去。

"成华，你快随我去看看吧，现在已经有兄弟跑到咏乐村去叫人来帮忙了，可是一时半会恐怕也回不来，如今全村上下闹腾得已经不可开交啦！"

"稍等片刻！"谷梁成华果断地回过身，将莴依放回床上，轻手轻脚地为她盖好被子，才急匆匆地跑出门，道，"我们走！"

二人一阵狂奔。村子不大，远远地，谷梁成华可以看见莴宅方向的那片天空已经被火光照得猩红，滚滚浓烟铺天盖地，活像一张张扭曲的笑脸，带着邪恶的咆哮吞食

着那宅子中每一个鲜活生命。

忍住扑面而来的灼热感，谷梁成华一路奔到苒家的大门前，那里已经围了不少人，但大多是一些尚未喝醉的妇人孩童，依旧在努力地用手中的各种器皿端来水泼向大火，只是火势太大，这些救援看来不过是杯水车薪，大家只能眼睁睁地看着这救命的清水在高温炙烤下化作缕缕白烟，迅速消散入空中不见了。

不远处站着一圈的人，处于最中间的是一名素衣老者，谷梁成华认得他是村子里的王郎中，此刻王郎中正蹲在那里，细心诊治着躺在他面前的一名年轻女子。

谷梁成华凑过脸去，不由心神一震，那名浑身是血的女子，不是小绿又是何人？

周围的人瞧见谷梁成华来了，都纷纷为他让开道，毕竟他现在是苒家的姑爷，出了这等事情，由他来处理最为妥当。

谷梁成华心情沉重地走上前，瞧见小绿的伤势，着实让人胆战心惊，脸上那些流着脓的烧伤还在其次，最为严重的是她小腹处的一道刀伤，虽然被王郎中用涂着药的白布盖住了，可鲜血依旧在汩汩地向外淌着，染红了她身下的一大片土地。

王郎中站起身，哀叹一声，道："我虽然给她服下了参片，但毕竟伤势太重，怕是撑不过去了……"说罢，他摇摇头，退到了人群中。

谷梁成华蹲下身子，丝毫不敢相信眼前的事实，这个丫头在今天的婚礼上还是那般的活蹦乱跳，甚至还带着丫鬟们捉弄自己，怎么现在却已经徘徊在生死的边缘，随时都会香消玉殒？

他喉咙哽咽了，想说什么，可是说不出来，然而小绿却缓缓地睁开了眼睛，看见他，十分艰难地张开嘴，唤了一声："姑爷……"

"小绿。"谷梁成华赶忙应道。

小绿的眼睛扫过身边站着的每一个人，又望向不远处依旧在熊熊燃烧着的苒宅，问道："小姐她……还好吗……"

"小依她很好！"谷梁成华拂袖擦拭着小绿脸上的血迹。

"咳咳……"小绿轻咳几声，又有数道血线自她的唇角溢出。她凄然一笑，轻语道，"还好……还好小姐无事……今日……躲过一劫……"

谷梁成华急着问："小绿，这到底是怎么回事，好端端地，怎的突然起了这样的大火？"

听见这话，小绿却突然激动起来，抬起手死死地抓住谷梁成华的小臂，嘴里声音虽小，却无比凄厉地重复着一个名字："仇霸……仇霸……"

周围的村民有一多半都已经明白过来，这仇霸可以算是这方圆十里人们耳熟能详的人物了，传闻他以前是别国的叛军，后来逃到了商都，纠结了一帮混混，就在这边境之地占了个山头，自立为王，干尽了伤天害理的勾当。周围的百姓对他可谓恨之入骨，可是由于地域敏感，朝廷为了避免挑起与他国的纷争而不好擅自派兵围剿，因此他们便越发猖狂，做起事来更加无法无天。

"你是说，这火是仇霸他们放的？"谷梁成华一脸凝重地问。

小绿脸上泛起一丝痛苦之色："小姐与姑爷走后……我们刚睡下……那帮人就闯进来了……因为大伙几乎都醉倒在地……根本没有反抗之力……只能由着他们屠戮……"

谷梁成华的拳头逐渐握紧。

"他们杀了老爷和夫人……抢走了所有的钱财……末了居然还放火……我没有被伤到要害……侥幸逃过一劫……其他的人……都遭了毒手……"

说到这里，她又是一阵哽咽，眼角清泪不断落下，周围看着的一些妇人都不禁抬手拭泪。

"什么？你说宅子里的人全都……死了？"谷梁成华被这个消息彻底震住了。

王郎中在一旁唏嘘道："成华，你节哀吧，这火烧得这般大，偏偏又只有小绿姑娘一人跑了出来，这其他的人，只怕真的是凶多吉少……"

谷梁成华木然地抬起头，望着眼前的熊熊大火，突然觉得虚幻无比，想着方才还对他叮咛重重的苒老爷，想着婚礼上俏皮地开着他玩笑的一众丫头，只短短数个时辰的工夫，却已经葬身火海，成了一缕亡魂。

"那帮该死的畜生，恐怕垂涎苒家的家产已久，选在今日动手，定然是看中了今日大婚之时，众人毕竟要喝个不醉不归，这一下，就会少了好多的抵抗力量……这如意算盘，打得真是好啊！"王郎中捻须愤愤地说，"还好苒依今夜出阁，算是逃过一劫，只是她若听闻这等晴天霹雳般的噩耗，只怕还不崩溃了过去。"

说完，他还满目担忧地看了看一脸木然的谷梁成华。

谷梁成华只是静静地凝视着面前的小绿，看着她的呼吸逐渐变轻，身下的血块逐

渐凝固，听见她在最后凝视自己时嘴唇轻嚅说出的一句话："好好照顾小姐……"

她轻轻闭上双眼，不再有任何动作，气息凝滞，一缕香魂便这么去了，只留下最后的一丝笑容，似乎还在为自己的小姐祈福。

周围寂静无声，此时没有一个人愿意说话，因为没有一个人的心中不满是悲痛。熊熊火光映照在他们脸上，勾勒出的全是一张张悲愤却无奈的表情。

片刻之后，村口传来一阵喧嚣，是咏乐村的村民们帮忙来了。

有了一帮汉子的加入，火势便再也嚣张不起来了，一桶桶的清水不断泼出去，拂晓时分，最后一丝火苗终于无力地挣扎了两下，散落为一片白气，翩然不见。

只是，原本宽广的莘家大宅，除了一个满目疮痍的大梁框架，其余的全毁了，包括后院的花花草草，以及上上下下数十口的人命。

谷梁成华振作精神，带领大家在废墟中搜寻着死难者的遗体，现在他这个莘家的姑爷无疑成了所有人的核心。终于，在所有人的努力下，二十八具被烧成焦炭的尸首都被清理搬运了出来，一排排蒙着白布放置在一片狼藉的莘家前院内。

遗体中有莘老爷，有莘夫人，有小月，有账房先生，有在婚礼上谷梁成华见过的一张张熟悉的面孔，然而此时他们却安静地躺在他的脚边，僵硬的肢体如同干柴，被烧得漆黑的身体上，似乎还残留着血液的印记，那般触目惊心。

谷梁成华静静地望着他们，只觉得背心越来越凉，一股股莫名的悲愤冲上头顶，他猛然转过身，朝院外奔去。

他不敢再看。

他前脚刚出院子，迎面走来的一个人，却迫使他硬生生地停住了脚步。

莘依头发松散，只披着一件长长的外衣，面无表情跟跟跄跄地朝这边走着。

他心里一痛，急忙迎上去，将她揽入怀中。

她便静静地由他这样抱着，不说，不叫，不哭，不闹，那平静的表情让人看着心里发疼。

"小依。"谷梁成华双目含泪，"你不要这样。"

莘依木然地抬起头，望着头顶上那英挺的脸，好半天才从嘴角边挤出一道惨兮兮的笑容："成华哥……"

"小依，我们回去好不好，回去好好休息，就当这一切，都没有发生过……"他一遍又一遍地亲吻着她的头顶、她的发丝，贪婪地吮吸着她身体的每一寸气息，仿佛这样便能安慰怀中人那颗已经接近破碎边缘的心。

哪知苒依只是摇摇头："成华哥，我都知道了，发生了，一切都发生了。"

苒依说这句话时很平静。

"我……我想看看爹爹和娘亲，可以吗？"

"不可以！"谷梁成华断然拒绝道，"不可以，小依，我们回去，你什么也不要看，什么也没发生！"

苒依目光怔怔，好半天，一颗豆大的泪珠从她充满灵气的双眼里掉了出来，啪嗒一下，打在谷梁成华的手臂上。

"你不用瞒我，你放心，我只是看看他们，只是看看，我不会怎么样的，我保证……保证……"

她一遍又一遍地重复同样的话，眼泪，却是越流越多。

"让她去吧……"边上传来一道苍老低沉的声音，谷梁成华扭头，却是刘姥姥拄着拐杖缓缓走来听闻噩耗，她也赶了过来。

"该面对的，总是要面对……不可能永远逃避……"

刘姥姥的容颜也仿佛在瞬间憔悴了许多，突然发生这种事，她心里也很难受。

谷梁成华踟蹰片刻，看着怀中伊人哀求的面容，终是心里一疼，沉闷地道了声："好吧。"

他领着她进了院子。

苒依对这曾经生活了十几年的院子一眼也不多看，直直地走到那一众遗体前，丝毫不惧怕地慢慢抚摸过每一个人的脸颊，眼泪却是不再流了，即便是在苒夫人与苒老爷的身上，她的表情也没有变化，手掌轻轻摩挲着苒老爷焦黑的脸庞，又拉起苒夫人干枯如爪的手掌。

谷梁成华静静地看着这一切，他没有上前，他知道现在他没有资格上前。

摆在他面前的，是世上最为圣洁高尚的情感，他太卑微，没有资格介入。

他能做的，只是等待，等待伊人解开心结之后，再将她搂入怀中，用他的方式，给予她哪怕是只有一丝一毫的温暖。

苒依与两名老人整整待了一天，而谷梁成华，也在旁边守候了一天。

直到日落西山、残阳如血的时候，苒依才站起来，恋恋不舍地望了二老最后一眼，回到谷梁成华面前。

不等他说什么，她已经搂住了他的腰。

"成华哥。"她喃喃道，"以后我就只有你了，有一天你会不会也不要我了呢？"

"不可能。"谷梁成华猛地抱紧她，"就算你不要我了，我也不会不要你！"

"真是沉重的话啊。"苒依呢喃道，"有时候这世上的事情，就是这般奇怪，注定没有什么东西是永恒不变的，有时候你自以为自己拥有的，或许，从来就不曾属于过你。"

谷梁成华没有听明白苒依在说什么，只能唤道："小依……"

"罢了，成华哥……我只是希望你记住今天你说的话，因为，我是绝对离不开你的……"她将脸埋入他怀中，那么深，深到似乎可以触碰到他的心跳。

因为，离开了你，我便再无存活于世的理由与意义。

她没有将那最后一句说出来。

死者入土，生者缅怀。

葬礼是由刘姥姥主持的，因为谷梁成华最近已经忙得脱力，被王郎中强迫着休息了一会儿。

葬礼上，谷梁成华与苒依的手一直紧紧地握着，似乎是在给彼此坚持的力量。

苒依没有再落下一滴眼泪。

葬礼之后，刘姥姥便留在了咏鸣村，一是担心苒依心里还有解不开的结，二是谷梁成华上京赶考的时日临近了。

刘姥姥取出了自己所有的积蓄，整整五十两纹银，交与谷梁成华。她虽长居山村，但也明白需要上下打点的道理，五十两对于卞京之人来说虽然不多，但也不算少了。

送行之日，苒依搀着刘姥姥一路走到了离村子十里远的地方，谷梁成华什么也没说，只是在苒依唇上深深一吻，道："等我来接你。"

苒依浅浅地笑着，点头。

她是相信他的。

谷梁成华的身影渐渐在蜿蜒的小路尽头缩成了一个点。

苒依忽然觉得自己的脸颊湿湿的。

一摸，才发现自己不知何时已泪流满面。

但她却能感觉到，伴随着失意，自己心底却有一种浓厚的幸福感在蔓延。

因为，她嘴角绽放开的笑容，是十几年来，最为灿烂的一个。

第九章

断鸿声远长天暮

卞京西郊五里外。

葱郁的山上，我、凤莨、谷梁轩、黑崎、蜉漓静静地在两座小坟前站着。

"谷梁轩，我想你爹，其实这一生都不曾想要追逐什么名利吧，不然也不会留下想要安静地与你娘合葬在郊外的遗命。"我轻声道。

他点点头："现在想来还真是讽刺，我爹宦海一生，追名逐利，可到了最后，除了一抔黄土，什么也没留下。"

他蹲下身子，将手中最后的纸钱扔进火盆中："我现在只是期盼娘亲她，在九泉之下不要再受难了，她这一辈子，太苦了……"

说到这里，他的声音又哽咽。

我上前拍拍他的肩。

"希望下辈子，他能对她好一点。"凤莨闷闷地说着。到底是女子，亲眼见证了这场生离死别，凤莨心里也很难受。

"凤莨。"我这时才想起来问她，"怎么从来没听你提起过你的爹娘？"

"我是孤儿。"她转头看我，"从我记事时开始，就只有我一个人，而我唯一的亲人，就是'他'。"

我不吭声了，我当然知道她说的那个"他"是谁。

气氛再一次沉默，我凝视着那些纸钱缓缓化为灰烬，没有再说话。

"回去吧。"谷梁轩先开了口，"我们还有事要做。"

天边隐隐传来阵阵震天的脚步声，那脚步声整齐如雷，一步一踏令大地震颤，甚至起了我脚边的尘埃。我细听片刻，道："看来是有大队人马在行进。"

凤莨指了指一边的山头："上去看看。"

我们本就站在半山腰的位置，那山头并不算高，我们几步登了上去，站在这山顶，已经能够俯瞰广阔的卞京外围。

　　而此时，在卞京西门与北门对着的官道上，正扬起大片的烟尘，数以千计的铁甲骑兵正列队整齐地朝卞京行去，在骑兵簇拥的正中心，金色的龙辇映照着日光，无比显眼。

　　"终于来了。"我轻声说着。

　　卞京西门的方向，高高亮起了一面旗帜，斗大的"瑾"字迎风飘扬，而北门方向，则是旗鼓相当的"允"字大旗。

　　虽然隔着很远，可我依旧一眼便看见了大皇兄，他穿着金色的铠甲，一马当先走在最前面。

　　三皇聚首，商都建国数千年来，还是头一次碰上这等大事。

　　商帝为了彰显他友好的一面，特地派出两位皇子于卞京两个城门口迎接允国旬帝与瑾国璇武帝的到来。两队人马相互接触后，极快地在商都国士兵的护卫下进了卞京。

　　两位都是雄霸一方的帝王，商帝虽然坐拥神州第一强国，但对二帝也不敢失了礼数，也是想表现出商帝的大国风范。商帝早在几个月前就于皇宫中开辟了一块地方修建了专门的住所，以方便旬帝与璇武帝下榻。

　　可是，不知商帝是有心还是疏忽，两座宫殿修建得紧挨并列，中间仅有一墙之隔，好在两位皇帝也是大人物，虽然不久之前两国才大战一场，但是这样的场合却没有当众翻脸，只是双方带入宫的兵士，各自划清界限，怒目对视。

　　那样的深仇大恨，化为了数道炽烈的目光，给整个皇宫带来了一丝暴戾的气息。

　　但这些，却也不是我们能够顾及的。安葬好谷梁成华夫妇后，我们并没有在郊外逗留太久，还是在正午时分回到了城内。丞相府中留下了一个大烂摊子等着谷梁轩去处理，虽然谷梁成华的遗命中说一切由谷梁轩继承，可是毕竟还有萧淋，还有她娘家萧镰釉将军坐镇，谷梁轩想要将一切牢牢握在手里，实在是件麻烦事，恐怕还得多费些手脚，所以我们自然没有拦着他。

　　"我这个人自在惯了，实在不是什么当丞相的料，这世袭的爵位，还是还给皇上比较好。"回丞相府之前，他又恢复了一贯的表情，对我道："璇璞，真希望有一天，

你父皇能看到你的良苦用心，也能明白他曾犯下了一个什么样的错误，真的。"

我摆摆手，笑道："其实我早已看开了，现在的问题，是怎样将一切摆平。"

我心里其实一点底也没有，如果师父在身边，以他的见识才学，说不定倒能化险为夷，可是自从师父随着廖青枫去了之后，就没了音信，我实在不知该去哪里寻他。

傍晚时分，皇宫里忽然涌出了大片的御林军，在城里的大街小巷四处粘贴皇榜：从今日起，十天之内，卞京宵禁。

"商帝也察觉要生变了吗？"我倚在窗前，望着客栈下方不断跑过的士兵，轻声道。

"那是自然，商帝又不是傻子，谷梁成华说死就死，他肯定会调查一番。"凤莨端着两杯茶水走了进来，"如果廖青枫将下毒一事告诉了商帝，那再将整个来龙去脉一推算，就不难猜出是旬帝搞的鬼了。"她在桌边坐下："快来喝，上好的银耳莲子汤，可是我亲手做的。"

"哦？"我眉毛一挑，快步来到桌边，望着那小瓷碗里冒着香气的汤水，笑道，"你还会做这个？我还以为你只会烤鱼。"

"少废话，你是喝还是不喝？"她面露不悦，抬手就要将我那碗端了去。

"喝，当然喝！"我抢着将碗端起来，这汤煮得圆润爽口，我只喝了一口，便觉得唇齿留香。

凤莨一瞪眼，在屋内望了望："黑老妖呢，这儿有吃的，他竟然这么安静？"

"别看了。"我道，"我让蜉漓带着他去寻师父了。"

"呵，你倒是会指使人，以黑老妖那性子，会同意？"凤莨斜眼望向我。

"怎么不同意。"我笑出声，"蜉漓可是开心得很呢，黑崎那个家伙，不给他们创造些机会，他永远只是一块木头。"

她撇撇嘴，忽然像想起了什么似的，又道："对了，我们的赌约怎么办？"

我一愣，这才想起来那日在丞相府内与她打的赌，现在那个写着答案的纸条还揣在身上呢。我立刻掏了那封着纸条的蜡丸出来，笑道："还好你想起来，不如现在就来看看答案，如何？"

"就等你这句话。"凤莨也掏出了那个用蜡丸封住的纸条。当时我们写下答案之后是交给对方保管的，现在既然事情已经过去，便没什么可等的了。我率先捏开了自己手里的蜡丸，展开纸条之后，上边是娟秀的字迹，写着"谷梁蓉"三个字。

"啧啧，看来我是输给你了。"我叹气道。

"这可不一定。"她亮了亮她手中的那个蜡丸，"看看你写的什么。"

"不用看了。"我道，"我写的可不是谷梁蓉。"

"这样啊，"她一耸肩，便将那蜡丸还给了我，"随便你了，不过，这一局可是我赢了。"

"是了是了。"我站起身，抱手一礼，"那依照赌约，不知小生可有什么为小姐效劳的地方呢？"

她咯咯笑了出来："璇璞，你这不正经的样子着实有趣。"

我也笑了，冲着她一阵挤眉弄眼，道："快说吧，有什么事做完了，我也乐得清闲。"

"我还没有想好。"她干脆地甩出一句话。

"呃……"我的动作凝住了。

"所以呢，等我什么时候想好了，再让你做好了！"她大笑出来，"说不定等你回了瑾国，重新当上皇子之后，我就会叫你去泥巴地里滚几圈，到时候你可别赖账！"

"你……"我气结，却也说不出什么话来。

就在这时，窗户忽然被一阵风吹开，接着黑崎的身影如鬼魅一般晃了进来。

"呼，好久没有这般畅快了！"黑崎展了展手，"小蜉漓，真是多亏了你。"

蜉漓化成了俏丽的少女坐在他的肩膀上，微红着双颊点了下头。

"黑老妖。"我笑道，"不是让你出去打听我师父的行踪吗，怎么看你这样子还没玩过瘾？"

他坐到桌边，倒了一杯茶水一饮而尽，才道："璞小子你好不知足，我现在连一星半点的法术都不敢用，只用一双眼睛和鼻子到处找，能找到什么？这一下午就累得够呛，你不关心些就算了，还是这种态度，果然好没天理。"

我愕然，眼睛瞟了瞟蜉漓，心道："这家伙有人陪着还这般不知羞耻，果然老妖就是老妖。"可嘴里还是一点不含糊，特意冲他一拱手："好了，黑妖尊辛苦，那么，可有我师父的消息？"

他浑身一抖："璞小子你别弄这动作，我鸡皮疙瘩都起来了。"

我大笑。

"我今天特地绕着卞京查探了一圈，漓儿还用灵觉搜寻了一番你师父的踪迹，并不是我们不尽力，而是真的一点消息都没有。"黑崎的表情正经下来。

"是吗。"我低低应道，"也不知道师父他到底和那廖青枫在干些什么，谷梁成华的葬礼上，廖青枫身为国师也没出现。"

"璞小子，你也别急，虽然没寻着你师父，但我们今天还有一个大发现。"说完，他勾勾手指，一团雾气从窗外飘进来，紧接着，一个人影忽然从雾气里掉了出来，滚落在地板上。

天还未黑尽，那人却穿了一身夜行衣，一眼望去便不是好人。

"刚才我回来的时候，见到这个家伙在客栈外边鬼鬼祟祟的，就想顺便抓起来，结果发现这个家伙本事不弱，而且还有更好玩的，你看。"

说完，黑崎就从怀里掏出了一张明黄色的符纸。

我接过来一看："这个不是御音师专用的镇妖符篆吗？"再看看躺在地上的那个人，虽然他用黑布蒙住了半张脸，但显露出来的脸部浓眉大眼，鼻梁挺直，是一副典型的北方脸孔。

"你是允国神隐堂的人？"我眉毛一挑。

"哼。"那人只是冷哼一声，不说话。

这人也是可怜，神隐堂十二御音师随便拿一个出来都是响当当的人物，可惜，他遇上的是黑崎，这千年老妖在我师父的帮助下修为尽复，即便被御音师看破了其妖族身份，区区一张镇妖符篆，在全盛的他面前也不过就是一张普通的白纸。

"璞小子，你别问啦，这家伙硬气得很，刚才在外面被我一通狠揍就是一言不发。"黑崎在一边道。

我斜眼看了看他，一通狠揍……以黑崎这样的身板力气，恐怕这人就算是想说什么，也给揍得一句话也说不出来了吧。

我动动手指，弹出一道剑芒，那人蒙面的黑巾立刻化为飞灰。

"还是个半大娃娃？"看着那人露出来的稚嫩的脸，我有些惊讶。他的年纪只怕比我还要小些，脸部轮廓虽然坚毅，但根本就未脱去稚气。

"这么小的年纪，就能当上御音师，看来不简单。"我蹲下身子，静静地打量着他，"你当真是什么都不说？"

他紧紧咬着牙，瞪了我一眼。

"那就没办法了。"我摇摇头，"夙葭，交给你了，我想，你应该有办法让他开口吧。"

"璇璞，遇上这种事你就会找我。"夙葭上前来，拎起那个人，看了看他的脸，"给我半炷香的时间，我保证这个家伙说得比谁都多。"

"好吧。"我摊开手，耸耸肩，"不过你下手可得轻一点，千万别弄死了。"

我话还没说完，她已经拖着那人出去了，进了隔壁的客房。

黑崎眉毛挑了挑，冲我会意地一笑，一伸手将手中的茶杯朝我弹射而来。

我凌空接住，细细地抿了一口，自言自语："那个小子可千万别什么都没说就死了……"

半炷香，当真只有半炷香的时间。

夙葭再次推门进来时，原本那个嘴硬如铁的家伙，居然还抢在她前面，连滚带爬地冲到我脚下死死地抱住我的腿，哭喊道："我说！我什么都说！"

望着那人失魂落魄的样子，虽然我早就料到了，可还是诧异地抬起眼望向夙葭，只见她潇洒地拍拍手，冲我微微一笑，道："行了，现在保证他服服帖帖。"说完，还向着我的方向走了两步。

"啊！你别过来，别过来！"那人像看见什么洪水猛兽一样，滚在地上一边惨叫一边往我身后躲。这一次，不光是我，连黑崎的表情都惊奇了。

"夙女娃，你好手段。"他竖起大拇指，"我打断了他好多根骨头他都一声不吭，你竟然只用了这么短的时间就让他服服帖帖了，看来我要对你刮目相看了。"

"黑老妖，对付这种人，你以为拳头管用吗？"夙葭轻笑道："璇璞，要问什么你就快问吧。"

我赶紧点头，看着这人的样子，恐怕再晚一些，会直接变成疯子。

"你是神隐堂的人，御音师？"我道。

他死命地点头。

"你叫什么名字，到这里来做什么？"

"我……"他开口，声音嘶哑，"我叫潘艺……到这里是为了查探瑾国六皇子璇

璞的行踪……”

我微微叹了一口气，果然是冲着我来的。

“你找璇璞，用意为何？”我再问。

他却怯怯地抬头望着我，忽然说了一句：“你就是璇璞吧？”

我点头。

他露出一抹苦笑：“我早该猜到了，情报上说璇璞身边跟着几个本事各异的能人，原本我还不相信，不过现在清楚了……”他望向黑崎，“原来所谓的能人，居然是妖族。”

黑崎露出不满的神色。

“罢了罢了，只能怪我学艺不精，身为御音师，竟然被一只妖族打得如此狼狈。”他甩甩沾满灰尘的头发，“今日落在你们手里，我也认了。”

“你怎么那么多废话。”夙葭冷哼道，“没听见刚才的问题吗？”

他身体猛地一抖，忙道：“我是奉了赤衣的命令，前来刺杀的。”

“刺杀，就你？”黑崎忽然笑道，大步走了过来，一脚将那潘艺踢了个跟头，“看来你们那什么神隐堂就是一堆饭桶，刺杀我们，就算你们倾巢而出，我看也绝对会给打得屁滚尿流！”

“我……我……”他惊恐地望着黑崎凶神恶煞的脸孔，连说话都结巴了，“我我……我不知道……你们……你们……”

看他那样子，我幽幽一叹，实在没有办法将眼前这个胆小如鼠的人和刚才那个眼神坚毅的家伙当成同一个人。

“对了，我刚才听你提起了什么赤衣，那是什么？”我问。

“赤衣……”他双眼扫过我们，最终落在夙葭的身上，终于是颓败地一低头，“赤衣……是我们神隐堂的首领，允国首席御音师。”

“哦，这号人我怎么从来没听说过？”我微微低头思索着，从小到大，我都没有听人说起过“赤衣”这个名号。过了片刻，我忽然恍然大悟，是了，既然是神隐堂的首领，自然是允国头号机密，不为世间所知也是自然。

“哼，你们也就只能现在威风了。”潘艺的脑袋忽然昂了起来，“若是赤衣大人亲自前来，你们几个，根本就不够看！”

"闭嘴！"想不到一个阶下囚还能猖狂起来，凤莨凌空挥出一掌，啪的一声，潘艺的脑袋立刻被打得一偏，血水夹杂着两颗牙齿自他嘴里喷了出来。

黑崎笑道："嘿，你们那什么赤衣就这么厉害，说到底，这世上除了公孙锦和那廖青枫，我黑崎还未怕过任何人。"

潘艺却只是倒在地上痛呼着，想说也说不出来了。

"现在事情明白了，看来旬帝不光对谷梁成华下手，也在丞相府里安插了眼线，我们在城里，还住在这间客栈，他这么轻易地就探听清了消息。"我皱眉道，"他若是想像计划的那般用一个傀儡掌握住瑾国，我就是必须除去的一个对象……更何况，我的手里还有紫煌。"

"璞小子，怕他做甚，这什么破御音师，来一个我杀一个，来两个我杀一双！"黑崎道。

凤莨一笑："黑老妖，你说得轻松，你身上的杀气越多，飞升就越难，你可知道？"

我明白凤莨这番话戳中了黑崎的软肋，果然，他立刻猛灌一口茶水，不吭声了。

"现在的情形是越来越不妙了。"我叹道，"父皇对旬帝一点防备也没有，身边还有夏祝情和那个冒牌六皇子推波助澜，偏偏，大皇兄他……"

不知道大皇兄现在的情形怎样，如果按照旬帝的计划，恐怕现在大皇兄在父皇面前也是备受打压吧。

"璇璞，有时候我真不知道该怎么说你父皇好，说他英明，却连善恶忠奸都分不清，说他糊涂，这些年瑾国国力却蒸蒸日上。"凤莨也叹了一口气，"难道是个男人，都防不住枕边人吗？"

我默然。

"其实我最奇怪的，是商帝现在的反应。"我甩了甩脑袋，道，"谷梁成华猝死，事情摆明了和旬帝脱不了干系，也不知商帝心里在想些什么，竟然不闻不问。"我摇头道，"罢了，事到如今，也只能靠我们自己解决。"

我看向潘艺，喝道："说，你们有什么计划，统统说出来！"

"嘿嘿……"他狼狈地躺在地上，可还是咧开了嘴对我们露出意味深长的笑，"赤衣大人说了，这次太白凌日正是千百年来允国逆转国运的良机，只要我们能从内部下手，钳制住瑾国与商都国，使他们不能插上一脚，只要这样，今后这神州大地，就将会是我大允国的天下！"

"简直就是做梦。"我道，"你们连四把瑶琴都聚不齐，还谈什么太白凌日！"

且不说我手中的紫煌，即便旬帝已经弄到了无弦和流木，灵枢却在师父手上，以师父的本事，我料想旬帝还没那能耐将灵枢弄到手。

"紫煌，现在就差了你手中的紫煌！"潘艺满嘴是血，越笑越是猖狂，"赤衣大人昨夜已经将灵枢带了回来，若不是他负了伤，今日来取你们性命的就不会是我了！"

"什么？"我大惊，黑崎手中的茶杯也霎时化为碎片。

"你说……"我不可置信地看着他，"你说你们弄到了灵枢？"

"嘿嘿……嘿嘿嘿……"潘艺忽然发出一阵邪笑，"反正你们总会知道，告诉你们也无妨。赤衣大人为了从公孙锦手里夺来灵枢，可是耗费了不少心力，不过那公孙锦也是了得，先是被廖青枫从背后偷袭，然后又在赤衣大人与廖青枫的夹击之下才落败遁走，这份本事，也不由得让人不赞叹！"

"你胡说！"我冲上前，抓住他的领子将他提起来，"廖青枫贵为商都国师，怎么能和你们允国这帮人同流合污？"

"哈哈哈！"潘艺道，"身份再尊贵也是人，也有欲念，赤衣大人许诺廖青枫在九恸劫阵发动的时候给他些好处，助他飞升成仙，这样的好事，谁会拒绝？"

什么？

怪不得！怪不得商帝看起来一点准备也没有，原来是身边有个内鬼，而这个内鬼，却是堂堂的商都国国师、人人尊敬的廖青枫！

现在回想起来，他在为谷梁成华医治的时候也许并不是不知道有人下毒，而是在装傻，如果不是师父的突然出现打乱了他的计划，说不定谷梁成华死的时候，谷梁蓉就成功封爵了！

那么现在……

"不好！"我忽然跳起来，"谷梁兄有危险！"

凤葽也立刻意识到了，道："既然他们有意要扳倒谷梁成华，就不会允许谷梁轩上位，现在谷梁轩回去，简直就是入了龙潭虎穴！"

我弹指封住了潘艺的经脉，一脚将他踢到床下："快走，或许现在赶过去还不算晚！"

"妈的，老子拼了！"黑崎全身腾起一股玄色的火焰，"竟然被廖青枫那个道貌岸然的家伙这么摆了一道，亏我还战战兢兢地收敛妖气，现在想来就一肚子火大！"

蜉漓化为一道青光落在黑崎肩头："我与你们同去！"

我抬手挥开窗子，拉起凤莨的手，又一次飞身而出，全身灵力流转，被一团蓝芒包裹着朝丞相府的方向电射而去。

黑崎身上玄光连闪，身子几个闪烁间就出现在了我们的前方。

缩地成寸，黑崎的千年道行果然了得，妖尊气势直冲天际，仿佛连天都要阴沉下来。

我皱着眉紧紧跟在后边，身上弥漫着的蓝光也有要逐渐凝成火焰的架势。

终于，黑崎一马当先犹如炮弹一般射进丞相府的庭院内，发出轰然一声巨响，腾起的烟尘冲起了数丈高！

"廖老儿，出来与本妖尊一战！"他一抬手，那把方天画戟瞬间显现，只是往前一扫，一道肉眼可见的光波便向前扩散而去，以摧枯拉朽之势瞬间推倒了一间房屋。

屋檐崩塌，瓦砾飞溅，尘土更是盘旋着冲上了天。

好霸道的气势！我心里感叹，也与凤莨双双落下，一左一右地站在黑崎身前。

这样强大的气势早已惊动了府内的家丁，片刻之间就有数以百计的人出现在我们眼前，雪亮的枪尖甚是锋利，白晃晃地指着我们。

不过，对于现在的我们来说，这些人却是玩笑一般的存在了，之前黑崎负伤都能在鸡笼山寨杀掉千人的军队，这些人，真要对付起来，不过就是一巴掌的事情。

"怎么又是你们？"萧淋款款出现在人堆之后，"你们是来找轩儿的吗？"

"轩儿，叫得好不要脸。"我大喝道，"让谷梁兄出来见我！"

可萧淋却微微一笑，还在冲我打着哈哈："怎么，你们不是轩儿的朋友吗，干吗一个两个都怒气冲冲的，轩儿现在正在休息，恐怕不能见你们，你们还是改日再来吧。"

"放你妈的狗屁！"黑崎直接冲了过去，那些士兵仿佛树叶般地被他撞倒了一大片，眨眼间，黑崎就冲到了萧淋面前，抓起她的脖子将她举了起来，"老子告诉你，谷梁小子可是我认下的弟弟，再不交出人来，信不信我铲平了你这丞相府！"

"还不……还不将他们拿下……"萧淋两只脚不断蹬着，呜咽地发出声音。

哐啷！周围所有的屋子门都打开了，一队队身着铁甲的正规军队从里边跑了出来，集合在四周。一时间，丞相府原本广阔的中庭里聚集了上千的军士，铁桶一般将我们团团围住。

"既然来了……就都别想走……"萧淋即便被黑崎抓住了脖子，还是露出张狂的笑容："你们这帮家伙……上次竟然敢那般羞辱我……我要你们血债血偿！"

"废话真多！"夙莫素手一指，一道青芒一闪而过没入萧淋的嘴中，萧淋面部扭曲了一下，忽然仰头喷出大口鲜血，一堆碎肉混着血液不断从嘴角向外溢出。

"你割了她的舌头？"我转过头，隐约觉得夙莫做得有些过了。

"不然呢，难道你喜欢听这婆娘废话？"夙莫秀丽的眉间已经闪现出了怒气，"刚才我没一下杀了她，她就应该对我感恩戴德了！"

"放肆！"周围的军队里传出一声大喝，紧接着一名将军模样的人排众而出，将手中的宝剑举得高高的，直指向我们道："竟然敢伤害丞相夫人，罪当问斩！"

"有本事你就来斩斩看啊！"夙莫正在气头上，立刻毫不客气地回敬道，"你们这帮乱臣贼子倒会贼喊捉贼，告诉你，你们做的那些勾当商帝已经知道了，识相的，就赶快放了谷梁轩，跪下请罪，不然，姑奶奶我让你下一刻就脑袋落地！"

黑崎一把丢掉那个只会哇哇叫的萧淋，转头看向那将军，笑道："又出来一个，好得很！"

我眯起眼，仔细打量着那人的相貌，想了想，道："这人我知道，他是商都大将军萧镰釉的长子，卞京皇城禁卫军的统领萧樊。"

这萧淋也是可笑，似乎她对于我们的认知仍停留在上次闯府的时候，在她看来，几十个家丁或许对付不了我们，但是调来了正规的军队，恐怕我们就只有就地伏诛的份了，但是她万万想不到，此时的我早已今非昔比，加上黑崎不再藏着掖着，即便廖青枫现在出来，凭着我与黑崎的本事，也不惧与之硬拼。

夙莫刚才那番话说得也是吐气扬眉，但那什么商帝知情，自然是夙莫临时编出来的，不过也不是没效果，听见这个后，那萧樊的脸明显白了一下，片刻后他还是强忍住心中的惊恐，一挥剑："将这些逆贼拿下！"

"规劝不听，活该上来受死！"我与黑崎还未动，倒是凤莨按捺不住第一个出手，她衣袂翩翩，身体已经浮了起来，右手高举过头顶，中指无名指紧扣，喝道："奇术·千叶飞刀！"

瞬间，她胸前那块灵玉绽放出耀眼青芒，而她指尖也是光芒连闪，只一刹那的工夫，数以百计的光刃便以她的手指为中心向四周飞射而去，那些光刃锋利异常，顿时，周围一圈的士兵身上都爆起了血光，皮肉撕裂的噗噗声与惨叫声不绝于耳，不过数息之后，原本围着我们的人就已经扩张了好一大圈，留下遍地呻吟的身体。

这一下，就有足足百人躺在地上，不过凤莨下手不算狠，尚没有士兵命丧于此。

"你快说。"我乘胜迈步向前，指向萧樊，"谷梁轩现在在何处？"

那萧樊明显是被凤莨的雷霆一击给吓住了，怔怔地退了好几步，可还是很快便回过神来，望着躺了一地不断呻吟的士兵，双目血红地喝道："大家上啊！为弟兄们报仇！"

不得不承认，他们这些将军鼓舞人心的手段颇为了得，原本被击退的那些士兵还战战兢兢踟蹰不前，可被他这么一喝，"为兄弟报仇"的信念瞬间将已经涣散的士气又凝聚起来，士兵们发出低哑的嘶吼，举着手中的兵器再次朝我们逼近。

凤莨一声冷哼，干脆地将低垂的左手也举了起来，两只手交叉在一起，不知又要使出什么新招数，不过只是看她胸口的灵玉也升起来，我就觉得情况不妙。

凤莨不是不明情理之人，但是她若真的生起气来，做事的手段甚至比黑崎还不顾后果。那块玉的力量我可是深有体会，当日在树林里面对神机弩的刺杀，靠着这块玉凤莨尚且能在弩雨中游刃有余，现在又怎么会怕了这些皇城禁卫军？

我立刻给黑崎使了个眼色。

黑崎与我血咒相连，自然心灵相通，我在想什么他立刻便知晓了，这老妖修为果然了得。凤莨那块灵玉还没升起来，整个庭院忽然就黑了下来，黑崎身上玄光大涨，顷刻之间，他便现出了原形。

黑亮庞大的蛇身在刹那间出现在了庭院内，近丈粗的黑亮身体近乎塞满了整个院子，黑崎仰天一声长啸，粗长的尾巴一甩，就将数十名士兵摔出了庭院，再一张口，幽蓝色的雄浑火柱直冲天际，似乎要将天都烧出一个洞来。

这一次，那些士兵们终于怕了。

虽然是皇城禁卫军，但终究是普通人，何时曾见过这样大显神威的庞然大物？士兵们立刻炸开了锅，惨叫声此起彼伏，都不受控制地朝丞相府外冲去。

他们是士兵，也是人，眼前这怪物明显不是普通人能够对付的，还留在这里，不是送死吗？

军营里最担心的就是哗变和炸营，一旦士兵们心里被恐惧填满，上级的呵斥也不过成了好笑的东西了。

几个呼吸的时间里，原本密集的人群逃得干干净净，黑崎垂下脑袋，蛇嘴竟然勾起来，口吐人声道："璞小子，还剩一个家伙怎么处理？"

现在唯一没有逃走的，就是萧樊了。

其实不是他不想走，而是黑崎早就看出了他的心思，用了点小法术将他定在原地，现在他的脸色一片惨白，两眼不住地翻着，我真怀疑要是黑崎现在撤去法术，这人会不会立刻就昏过去。

黑崎缓缓地落下硕大的舌头，凑到萧樊面前，凑得近近的，忽然猛地一张口，当着他的面就发出一声狂吼。

猩红的蛇口大张在眼前，无比庞大的声浪钻进耳朵，抬眼就是近丈长的獠牙，这样的场景，换作任何凡夫俗子，恐怕都会和萧樊是一个反应吧。

他口吐白沫，脑袋一歪，晕了。

黑崎收了声，变回人形，对着萧樊轻唾了一口："就这种胆色还能当上将军，这厮简直就和那日带人上鸡笼山寨的太守一样，都是孬种。"

"好了黑崎，现在关键的是要找出谷梁兄。"我唤住他，抬眼望向已变得一片狼藉的庭院，"谷梁兄一身本领，应该不是那么简单就会被抓起来的，可是刚才这样的场面他都没有出现，定然是被什么人给困住了。"

凤荑想了想，道："难道是廖青枫？"

听到这三个字，我现在当真是恨得牙痒痒，可还是坚定地道："不会，他和那什么赤衣暗袭我师父，虽然被他们夺到了灵枢，师父就算败了，也不可能这般便宜他们，方才那潘艺说赤衣负伤，我想廖青枫此时只怕也不好过。"

她附和般地点头："我相信公孙师父的本事。"

我微微一笑，冲黑崎道："黑崎，你让蜉漓找找谷梁兄的下落！"

刚才争斗开始时，黑崎就让蜉漓变为小虫躲进了他怀里，蜉漓闻见我的声音，便翩然飞出，再度化为人形，浮在我们之间。

"我试试看。"她抬起双手，抵住了眉心。

蜉漓灵觉探知的本事，之前我曾听黑崎说起过，身为天精的一员，她虽然法力不强，但着实有很多奇特的本领。

"找到了！"片刻之后，蜉漓睁开眼，双手直指府邸的西南角，"在那个位置！"

我们立刻朝那方向奔去，蜉漓一马当先，绕过了重重房屋，最后，停在一座小小的池塘前。

池塘很小，除了正中的凉亭，周围再没有别的物事。

"漓儿，真的是在这里？"我朝四周望了望，没一个人影。

"就是这里。"漓儿笃定地点头，飘到了凉亭上方，"就在这里，在这池子底下！"

她话音一落，池塘里忽然腾起一股巨大的水浪，接着一只长长的触手窜出了水面，直朝半空中蜉漓的腰卷去！

"小心！"我右手剑光闪烁，抬手飞出三道蓝芒，齐刷刷地将那触手斩为四截。

黑崎早已飞身上去，将受惊的蜉漓抱在怀中。

"怎么回事？"凤莨在我身边低呼道。

"不知道！"我摇头，"只怕这里还有什么东西，我早说了，对付谷梁兄，他们非要弄些手段不可！"

那四截触手掉回水中，整个池塘仿佛被煮开了似的，不断冒出气泡，一声声的嘶吼沉闷地从地底响起来，整个地面都隐隐地开始了抖动。

"嘿，是个大家伙！"黑崎在半空中出声道，他舔了舔舌头，一脸嗜血表情。

终于，池水冲天，池塘中间的凉亭被一股沛然大力直接掀翻了，一个深褐色的肉团挥舞着数不清的触手从水底升了起来，那肉团身上盖着一层不知是泥还是什么东西的黏液，模样恶心至极。

而那个东西的头顶上，站着五名高冠长袍的男子，那五人高矮胖瘦不一，明明从水底出来，身上却一丝水渍也没有，很是奇怪。其中一个人正极有节奏地摇摆着手中的拨浪鼓，而那怪物的触手，也随着鼓点来回摆动着。

我撇撇嘴："御音师，还是五个？"

"看来旬帝是舍下老本，倾巢出动了。"凤葭沉声道，"神隐堂十二御音师，古月涵死在我们手上，公孙锦在栖霞山杀了一个，无弦被盗时廖青枫做戏般地干掉了三个，我们抓了一个，除去那个什么赤衣，剩下的五人看来全到齐了。"

那五人高高站着，带着一种轻蔑的眼神居高临下地望着我们，那摇着拨浪鼓的老头伸出手，指着我们厉喝道："你们是什么人？"

"取你狗命的人！"我不客气地回敬道。

"好大的胆，你们可知道我们五人是何人？"那人见我言辞张狂，手中的节奏骤然一快，那怪物挥舞着触角卷起了倒在一边的凉亭，一个丢甩，凉亭带着破空之声砸到了不远处一偏殿的屋顶上，立刻将那屋顶砸下去一大块。

"看见了吗？"那人桀桀怪笑，"小子，赶快跪下叫两声爷爷，说不定我们还能放过你。"

我笑了："我知道了，你不就是个玩杂耍的吗，年纪一大把还玩那孩儿才玩的物事，果然好不害臊！"跟凤葭处久了，她那调侃人的功夫我还真是学了个七七八八。

"你！你！"那人脸色骤然变红，指着我半天说不出话来。

"我什么。"我继续道，"老头，识相的，赶快把谷梁轩给放了，不然，我就将你脚下这虫子给剁个稀巴烂！"

其余四人听见我这般谩骂，似乎也没有帮那老头还口的意思，还在一边露着幸灾乐祸的表情掩嘴轻笑。

"啊啊啊啊！"那老头被我挑起了真火，"臭小子，看我今天不撕了你！"他卖力地摇着那面小鼓，顿时，数道触手就冲着我们站的方向袭来。

我三人怎能让他得逞，早已飞身而起，躲开了。

那人眼睛眯了眯，见我们浮在空中，才道："几个娃娃还有几分本事！"说罢，鼓声震颤得更加密集了。

那肉团也不知是个什么稀奇动物，数十只触手漫天挥舞，简直就挥成了一个网子。我毫不客气，双手各执一剑芒，竖斩横劈，而黑崎出手更是狠辣，整个身子化为一道黑影玩一样地穿梭在触手的间隙中，一点一点地将那些触手割断，还不时发出戏谑的大笑。凤莨虽然现在是我三人之中能力最弱的，但她有那灵玉傍身，自保是无虞了。

片刻之间，就是十数只触手被我们接连斩断，怪兽发出轰鸣般的呜咽，竟然有些退缩了。

老头心疼得哇哇大叫，冲着身边的几个人吼道："雷鸣，方宸，钟赛花，蓝凤凰，你们就继续这样站着吧，今日的事情若是办不好，看你们怎么跟赤衣交代！"

那另外四人身体一震，终于下定决心一般，分别从背后解下东西，有笛子，也有铮琴，不同音调的乐声响起，整个池塘边的土地一阵动荡，又有几样东西破土而出，我凝神一看，竟然还出现了"老朋友"——下边出现的三只异兽中，除了两只造型奇特的穿山甲外，另一条浑身白嫩的正是九幽水合，而四人中的另外一人，更是招来了一片血萤环绕着他飞舞。

"好热闹啊！"我浑然不惧地拍拍手，"今日当真是好运气，能见着五个老头子一起玩杂耍，不亏了！"

那五人闻得我的话，皆是一阵吹胡子瞪眼，连着那些异兽也不断发出低吼声。

"璞小子。"耳边忽然响起了黑崎的声音，"好久没动过手了，这些杂碎就交给我来处理，漓儿说谷梁小子就被困在这池塘下边，你快和凤女娃去救人。"

我抬头看了看浮在我上方的黑崎，见他坚定的眼神望向我，我点点头，冲着凤莨一挥手，俯身就朝池塘内冲去。

凤莨立刻会意，紧跟在我的身后。

那四人未料到我会直接这样冲下来，纷纷朝一边闪避。望着下边那个盘踞着整个池塘的褐色肉块，我一阵恶心，抓住了凤莨的手，全身蓝芒冲天而起。

"超生去吧！"蓝色的光芒将我与凤莨的身体包裹在内，化为一柄巨型长剑，狠狠地插进了那团肉块之中，带着巨大的撕裂声从那怪物的身体内贯穿而过。

嗷呜！身后传来惊天动地的嘶吼，而此时，我们已经将那怪物刺了个透心凉，进到了池水里。

周围不断有腥臭的血液弥漫，我将身体外的蓝芒化为一个圆球，把池水阻隔在一个圆形区域外。

"这就是幻妖血脉的力量？果然强大。"我动了动手指，就在刚才那个瞬间，我脑海中又浮现出了当年与漓樱对抗时所出现的那个银发少年，学着他的手势比出印诀，才能如此干脆地凝结出巨大的剑气，将这怪兽穿体而过。

那人该不会就是商阡吧……我心里忽然冒出一个惊世骇俗的想法，而凤莨却忽然拉了拉我的手，指着池底的一处说，"你看！"

我凝神看去，在池底中心的位置，隐隐有个石头模样的东西在泛着白光。

"下去。"我对着凤莨一点头，操控着光球缓缓沉了下去，近了，近了，待看见那石头的模样时，我与凤莨还是不由得吓了一跳。

这哪里是什么石头，分明就是一块冰！

而这块冰里，那个五心朝天打坐的人，不是谷梁轩又是谁？

"谷梁兄！"我靠过去，大力地捶了捶那冰面，被冰封其中的谷梁轩却一丝反应也没有。

"不用敲了。"凤莨探手摸了摸那冰面，眉目凝重道："这冰很硬，我要是没猜错，应该是以灵力冻结成的玄冰，你只凭着一双肉掌，是敲不烂的。"

"怎么会这样？"我心里困惑不已，"难道，是上面那几个人搞的鬼？"

"不会。"凤莨又敲了敲冰面，摇摇头，"这种冰我认识，真要算起来，还是九天冰蚕蛾的自保能力之一，只要遇到了足以威胁到自己生命的危险状况，九天冰蚕蛾就会用玄冰包裹住自己的身体，用来抵御外界的攻击，这玄冰，与雪山上万年不融的寒冰一样坚硬，即便钢刀剁上去，恐怕也是刀烂冰存。"

她这一番说明，我才明白了，点点头道："看来谷梁兄是遇着危险，自知敌不过，所以才用这方法来护着自己……"说完我抬眼看了看水面之上，"那五个家伙，幸好我们赶来了，若是晚些，只怕谷梁兄就遭了他们的毒手。"

"好了，现在且看看怎么将他弄出来，要把这冰弄开，似乎只能由内而外由施法者破开……"凤莨正说着，我忽然听见嘎嘣一声脆响，再定睛一看，那玄冰的冰面上，突然就绽开了一条裂缝。

无数雪白的气泡顺着缝隙朝外狂涌，随后，第二条裂缝也在一阵爆响中划过整个冰面，这次裂口变得更大，细密的纹路几乎攀满了整座坚冰。

"当心，看这情形，是谷梁轩要从里面出来了。"凤莨轻声说着，拉住我的手缓缓向后退去。

就在这时，冰封之内的谷梁轩眉头皱了皱，接着，我看见他怒目一瞪，整个冰块轰然炸开。

我探手前伸，灵力迅速在前方汇聚形成一层幽蓝色的屏障，挡住了飞射过来的冰块。虽然是在池底，可是那些冰块爆裂的碎片速度也是极快，被这么打在身上，难免不会受伤。

谷梁轩脸色一片惨白，脱出冰块之后便缓缓朝池底沉下去，我与凤莨急忙紧跟而上，凤莨从袖中射出一道白练，缠住谷梁轩的脚，将他扯进了我张开的蓝色光球里。

"咳咳……"一吸到空气，谷梁轩趴在我身上猛烈地咳了数声，他身上冰冷至极，整个身躯都在不停发抖。我揽住他的肩，体内灵力流转，缓缓注入他体内疏通他被冻僵了的心脉，再将他的衣衫蒸干。

"璇……璇璞……"在我连番大力救治下，他才微微睁开眼，只是脸色依旧是一片惨白，几只九天冰蚕蛾匍匐在他的肩头，耷拉着翅膀，似乎也用尽了所有的力气。

"别说话，现在安全了。"我用手抵住他的背心，灵力不断注入，他体内所有经脉都变得虚弱无比，气血凝滞，只怕被困在这冰里时间不短了。

"小心……"他面色微微恢复红润，紧紧抓着我的手道，"那几个御音师，很强！"

"没关系的。"我一边安慰他，一边满不在乎地抬头朝水面望去。此时池塘水面上正不断传来轰然的响声，似乎外边交战正酣，只是被那个长满触角的怪物挡住了才看不真切，不过瞧着整个水面都被各种血液混合着变了颜色的情形，我暗想，或许黑老妖是憋得太久了，大开杀戒了吧。

"希望黑老妖不要杀得兴起将它们统统干掉了才好……"凤莨望着不远处不断有被齐根砍断的手和脚沉进水里，抱着肩膀轻声道，第一次，她露出了毛骨悚然的表情。

这般恶心的场面，见多了，还真让人受不了。

待谷梁轩略微恢复些力气，我与凤莨便架着他出了水，破开水面的那一刻，刚好看见一个老头浑身是血地从我头顶飞过，摔在不远处的石板路上，身体顿时四分五裂。

漫天鲜血泼洒下来，还好凤莨眼疾手快，出手如电，素手带起一阵疾风就将那些血星子全部卷到了池子里，不然，我们当真会给"人血淋头"。

"黑老妖，你小心些！"我气急道，再看向四周，果然，现在这场争斗，已经彻底结束了。

那个满是触角的怪物如今只剩一个肉肉的身体横在水里，早已死透，池塘边的土地上布满了烧焦的血茧尸体，两只怪异的穿山甲被开膛破肚，而那九幽水合，直接被大力砍成了不知多少节，腥臭的血液流了一地。

黑崎没有理我，正在半空中玩味地望着手中那个被他捏着脖子的老头，定睛一看，那老头正是那个摇着拨浪鼓的御音师。

"怎么，你们就这点本事吗？"黑崎舔舔舌头，将嘴角边的血液吞入腹中，邪魅的脸上满是意犹未尽的神色。

那老头显然已经被吓破了胆，脸变得雪白，一双眼睛瞪得老大，看着黑崎就是一个字也说不出来。

"算了，估计从你嘴里也问不出什么，那么你就……超生去吧……"黑崎眼角闪过一道寒光，一阵紫色的火焰霎时从他手中升腾而起，那老头连一声惨叫都没发出，就瞬间被烧成了灰。

"你下手还真干脆，果然一个活口没留下。"扶着谷梁轩找了一处干净的地方落下，我抬起头道，"我还准备留一个活口问问旬帝到底还有些什么阴谋呢。"

他拍拍手，落回到我身边："这些杂碎，留着也是祸害，我们手里有一个潘艺，再多抓些也是无用。"说完，他又将目光落谷梁轩身上，神色中透着关心，"谷梁小子没事吧？"

"我还好。"谷梁轩按住胸口又咳了几声。

黑崎也蹲下身来，漓儿从他衣襟中钻出，变成人的模样，将小手按在谷梁轩的额头上。

"怎么样，漓儿？"

"没有大碍。"蜉漓的眼睛闭上又睁开，将手放下来，"只是脱力了，休息几日就可复原。"

"太好了，如果谷梁小子真有什么事，老子才不管那么多，直接冲进皇宫要了那旬帝的老命！"黑崎义愤填膺。

谷梁轩感激的眼神从我们身上一——滑过："谢谢你们，这一切都发生得太突然了，我怎么也想不到，这丞相府里竟然还会有允国的御音师……"

"好了好了。"我轻拍他的背，"现在想这么多也是无用，该发生的都发生了，我看动静这么大，兴许早已惊动了外边的人，我们现在唯有立刻出城，再想想下面该怎么办。"

"你们先去吧……"谷梁轩急喘着气道，"我在这里……还有一些事情要处理……"

说罢，他踉跄地站起来，跌跌撞撞地往前院走。

"谷梁兄，你小心些！"我过去想扶他，却被他推开了，"我还没有废物到这种地步。"他冲着我苦笑道："璇兄，不劳你费心了，我能走。"

夙莨有些急了："谷梁轩，你现在这样子还能干什么？如果你要报仇的话，那我现在就去杀了那萧淋。"

"不。"谷梁轩笑着摇摇头，"仇恨吗，现在仇恨已经不重要了，只是这谷梁丞相府里，有一样东西我必须要拿走，不能继续让它放在这个肮脏的地方。"

我们没办法，既然他有他的坚持，我们也只能静静地跟在他后面。

硕大的谷梁丞相府里，经过刚才那一闹，所有的仆从早就跑了个一干二净，围墙外边人声鼎沸，甚至可以传到这院内来，可见外边应该围了不少人，只是出于恐惧，没有一个人敢进这府内来。

"到了，就是这里……"绕过数条小道后，谷梁轩终于停住了脚步。

这里是一座二层小楼，地处偏僻，因为建在背阴处，阳光照不到，所以有些阴森之感。谷梁轩走到门前，忽然像是来了力气，挺起胸膛大步上前，推开门进去了。

我与夙莨、黑崎、漓儿静静地等在门口，约莫半炷香的功夫，谷梁轩又出来了，他没有什么过多的表情，只是手里多了一块灵牌。

"这个东西，还是不要放在这地方糟蹋了。"他将刻有谷梁成华名字的牌位紧紧抱在怀里，对着我们一笑。

我了然地点头："那是自然，丞相一世英名，不能被这里的污浊，玷污了英灵。"

"谷梁轩。"夙莨忽然指向不远处，"你说他们该怎么办？"

我们循着那方向看去，只见萧淋满脸是血地一边胡乱哭叫一边到处跑，再往远处看，站着一脸苦笑的谷梁甄。

这位谷梁家的大公子，自从上次谷梁蓉的事情后，似乎就一直就深居简出，刚才那么大的动静，他不光没有逃走，反而出现在这里，也不知意欲为何。

我们几人缓缓走过去，在他面前停下。

"我劝过她的。"谷梁甄静静地看着我们，笃定地开口，"只是她不听。"

见我们都没有说话，谷梁甄露出歉意的笑容，唤了声："三弟。"

我知道他这是在叫谷梁轩。

谷梁轩沉默了半响，才浅浅地，用沙哑的嗓音回了一句："大哥……"

谷梁甄点点头："谢谢你，三弟，谢谢你还认我这个大哥。"

一种怪异的气氛在这兄弟二人之间萦绕。

"对不起……"终于，还是谷梁甄先开了口，"娘说要对二娘动手的时候，我就在一边，我劝过她，但是当时偏偏爹又不在……你也知道，我娘就是那个性子……她决定要做的事情，我阻止不了……"

谷梁轩看了看他，道："其实那天是你救了我娘吧。"这莫名其妙的一句话，我听着都云里雾里。

谷梁甄没有说话。

"我知道，肯定是你，除了你，没人能在违背了萧淋的意思后还没事的。"谷梁轩淡淡地说着，"我早就探查清楚了，那日娘亲被萧淋虐害，原本萧淋是下令让人将我娘亲带出城去埋掉，毁尸灭迹，是你，是你买通了那个原本奉命将我娘埋掉的仆从，救下了我娘的一条命。"谷梁轩定定地看着谷梁甄的眼睛，"大哥，如果说这个丞相府里我有唯一一个要谢的人，那只会是你，有唯一一个要对他说对不起的人，那也是你！"

谷梁甄身子一颤："三弟……"

"大哥，你放心吧……"谷梁轩默然地将目光对准了不远处又叫又闹的萧淋，"我不会杀她，我也不会杀谷梁蓉，算是对你从小到大一直很照顾我的报答。"

谷梁甄叹了一口气，苦涩地吐出两个字："谢谢。"

"那我走了。"对着谷梁甄，谷梁轩露出浅浅的微笑，"再见了，大哥。"

"再见。"谷梁甄抬起手，似乎想拍拍谷梁轩的肩膀，可是却在半空中停住了，有些迟疑。

谷梁轩却露出一抹坦然的微笑，抓住那只手，按在了自己的肩膀上。

这一对兄弟身上所体现的，或许才是真真正正的兄弟之情吧。

那一刻，我站在一边，心里也不禁感动。

"接下来的事情，我也会与外公细说，他是个明事理的人，不会糊涂太久，总会迷途知返的。"谷梁甄按住谷梁轩肩膀的手紧了紧，"保重！"

"大哥，你也保重。"

萧淋是这十恶不赦的女人，却也能生出这般气度的儿子，如果不是与允国勾结，这叛国之罪太过罪大恶极，谷梁甄，倒还真的是个丞相之才。

"你们快些出城吧。"他最后看向我们，说道，"外边已经被不下数千的皇城禁卫军给包围了，毕竟这里是卞京。"他一耸肩，"出了那么大的事情，总会引人注意的。"

"这你就不用操心了，那些劳什子军队，是根本挡不住我们的。"黑崎笑道，抬手招来一片乌云，我们的身体缓缓浮起，就要没入云层中。

"大哥，今生若能再见，我们仍是好兄弟！"谷梁轩用力朝着谷梁甄挥手。

谷梁甄最后的笑容留在了丞相府一片杂乱的废墟里。

接着，云层包裹住身体，什么也看不见了。

"黑老妖，你弄的这是什么玩意？"凤莨紧紧抓着我的手，不满地道。

"凤女娃，别乱动，当心等会儿掉下去。"黑崎双手放出数道光线缠绕着我们的身体，很快，我们就脱出了云层，竟然身处云端之上。

"嘿嘿，让那些傻子士兵去抓吧，我们走人咯！"

云层缓缓飘动着，就这么遮遮掩掩地出了丞相府。果然，外边的大街上早已被军队封锁，夕阳之下，人群乌泱泱一片，果然有数千之众。

"凤莨，你与黑崎先出城，就去西郊五里处等我就行了，我要回客栈去取些东西。"

客栈里面，有我藏着的紫煌，而且还有一个"大家伙"等着我去处理。

"要不要我与你同去？"凤莨问。

"别。"我摆手，"谷梁兄还要你来照顾，而且这天就要黑尽了，不妨事，我去去就来。"

见她点头了，我便俯身落下云端，身子轻飘飘地滑到一处住家的屋顶站定，之后一路急行。好在这一路上都没什么人，估计全被丞相府内的动静吸引过去看热闹了。

回到客栈，因为走时匆忙，那个潘艺只是被我封住经脉一脚踢到了床下，现在再把他拖出来时，他已经满脸是灰。我也顾不得那么多，从柜子里抖出一个麻袋就将他塞了进去，像扛货物一般将他扛上身，再把紫煌绑在身前，越窗而出。

依旧一路顺风，没有任何人阻挠。

刚才我们在丞相府里一通大闹，那个一直悬于我心中的廖青枫却未出现，看来我的猜测不错，即便他和那个什么赤衣能从师父手中抢得灵枢，可依着师父的性子，也绝对不会让他们好过。

只是，师父现在在哪里，却让我有些忧心了。我不是不相信师父的本事，但既然被抢走了灵枢，而那两人也能够全身而退，至少说明一点，师父是无力追缉了。

"没有想到……唉……"我甩甩脑袋，也不再去想，直接御风出了城，来到了与夙葭他们约定的地点——谷梁成华的坟前。

"你终于来了，怎么这么久？"我才一落地，夙葭便迎上来，满目关切。

我冲她一笑，抖开背着的麻袋，那潘艺一个骨碌又滚在地上。

"你还留着他做什么？"夙葭道，"是个累赘，直接杀了了事。"

"不能杀，我还准备从他嘴里多套些东西出来。"我拍了拍身上的尘土，道，"给他喂些水吧。"

夙葭轻哼一声，转身去取水。

就在这时，却有另一人缓步走到我身前，冲我一礼道："公子好久不见了，不过我现在该称呼你公孙公子呢，还是瑾国六皇子殿下呢？"

我微微一愣，转头看过去，那是一名中年男子，穿着宝蓝色的长衫，面如冠玉，笑容谦和，头发束在发髻之内，梳得一丝不苟。

这人我认识，不过他为何会出现在这里，着实让我百思不得其解了。

"井霖王爷。"我也冲着他一回礼。

他笑道："难得六皇子殿下还记得我，当真有些意外。"

这人，便是在荆州艾府与我有过一面之缘的"御音圣手"井霖，同时也是旬帝的胞弟。虽然他早已放弃了允国皇室的身份而与妻子隐居山野，但是在允国民间，这位王爷还是相当受人尊敬的。

"我想，六皇子殿下也对我忽然出现在这里感到疑惑吧。"我还未问，他便笑着道，"其实我真该感谢夙姑娘，如果不是她忽然出现救了我，恐怕我已经成了这山野中狮虎的腹中之餐了。"他露出自嘲的笑容，摸摸鼻子。

我点点头，大致猜到了事情的来龙去脉。"王爷叫我璇璞就好。"我一摊手拂向一边的大青石，示意他过去坐下说。

"王爷为何会忽然只身前来商都？"我问道。

"实不相瞒，我这次前来商都国，却有要事在身。"他顿了顿，又道，"是关于皇兄的。"

"旬帝陛下？"我诧异。

"不错。"他的表情微微有些尴尬，"你也知道，我早年因为厌倦了皇室争斗归隐山林，本来是不想管皇宫的那一烂摊子事了，可此时既然已经牵扯到我允国千千万万的百姓，我也着实不能再不管了。"

我道："难道你来也是为了这什么太白凌日？"

他一愣："你知道？"

何止是知道！我心里暗骂一声，你那位皇兄如此巨大的野心，现在连你这个原本淡泊名利的人都要出来插一脚了吗？

他兴许是看出了我表情的变化，忽然谦和一笑，道："我想你是误会了，我这次来，并不是为了帮我皇兄什么，而是为了劝他收手。"

这回愣住的人换成了我。

他幽幽叹了一口气："实不相瞒，允国这些年天灾人祸不断，可是皇兄不但不体恤民情，还下旨大举征兵加税，明明已经民不聊生，却每年还要花大把的银子在神隐堂，就为了养着那什么御音师。"

"我来之前，我国丞相大人已经病重卧床，丞相大人曾经是我与皇兄的授业恩师，他早已看出了皇兄这样一味扩充国力就是劳民伤财，且收效甚微……要知道，我们允国地处北方，土地本就不算肥沃，每年产出的粮食仅够养活全国的人口，如今还要负担愈加庞大的军用粮草，各地的百姓，早已经不堪重负了。"

"皇兄一心只为了他的宏图霸业，却全然不顾百姓的死活，这样是在动摇国之根本！可丞相的话他一句也听不进去。我原本不想掺和进这样的事，可一来，丞相是我的恩师，他的请求，我不能拒绝；二来，我也是允国人，身体里流着允国的血脉，我不能看着皇兄再这样错下去，最后致使国家灭亡……"

"可是你知不知道，"我打断他，"一旦你皇兄成功了，那么你们允国将会得到天佑，甚至一统神州大地？"

他却望着我，说出了一句让人不得不震颤的话："失了民心，就算真的一统神州，又能怎样呢？"

失了民心，就算真的一统神州，又能怎样呢？

这一番话里，昭示着怎样的气度！

良久，我才感慨一叹，道："我觉得旬帝不可能会听你的劝，事情到了这一步，他已经收不住手了。"

"不管有没有可能，总要试试看。"他站起身来，"我也不想在这里多加逗留了，这就进城，不过在此之前，我还想拜托璇兄一件事。"

"请说。"

"我的妻儿。"井霖语气忽然放缓，"我的妻儿并不知晓我此行的目的，我也未曾告诉他们，如果我在卞京出了什么事……麻烦璇兄带个信去允国都城，告诉天坤镖局的陈总镖头，他有办法通知我的妻儿。"

我眉头一皱："你会怎么样？"

"不知道。"他坦然道，"这些年，皇兄已经杀了不知多少上书劝阻他的官员，我心里一直隐隐觉得，我这一去，恐怕是难以复返了……扫平一切路障，这向来是他的铁腕政策。"

"即便你知道，可你还是要去？"

"总要有人站出来的，不是吗？"他微微一笑，神色坦荡，"言尽于此，也麻烦璇兄带个话给刚才那位凤姑娘，救命之恩，井某永世不忘，若真遭不测，只有来世还了。"

说完，他抿嘴一笑，转身欲走。

"等一下。"我忽然唤住他。

"璇兄可还有事？"井霖停住脚步，回身望向我。

我想了想，嘶啦一声从长衫的下摆扯下一大块白布，在他惊诧的目光中，咬破手指，粗略地写了几行血字在上面，叠起来交给他。

"听闻旬帝与我父皇下榻的行宫只有一墙之隔……如果，旬帝真的要对你做什么，你就拿着这个去找我的父皇，说不定，能得到暂时的庇护。"说到这里，我也渐渐没声了，这东西可能多半没什么用，我现在是背着叛国罪的假冒皇子，这东西如果交到

父皇手上，说不定立马就会被撕掉，可不知为何，管其有用无用，我这么做，也算是
聊尽人事。

井霖看了看我，欣然收下了。

"多谢！"他一抱拳，将那白布揣入怀中，转身朝山下走去。

我凝视着他的背影，心里幽幽一叹，这世上，到底有多少人是真的会为天下百姓
所着想，而不是为了那可笑的宏图霸业？

失了民心，就算真的一统神州，又能怎样呢？

昏迷不醒的潘艺被黑崎拉着到不远处的小河里晃了一圈，终于醒了过来。

我走到他面前，蹲下身，道："好了，现在可以继续我们没有问完的问题。"

他眼睛呆滞地看了看我，忽然好似明白过来，怪叫一声道："你们、你们不是去
丞相府了吗，怎么没有被蓝凤凰那几个人杀掉？"

"蓝凤凰？"听见这名字，我觉得有些耳熟，忽然记起那个摇着拨浪鼓的老头对
那另外四名御音师叫喊过这个名字。

我指了指正在不远处打坐休息的谷梁轩，道："看见了吗，谷梁兄已经被我们救
了出来。"

他目光游移地扫了扫谷梁轩，有些不可置信地道："怎么会，那几个该死的家伙，
他们一定是疯了！赤衣会杀了所有人的！"

"如果你是说那五个御音师的话，"我耸了耸肩，打断他，"他们早就已经荣登
西方极乐了，在我们把谷梁轩救出来的同时。"

潘艺愣愣地盯着我，好半天才道："他们死了？"

"没错。"我微微一笑，"尸体碎成好几块，最后那个老头，更是被活活烧死了。"
顿了顿，我又道，"如果你再不老实交代，我保证你会死得比他们还要惨。"

我知道，或许我的表情起到了不错的效果，那潘艺的脸立刻扭曲起来，一边往后
蹭着身子一边惨叫道："不要……不要杀我！"

这些御音师，仗着自己有几分本事，就把命看得比什么都重要。

"说吧。"我鄙夷地撇撇嘴，站起身，"将你所知道的，你们旬帝陛下，和那神
隐堂的阴谋统统说出来，我兴许会放过你。"

听见我的话，他惊恐的表情微微淡去，可依旧不敢放松警惕。

"我说出来，你真的会放了我？"

我点头："那是自然。"

他狐疑地看了我一眼，又看了看不远处的夙葭与黑崎，这才半信半疑地开了口："明日皇宫之内，商帝将设宴招待陛下与璇武帝，而陛下早已探听到了，商帝的意思，是要在这宴会之上将太白凌日的事情挑到明面上来说。"

这些不足为奇，商帝要公开这事，我们早已知晓了。

"我们陛下何等英明，早就看穿了商帝的意思，他想拉璇武帝进来搅浑这池水，哼，商帝越是这样，我们越偏不让他如愿！"潘艺的表情变得嫌恶起来。

"旬帝打算怎么做？"

"陛下知道商帝的心思，他也不过是想为商都国争取到最大的利益，其实前几日商帝便暗中派人知会了陛下，只要我们陛下送回被盗走的无弦，连带其余两把瑶琴一同奉上，商都国就会承诺在今后的百年之内分批补偿给允国大量的财富与粮食。"

"这样做对你们应该只有好处才是。"我道。

"哼，当我们陛下是傻子吗？商帝就是想要独吞这次太白凌日的神力，商都国变得越发强大，还指望他会给我们财富和粮食？没有将允国纳入商都的版图就算好了！"

我想了想，他讲的也并不是没有道理，这世上最赤裸裸的规则就是弱肉强食。

"陛下明白，只有手里掌握真正的力量，才能与商帝叫板，但现在商都国富民强，还远不到翻脸的时候，因此陛下只好左右逢源，慢慢拖下去……商帝那个草包，以为自己手下有廖青枫这等能人，而且到时候璇武帝也势必会插一脚，就能保得万无一失吗？哈哈，他定然想不到，等明日太白凌日到来的时候，廖青枫，会是第一个反他的吧！哈哈哈！"潘艺张狂地笑起来。

"明日？"他随口一说，我却惊得不行，"你说太白凌日就在明日？"

他停住笑声，望着我道："当然。陛下明知商帝笑里藏刀依旧欣然来到卞京，不外乎两个原因——其一是商帝皇宫中有千年前商阡修建的观星台，是引导星辰力的绝佳场所，这其二嘛，是廖青枫没有告诉商帝太白凌日的确切时辰，所以陛下他不惧！"

潘艺自豪地道："商帝认为自己的国师廖青枫有足够的能力操控整个九恸劫阵运

用星辰之力，这想法简直就荒谬得可笑，廖青枫本人也知道他的力量远远不能与数千年前的商阡相比，这就是他欣然接受赤衣大人条件的原因。"

"什么条件？"我咽了咽唾沫，"难道就是那什么赤衣会帮助廖青枫飞升成仙？"

"那是自然，不然什么条件能让那个道貌岸然的老头子背叛商帝？就是廖青枫知道，赤衣大人的力量比他大，比他强，比他更能发挥出九劫劫阵的全部威力！"

潘艺越来越张狂："明日太白凌日到来的时刻，阴阳失衡，赤衣大人就会趁势发动阵势，到那时，商都皇宫中必定一团乱，我们再与宫内埋伏了多年的力量里应外合，扫平商都与瑾国皇室，之后，我大允国八十万铁骑，便能横行天下，再无阻碍！"

我听得毛骨悚然，扫平商都与瑾国皇室，好狂妄的口气！

可是听他这一番细说，再仔细一想，也不是不可能！

商都，廖青枫已经背叛了商帝，而父皇身边，却有夏祝情和那冒牌的六皇子！

一滴滴冷汗顺着我的前额滑下，怎么会这么突然？

"哈哈，你也想不到吧。"潘艺开始大笑，"明日，只要明日，午时一过，这大地之上就再也没有商都国与瑾国的存在了，我们允国的旗帜，则要插遍神州的每一寸土地！"

啪！清脆的响声忽然爆起，潘艺的笑容戛然而止，脸上瞬间现出痛苦的表情，紧接着，他的身体爆发出一连串密集的崩裂声，我还未反应过来，那原本大笑着的人就在顷刻之间变成了一堆碎肉。

"怎么回事？"望着眼前这血腥的场面，我一脸惊诧。

"他说得太多了，因此必须得死。"背后忽然传来一道苍老又缥缈的声音，我心中猛地一跳，再回头一看，双眼顿时凝住了。

廖青枫披散着满头白发，静静地站在半空中。

"既然你们都知道整件事了，我也就直说。"他的声音不带任何感情，"交出紫煌与蜉漓。"

这句话一字一顿，伴随着强大的威压，我一个踉跄，接连退后了三步。

"廖青枫，你身为商都国师，为什么要为允国人卖命？"我强抬起头，瞪着他质问道，"他们给你的好处，就能让你这般无视自己的国家？"

421

他眼神似乎一痛，可片刻之后却再看不出一丝波澜："赤衣给我的好处，是你们想象不到的大，我苦修百年，依旧无法脱离凡尘的桎梏，而赤衣却答应我，他引下星辰之力的同时，便能助我飞升成仙。"

"成仙啊。"他抬起头，仰望苍穹，"多少修行者奋斗了一辈子都达不到的梦想，我却就要实现了，这怎能不让人激动！"

"所以，你就背叛了商都，背叛了你曾经守护的百姓与皇室？"我轻笑道。

"注意你的用词，小子，你没资格来指责我。"他淡淡地道，"一旦成仙，这世间再没有什么是我的牵挂，相反，还会成为我修成正果的阻碍，既然是阻碍，那么丢掉又何妨？"

"你真的认为那什么赤衣会如你所愿？"我忽然明白了什么，道："廖青枫，你真是走火入魔了，你这样，永远别想成什么仙！"

"你闭嘴！"他忽然圆目一瞪，抬掌朝我压来，半空之中浮现出一个一丈来宽的白色掌影，带着千钧力道沛然落下！

我灵巧地往后一跃，躲开了。

那掌影在地面上拍出一个近尺深的大坑之后，也没有再朝我追来，而是散去了。廖青枫依旧是那副淡淡的语气："交出紫煌与蜉漓，我今天不想杀人。"

我正盘算着该如何应对，东南方向却忽然传来一声震天的长啸，近丈粗的玄色光柱冲天而起，黑崎身上冒着滚滚紫色火焰破空就朝廖青枫冲来。

"黑崎！"我惊呼，"危险！"

浓厚的紫色火焰将黑崎的身体包裹成了一个火球，不偏不倚直朝廖青枫撞去。廖青枫双眼神色变幻，轻喝一声"好妖孽"，双手在胸前比了个圆，顿时，一个太极图凌空浮现。

黑崎罩着火焰的身体就这么直挺挺地撞在那太极图上。

廖青枫闷哼一声，嘴角浸出一道血丝，竟然被撞得倒退了数丈，他双手印诀不断变化，那太极图也开始缓缓旋转，渐渐收缩，想将黑崎包裹在里面。

"老头，你就只有这点本事？"黑崎张狂的笑声豪迈地响起，那太极图随着笑声立刻崩开数道裂缝，紫色火焰扩散，很快就在一阵轰鸣声中将那太极图烧成了碎片。

　　黑崎挥舞着他的长戟冲了出来，带着一股无匹的气势再度对着廖青枫的头顶横扫下去。廖青枫双眼露出惊异的神色，迅速翻滚了好几圈才险险避开，但依旧被削掉了一小撮的白发。

　　"你是什么人？"艰难地定住身子，廖青枫脸色惨白地按住胸口，喝道。

　　"我？"黑崎站住身子，笑道，"本妖尊的名讳岂能让你知道，老头你晓不晓得，大爷我忍你很久了！"

　　"哼……原来是一只千年蛇妖，如果我不是有伤在身，怎么能让你这般猖狂？"廖青枫的脸色更加白了，他忽然大喝道："赤衣，你还要旁观到何时？"

　　话音一落，半空之中顿时闪过片片红芒，只是一瞬间，一道窈窕的人影就出现在了廖青枫身边。

　　见着那人影，我愣住了，这便是赤衣？

　　全身都裹在艳红色的长袍之内，却依然难以遮挡玲珑的身段，她蒙着半张脸，只留出一双凤目，晶莹透亮，似乎可以滴出水。

　　赤衣……是个女人？

　　而此时，黑崎也大吼出来："漓儿！"

　　我这才反应过来，看那赤衣左手抓着紫煌，右手，竟然抓着已经昏过去的蜉漓！

　　"怎么会这样？黑崎，你不是一直和漓儿在一起吗？"我们还未发觉，这人便已经得手了？

　　"漓儿与凤女娃刚才去了溪边戏水，我怎料到会出现这样的事！"他硕大的拳头紧紧捏住，噼里啪啦的骨节声不断作响。

　　"凤葭！"我回头望去，顿时心中一跳，凤葭已经一动不动地倒在了不远处，看情形是昏过去了。

　　"东西已经拿到，就没有必要和这些人再纠缠。"赤衣用不带任何感情的声音说着。

　　"哼。"廖青枫冷哼一声，"要不是那公孙锦最后拍了我一掌，方才怎么可能让这妖孽捡到便宜？"

　　他死死地盯着黑崎。

　　黑崎大喝一声，又要冲上去，可那赤衣却看也没看他，对于那急速逼近的枪尖也视若无睹，只是轻飘飘地一挥手，红光闪过，两人身影仿佛在瞬间就融进了空气里。

"消失了……"我喃喃。

"该死!"黑崎将手中的长戟猛地摔在地上,激起漫天尘土,"那个家伙,什么时候抓到漓儿的?"

我飞奔回凤莨身边,探了探她的鼻息,还好,呼吸沉稳,看来只是被人大力震晕了,我按住她的胸口,输了一丝灵力进去,她轻哼了一声,缓缓地睁开了眼。

"璇璞……"她看见我,轻声哼着:"那个女人……好强……"

我点点头,缓声道:"你休息,不要多说话。"手中的灵力不断进入她体内,梳理她被震得淤塞的经脉。这赤衣下手却是不重,看凤莨这情况只需静养一晚,明日就可恢复正常。

"我们现在怎么办?"黑崎慢吞吞地走到我身边,怒气冲天:"漓儿被抓走了,还不知道她会怎么样!"

"是我们疏忽了。"我轻声说着,"最后一把瑶琴和漓儿都在我们身边,我早该料到他们必定会来取,只是没有想到这么快,仓促之间完全没有准备。"

"要不我现在便杀回卞京去,将漓儿夺回来!"他紧紧握着拳头,身上再度升腾起火焰。

"不可以!"我断然道,"黑老妖,你忘了你们的《昊天律》了,你身为妖族,什么该做、什么不能做应该很清楚!"

"我杀了那五个御音师,难道就不是插手凡人争斗了?"他愤愤地道,"而且,看那廖老头和那赤衣,他们已经算不得凡人了……不行,我一定要将漓儿救出来!"

"不准去!"我眉心呼地剧烈跳动起来,"不行,会有危险,难道你想让卞京的百姓也卷入这场无意义的灾难?"一瞬间,我有一种强烈的预感,完全不受控制一般说出一句话,"天谴将至,万不可如此!"

他忽然愣住了,定定地看着我:"你……你在说天谴?天谴将至,什么天谴,这是什么意思?"

我霎时回过神来:"我不知道……"

黑崎眼神变了变,终于,凝于他身上的火焰缓缓消散了:"我明白了,刚才你的话,便是启示……"

"什么意思?"

他走到一边盘腿坐下："幻妖血脉的启示，看破天机的启示。幻妖拥有窥视未来的能力，既然你刚才能不受控制地说出那样的话，就证明我如果贸然前去卞京，就会招来天谴，恐怕天劫也会随之而来……璇璞，看来你体内的血脉，是真正觉醒了。"

我听着，也不知该怎么说，只好道："明日，明日我们一同前去，旬帝狼子野心，我们绝不能让他得逞！"

黑崎闭上眼，不再说话，恍若入定。

明日的太白凌日，仿佛一片沉重的云压在我心头。

"扫平商都皇室与瑾国皇室，让我大允国的旗帜，插遍神州的每一寸土地！"

这话虽然狂妄，但我知道，并不是没有可能，尤其是在父皇毫不知情、商帝没有丝毫准备的情况下。

夏祝情，我心里暗自念着，希望你不要对我父皇怎样，不然，我定要将你挫骨扬灰！

入夜。

我在临近子时独自一人攀上了一边的山头，靠着山顶大树盘腿坐下，细细地凝望着漫天的星辰。

明日，潘艺虽然是这么说，可我依旧有些不太相信，如果按照当今的历法推断，太白凌日，至少要一个月之后才会到来，怎么可能是明日？

可是看他那信誓旦旦的模样，且今日廖青枫与那赤衣亲自出手从我们手中夺得紫煌与蜉漓，即便我有所怀疑，也不能妄加否定。

今夜天空清澈，万里无云，整个天幕上银光璀璨，所有的星辰都现出了踪迹。

我定了定北斗七星的方位，按照宫中的星辰运历算法，细细地推断着太白凌日的时间。

"不用算了，就在明日。"凤莨忽然从树梢上飘身而下，落在我身前。

我被她微微吓了一跳，抬眼看了看，道："你不是已经睡下了，怎的跑到这树上来了？"

"我就料到你今晚会来这算时间。"她在我身边坐下，"明日的太白凌日，太突然了，也太不合常理，难免会让人认为这是个圈套。"

"怎么，你难道已经算清楚了吗？"我放下手，"可是我依照历法，怎么推算都只能将时间定在一个月之后，而不是现在。"

"唉，璇璞，你什么时候能够变得聪明一些。"她抱起双腿，"你会算，难道商帝与那些宫廷学者就不会了？就是因为所有的人都认为真正的太白凌日是在一个月之后，所以才能给旬帝那么大的可乘之机。"

我还是不解。

她转过头对我笑了笑，抬手指着天际道："璇璞，你看，那些星辰其实并不是静止不动的，相反，它们时时刻刻都在变动，千百年来，循着那些规律，于是人们便制定出了当今的星辰运历算法，用来推测一些必定会出现的天象。可是，你能保证这算法就是万无一失的？"

见我不说话，她继续道："星辰的移动与变化都会产生庞大的力量，一旦星辰运动到了特定的时刻，或者说一种定位，那力量就会被激发出来，这股力量，有些散入虚空不可寻，而有些却又作用于其他的星辰之上，从而使它们产生新的变数，单从改变星辰的运行上，就可以看出那些力量是如何强大了。就像太白凌日所产生的星辰之力，运转起来，偷天换日也不无可能。"

"这些我自然知道。"我道，"可问题是……"忽然间，我像想起了什么似的，双眼呆呆地望着凤莨的笑脸，喃喃道，"我明白了……"

说罢，也不等她的反应，再度望向天空，掐指推算了片刻，终于恍然大悟一般地仰天倒在了地上。

"原来是这样，看来所有的人都被蒙蔽了……天狗食日……来得好巧啊！"

是了，我一味只顾着推算太白星的运动方位，却忽视了别的星辰移位所带来的变数。

星辰的移动与变化都会产生强大的力量，一旦星辰运动到了特定的时候，那力量就会被激发出来，从而产生新的变数。

而我推算的结果，这新的变数，就在明日午时，恰逢天狗食日，到那时天地之间一片黑暗，阴阳逆转，所产生的强大力量足以让太白星瞬间出现在天际！

这便是答案！

"明白了吗？起初我也是不相信的，也是意外地才算到有这天狗食日，因此所有的问题都迎刃而解了。"凤莨笑盈盈地望着我。

我轻轻闭上眼睛，全身放松。这山顶上凉风习习，我们很久不曾这样惬意了。

"夙葭，你觉得累不累？"我忽然问道。

"嗯？"

我带着笑，继续道："从我出宫的那一刻起，压根没有想到后来会发生这么多的事，本来只想帮过你之后就找一处清净地方安心过日子，但现在看来，也不太可能了。"

"我也没有想到我们会卷入这场争端。"她也躺了下来，就躺在我的身边，"其实想想这件事你完全无法置身事外，为了你的父皇，也为了你身上血脉的使命，而且，漓儿也被抓走了。"

"是啊，任何一条都绑着我，脱不开身。"我悻悻笑了一下，"小时候总是以为这辈子可以躲在皇宫里浑浑噩噩地过，每天早晨带着黄胤四处乱逛，弹弹琴，唱唱曲，闲得慌了还能到御书房外边看那些大臣吵嘴，现在想起来，那种生活，也着实有趣得很。"

"如果给你一个选择的机会，你还会回去过那种生活吗？"夙葭侧过脸，目光认真。

"没有这个机会的。"我如实答，"如果真的有，在不失去任何东西的前提下，我想我会选择与你们出来冒险，但现实就是，付出的代价太大了。"顿了顿，我又道，"不过这个世界就是一个等价交换的世界，不是吗？我失去了身份、地位，失去了父皇，失去了黄胤，可是却有了你，有了谷梁轩，有了黑崎，有了漓儿，真要计算得失的话，恐怕也算不清。"

"璇璞，"她忽然道，"我骗了你这么久，你就一点不恨我？"

"怎么，是因为我体内血脉的事情？"我笑了笑，道，"原本你和黑崎串通在一起摆了我一道，我心里确实有气，可后来一想，反正现在该知道的也都知道了，何必去计较那么多。"

她沉默半晌没说话，好半天，我才听见耳边隐隐传来三个字："对不起……"

"何必道歉。"我也侧过脸看她，"其实真正该道歉的人是我，这场风波本来与你一点关系都没有，却还是把你卷进来了，如果明日你不愿意去，我是不会勉强你的。"

"我一定会去。"她声音坚定，"其他的先不说，漓儿与我在一起那么久，早就情同姐妹，我说什么都要将她救出来。"

"哈哈，"我笑道，"黑老妖听见你这句话，非吃醋不可。"

她也笑了。

"对了，你还是不肯告诉我你的真实身份吗？"我漫不经心地一问。

身边长久的沉默。

缓缓地，她开口，可说出来的话，却让我心中一紧。

"璇璞，如果我死了，你会难过多久？"

我猛然回过头看她，可她却只是淡淡地凝望着天空，那话语，似正经，又似玩笑。

"你那什么表情。"她站起身子，拂了拂沾上露水的裙摆，"我要去睡了，你也早些睡吧，明天和那帮怪物打起来，可是大费力气的事呢！"她语气轻松，仿佛明日我们不过是去与几个朋友喝茶聊天。

我静静地望着她的背影消失在黑暗里，心中忽然涌起一丝异样的感觉。

"死吗？我不会让你死的！"

再度躺下时，漫天星辰，似乎都暗了下去。

"你们对我是如此的重要，我一定会保护你们的，我不会，再让自己有所失去了……"

真的很累了。

我闭上眼，睡去。

这天一大早，卞京的百姓就发现京城里有些不太对头。

先是四个大城门全部封闭，山海关也被禁止出入，那些想要出城的百姓，统统都被赶了回去，而四座城门的守卫，也清一色换成了皇城禁卫军，这些前来换班的士兵持着大将军萧镰釉的金牌，说是奉了圣旨，那些原本的守备军哪里敢抗议，全部乖乖让出了位置。

皇宫之内，御林军的数量较平日里足足增加了三倍，尤其是商帝上朝的昭和日月殿前，更是戒备森严，就连来往的宫女太监，也要经过严格的盘查方能穿行。

三帝聚首，古往今来还是第一次。

我将头发细细地在脑后扎好，眼里满是沉静。

今日是个难得的好天，万里无云，我抬头望了望，那耀眼的光线还有些灼人。

"璇璞，我们走吧。"夙莨来到我身边，"时辰已经不早了。"

"谷梁兄安排好了吗？"

"我已经在附近找了一处隐蔽的山洞让他静养，以他的本事，这山里的野兽也不足为惧。"

我点点头，回头冲着正站在枝丫上的那个高大身影道："黑崎，出发了！"

"早等着你这句话！"黑崎凌空翻下身来，擦了擦嘴角，"今日定要让这帮家伙知道我的手段！"说完，他的身体如流星一般拔地而起，就朝着卞京御风而去。

我与夙葭紧随其后，三人成了一个品字形，我们丝毫没有隐匿踪迹，因为明白这一次我们要面对的对手，即便隐匿住了自己，也逃不过他们的眼睛。

不过短短五里的路程，顷刻之间便已飞过，我望着下方卞京高大的城墙，忽然一阵心悸。

"看，下边有人！"夙葭指着下方。

我低头望去，果然，在空无一人的官道上，静静站着一名瘦削老者，粗布麻衣，头发灰白，正是廖青枫。

"早料到你们会来！"廖青枫抬眼看着我们，一蹬脚，身体骤然拔升而起，堪堪挡在了我们前面。

黑崎对这老头早看不顺眼了，立时唤出长戟，借着身体这股冲势对着廖青枫就迎面刺去。

"老头，今日我定将你碎尸万段！"

"妖孽好狂妄的口气！"此时的廖青枫与昨日比起来似乎完全变了一人，全然没有昨日那般萎靡，仿佛一夜之间就回到了全盛时期。

他右袖一展，抖出一面黑白相间的旗幡，挥出一道光弧挑向黑崎的枪尖。

直到这时，我才终于看清了这传闻中商都国师的真正实力。

黑崎这足以开山裂石的一枪，竟然就被那旗幡轻飘飘地引偏了！

"璇璞小心，他这是借力打力的伎俩。"夙葭在我身边提醒道。

我点头应着："夙葭你退开，观战便可！"接着右手剑芒喷薄而出，左手捏了个印诀，那剑芒顿时在半空中盘旋散开，一化十，十化百，百化千，几个呼吸之内，漫天都是湛蓝色的剑芒。

传说中《天剑神诀》的力量，今日才到了展现光彩的那一刻。

我深吸一口气，手中印诀破开，厉喝道："万剑朝元！"

自从体内的幻妖血脉觉醒之后，原本师父教授给我的那套《无极剑势》也被我融会贯通起来，原来以幻妖血脉的力量为引，将那些剑招的威力扩大，就是祈灵山秘传的《天剑神诀》。

这一招，便是我曾经击败漓樱的一招，不过现在的我与那时比起来，已经不能同日而语，这威力，已经强大太多了。

所有的剑芒随着我的动作，在半空中排出了一个锥形的阵势，锁链一般朝廖青枫急冲而去。

廖青枫满头灰发轻扬，一对瞳孔忽然变成了白色，他丢开手中的旗幡，枯槁的双手在胸前合十，那旗幡顿时散发出万道白光，缓缓上升至他头顶。

刹那之间，原本晴朗的天空变得阴云滚滚，偶尔可见云层之内有电光闪过，霹雳声声，甚是骇人。

师父曾说过，廖青枫的"四灵咒"威力无匹，看这架势，他势必是要全力发动。

我自然不能让他如愿，全身灵力急转，所有的剑芒速度霎时快了一倍，十丈，五丈，三丈，终于，冲在最前的剑芒眼看就要戳上廖青枫的面门。就在我欣喜要得手的那一刻，异变突起，最前方剑芒的剑尖忽然间像是刺到了什么柔软的东西上面，霎时黏住了，而廖青枫面前的空气之中，却荡起一圈一圈的波纹。

我双手变了个印诀，指尖光芒大放，喝道："破！"

噗的一声，原本已经停滞了的剑芒再度缓缓前进，那圈空中的波纹越震荡越剧烈，廖青枫双目圆瞪，而悬浮在他头顶的旗幡，呼一下直冲上了天。

不过刹那间的工夫，一道手腕粗的落雷便从天而降，竟然直朝着我的头顶劈来。我眉毛一跳，迅速翻身躲开了，那落雷随即直挺挺地轰上了下方的地面，顿时在坚实的官道上炸出一个三尺来深的坑！

不远处，剑芒离廖青枫的脸又近了寸许，我手指一划，顿时千百道剑芒散开又重组，幻化为莲花的模样，花瓣张开将廖青枫笼罩在内，紧接着，整朵剑莲开始飞速旋转起来。

这一下，任凭你钢筋铁骨，我也要给你搅成碎渣！

头顶上的乌云长凝不散，只是数个呼吸间，那些落雷一道接一道地对着我劈下，虽然都被我闪避过去，却将下方大片的土地给打成了筛子。

"黑崎！"我喝道，"能不能将这些云打散？"

"好！"从方才我与廖青枫短兵相接开始，黑崎便插不上手，早已憋了一肚子的力气，他一扬手，手中的长戟脱手飞出，在半空中化为一条玄色巨蛇，卷起一阵狂风就直冲上了天，刹那间就将密集的云层冲开了一个大洞。

那长戟化成的蛇果然了得，在云层里不断翻腾着，巨口一张，大片大片的乌云全部被它吸入腹中，片刻之后，就将那雷云驱散得干干净净。

天地之间再度阳光普照。

就在此时，一阵密集的爆裂声响起，廖青枫挥舞着旗幡将剑莲一冲而散，跑了出来。

看来那剑莲虽然威力强大，并没有伤到他的皮肉，倒是将他一身粗袍割成了布条，零零散散地披挂在身上，甚是滑稽。

此时的廖青枫哪里还有一丝国师的样子，哇哇乱叫着，挥舞着旗幡就朝我们冲来。我与黑崎自然不客气，我手握双剑，黑崎收回长戟，双双迎了上去。

任他廖青枫本事了得，在我与黑崎联手之下，定然也讨不了好。

《天剑神诀》本就精妙无双，我双剑使来更是威力倍增，廖青枫应付我尚且勉强，另一边还有一个更加霸道的黑崎，他的旗幡与长戟拼杀了两下，连连受挫，都是处在下风。

黑崎打得兴起，长戟上紫焰滚滚，挥舞得好不灿烂，我则不使蛮力，次次专挑廖青枫肉痛的地方打，下手也没有丝毫手软，想到这老头敢偷袭我师父，我就是一肚子火，恨不得一次在他身上戳千百个窟窿。

其实廖青枫的本事修为当可在这世间横着走了，被我与黑崎联手暴雨梨花地打了数十个回合，也只是落于下风，没有即刻落败，偶尔还能腾出手来放些奇术扰乱一下我们的动作。如果是我与黑崎其中一人与他单打独斗，只怕都不是对手。

可是，现在不是比武，我和黑崎更不会讲什么客套，眼见黑崎看准了机会一戟斩断了他的旗幡，我手腕一抖，剑芒电射而出，疾速刺向他的肋下。

异招突起，他完全没有办法躲开，就听见噗的一声，廖青枫身后爆起一团血花，那剑芒笔直地刺进他的身体，带着他干枯的身子往后急退，死死地将他钉在了卞京的外城墙上！

"老子再给你补一戟，送你上西天！"黑崎停也不停，长戟带着一串黑芒就冲那

廖青枫的脖颈处劈去。

忽然，我心中又没来由地升起一股凶兆，眉心急跳，这情形，和昨日阻止黑崎时的感觉如出一辙！我顿觉不妙，身体如箭一般急冲上去，大喝道："黑崎回来，危险！"

听见我的声音，黑崎愣了一愣，可去势却未减，那黑芒如贯天长虹一般，依旧电射向廖青枫。

近了，近了，廖青枫的脸已经近在眼前。

"老头，拿命来吧！"

而就在这刹那的工夫里，廖青枫却忽然张开了嘴，对着黑崎喷出一道水箭。

"小心！"来不及了，我的身体狠狠朝黑崎撞去，将他撞得一偏，长戟的尖端轰上了城墙，顿时整个城墙都剧烈地摇晃起来。原本我们的争斗早已吸引了不少兵士聚集于城墙上观看，此刻因为城墙的剧烈晃动，数名士兵没有站稳，直接摔了下来，在惊呼和惨叫声中落于地上，直接被摔成了肉饼。

那道水箭几乎都喷在了我的身上，只有少量溅上了黑崎的身体，我虽未感觉什么异样，可是黑崎却大叫一声，身上泛着滚滚浓烟就这么从半空中坠了下去。

电光石火间，我立刻明白了什么，望着廖青枫狠狠地道："化妖水？"

"哈哈哈哈！"原本应该身负重伤的廖青枫发出一连串的长笑。

"凤葭，黑崎就交给你了！"我大喝一声，瞄着他的喉咙一剑刺过去。

可是这一次，他只是抬起手，就那般轻而易举地握住了我手中剑芒的尖端。

"你以为，你们现在还是我的对手吗？"他双目猛地爆起一阵精光，原本插在他肋下的那道剑芒轰然散去，就连伤口，也在以肉眼可辨的速度愈合着。

"你……"我惊疑不定地望着他，喃喃道，"你……裂丹？"

他的气势仿佛在一瞬间增大了许多倍，手指轻轻一弹，我只感觉到一股沛然大力透过剑身传来，身子一震，立刻飞退。

"想不到把元丹爆掉之后，能得到这么强大的力量。"他将双手举到眼前，细细动了动手指，自言自语，"不错，不错。"

他一定是疯了！我心道，修行者裂丹，简直就是自寻死路。

"小子，你别瞪着我，我知道你在想些什么。"他背负着双手，慢悠悠地飘到我身前三丈处，"你一定在想，我裂掉了元丹，不是自寻死路吗？哈哈！"他笑起来，"我当然不可能那么笨，我现在裂掉元丹，足以对付你们，而太白凌日到来之时，赤衣就能帮我直接飞升，到那时，有没有元丹又何妨？"

他抬头看了看天际："看时辰差不多要到午时了，在那之前，我就来陪着你们这些小朋友，好好玩玩游戏吧。"

他的表情很是云淡风轻，我却丝毫不敢马虎。廖青枫本来就本事了得，这下裂掉了元丹，等于一下子变成了一个老怪物，而且黑崎他……

我低头望去，夙葭已经跪坐在了黑崎身边，似乎正在查看他的伤势，但看着黑崎一动不动地躺在那里，我心中一紧，知道情况不妙。

"不用看了，那个化妖水可是我精心炼制，里面含有大法力，一般的妖怪，只要沾上那么一丁点，就能被打回原形，那蛇妖修为也是了得，不过，你也不要指望他还有力气能帮到你了。"廖青枫发出桀桀的笑声，"来吧，商阡的后人，让我看看你们传说中幻妖的真本事！"

我悚然一惊，他知道幻妖的事！

"很惊讶吗？"许是看见了我忽然凝滞的表情，他微微一笑，"我听到这件事的时候，也很惊讶，你虽然也是幻妖，但并不代表你就能和当年的商阡一样有本事！"

他右手轻轻抬起，原本摔落在地上的那断成两截的旗幡缓缓升起，神奇地再度合二为一，又回到了他的手上。

复原了？

"哈哈，我果然猜得不错，裂开元丹，现在我已经拥有了真仙之力，这是真真正正的真仙之力啊！"

他浑身上下的气势忽然拔高到一个顶点，近乎凝成实体，我被逼得堪堪退了两步，满目骇然。

这是一股什么力量？

廖青枫举起那旗幡，遥遥地指着我，喝道："来吧！"

我眉目皱起，冷哼一声，身影瞬间消失在原地。

这一招，名唤"残影流光"，是《天剑神诀》中我新参悟出的招式，虽然用起来还不娴熟，却是威力最大的。事到如今，我也顾不得其他了，再不扫除眼前这个障碍，等到天狗食日来临之时，旬帝没了顾忌，那父皇便危在旦夕！

我可不认为商帝身边的那些御林军挡得了那个赤衣在皇宫里大展神威。

缓缓地，半空之中又再度浮现出剑影，不过这一次并不是剑芒，而是一把把宝剑模样的光影，光影越来越多，足足浮现出了上千把。

"有意思。"廖青枫勾起嘴角，左手背在身后，右手扣起无名指挥舞了几下，那旗幡瞬间胀大，变得近丈宽。他轻飘飘地站定在旗幡之上，仰望满天剑影。

我的身体其实并未消失，而是化身千万附着于那些光剑之上，为的，就是要将这些光剑操控得婉转如意，这便是这招"残影流光"的精髓。练到极致境界，你的对手就仿佛是在面对千千万万个你的同时进攻一样。

我觉得身体几乎都要被抽干了，这招式威力奇大，但对于施招之人的能力要求也极为苛刻，在方才的激战中，我已经耗费了许多力气，现在又用了这一大招，也有些铤而走险。

不过，好在是完成了。

"临！"我空旷的声音在半空中响起。

随着这一呼声，所有的光剑开始绕着围着廖青枫徐徐转动起来。

唰！刹那间，第一柄剑以迅雷之势刺向廖青枫的背心。

廖青枫也不转身，右手后拂，便将那光剑弹了出去。

唰唰！又有两把光剑一左一右分袭而至。

廖青枫双手抬起，尽数弹开。

四把光剑接踵而至。

廖青枫衣袂轻扬，探掌破剑。

八把，十六把，三十二把……越来越多的光剑被我调动起来，从各个刁钻古怪的角度刺向廖青枫的身体。可他却从容不迫，站在那旗幡之上，轻飘飘地将临身的光剑一把一把地弹开。到了最后，数千把的光剑当真全都飞舞成了影子，而廖青枫的双臂也只剩下两道残影，叮叮当当的声音伴随着飞溅的火星弹出来。我心中越来越惊骇，看这情形，似乎不管我用多少剑，不管速度有多快，他全部都能看准了再弹开，并且每一下，都是分毫不差地击在剑刃之上！

我渐渐悲哀地发现，或许廖青枫只是在陪着我玩而已。

这本事，当真是骇人。

很快，他现出不耐烦的表情，眉头轻轻皱起，轻道："玩够了，小子，现在我要清场了！"

话音一落，他踩在脚下的那旗幡忽然竖起，迎风而展，再一卷，将所有的剑影都包裹在了里面。

"去！"他伸手一点，那旗幡轰然展开，顿时所有的光剑都不可抑制地被甩落而出，重重地倒飞回去，乒乒乓乓地插了一地。

"哈哈哈，你只有这点本事吗？"旗幡缓缓缩小，廖青枫又将它收回手上，"快些，只是这样，倒让老夫有些失望了，你现在的本事，还不如那个公孙锦！"

听到师父的名字，我体内气血一阵上涌，一咬牙，拼了！

插在地上的光剑，再度开始震动，接着一把一把冲天而起，首尾相连不断拼接贴合，一阵耀眼的白光闪过，顿时，数千把光剑化作一把近十丈长的巨剑屹立在半空之中。

"廖青枫，你去死！"在我的大喝声中，巨剑挥劈而下，以破万军之力狠狠地砸向他。他急忙挥旗抵挡，但依旧被我砸得流星一般倒飞了出去，狠狠地嵌进了地里。一时间，城墙下的官道上，尘土弥漫，碎石乱飞。

凤莨早已将黑崎带到了安全的地方，见廖青枫被我击飞，她飞身上来，双目露出欣喜的神色。

"你快退开！"我冲她道，"廖青枫没受伤！"

是的，他没有受伤，我能感觉到。

果然，烟尘散去后，廖青枫也只是静静地从地上的大坑中浮起来，背负着双手，身上除了布满灰尘有些狼狈外，真的没有受伤，一丝一毫都没有。

"刚才这下，应该是你的最后一击了。"他缓缓飘起身，那旗幡环绕着他上下飞舞，"不错，不错，刚才那一招，即便是对上千军万马也游刃有余，可惜了……你碰上的是我！"

他忽然朝我冲来，怒目圆睁，旗幡带着一圈光芒轰在了那巨型光剑的剑刃上。

我神智一颤，仿佛脑子里受到什么重击一样，疼得要裂开。

巨剑的光影轰然涣散，我的身体浮现出来，喷出一大口鲜血之后，朝地面坠去。

"你这小子，多番羞辱于我，今日若不取你性命，难消我心头之恨！"

他身前再度出现一道白色掌影，凌空下落，狠狠朝我拍来。

"死吧！"

避不开了，我一咬牙，将全身最后的力量挡在身前，那掌直接拍上了我的身，我又是一口鲜血喷出，身子被狠狠地轰在了地上。

与刚才的廖青枫一样的下场，只是方才他毫发无伤，现在我却感觉仿佛全身的经脉都要断了。

"璇璞！"凤莨急急冲上来，扶起我的身体，探手按上我的背心想要助我疗伤，只是现在，她的力量根本帮不上忙。

我按住胸口，喷出一大口鲜血，而廖青枫，已经缓缓落在了我面前。

"小子，你还有什么遗言要交代吗？"他抬起手掌。

"我不许你伤害他！"凤莨此时却忽然拦在我身前。

"嘿，是你这个小女娃，"廖青枫轻笑道，"上次在丞相府里也是你那些小伎俩让我好生出了一顿丑，这一次就一并与你把账算了，也好让你们两人做一对亡命鸳鸯。"

"少废话，看掌！"凤莨却不与他多说，直接一掌就朝着廖青枫的面门轰上去。

"危险！"我大吼道，可是已经太迟了，凤莨还未近他的身，就被廖青枫在她胸前轻轻拍了一下，只这一下，她立刻被打得吐血飞退，摔在了我身边。

"你怎么样？"我抓起她的手，将身体里面仅剩的一点内息渡过去。

她表情痛苦地扭曲着，大口大口的血液吐出来，死死地抓着我的手，尖利的指甲都要刺进我的皮肉里。

廖青枫却忽然住了手。

他表情古怪地静静看了我们一眼，忽然叹了口气，道："让你们说完遗言吧。"他退后了约莫两丈距离，"算是我在成仙之前做的最后一件善事。"

听闻那话，凤莨一边喘着气一边道："嘿……你这老头好生不要脸……就这样还想成仙，呵呵……"

"你不要说话了。"我心疼地道，用力往她身边挪了挪，将她抱在怀里，右手抵上她的背心帮她疏通心脉。

还好，她虽然伤重，但是性命无虞。

"璇璞，看来我们打不过他。"她终于缓过了气，看着我说。

我点点头，道："黑老妖怎么样？"

"哼……那老妖，只要你不死，他就死不了，只不过是晕过去了，也许很快便会醒过来吧……只可惜，被那化妖水一喷，他好不容易才恢复的修为又不知道要被化掉多少了。"说到这里，她还笑了起来。

我从怀里掏出一面方巾，擦了擦我俩嘴角的血迹，道："你笑什么？"

"我在笑，为什么跟着你，运气总是那么好。"她缓缓地道，"好像每次到了危急关头，都能挺过去，不管是在霄城外的树林里，遇到黑崎的洞穴，还是那什么曼灵阁。"

我现出奇怪的神色，这都什么时候了，她还说这些。

"是不是呢，好像每次都觉得要死定了，可每次都会奇迹般地化险为夷。"

我干笑了一声："是挺惊心动魄的。"

"那么今天呢？今天能不能化险为夷？"她侧过头，轻轻地靠着我的胸口，"这段日子虽然惊险，但回忆起来，也分外让人舍不得。璇璞，或许你不知道吧。"她闭上眼睛，"我觉得，跟你在一起，很快乐。"

我心里一跳，不知该说些什么，只好嗯一声。

她依旧笑着，抬起头望着我："有时候我真不知道该怎么说你好，你总是说黑老妖是大木头，可你自己呢，还不是一样？"

我微微露出尴尬的神色。

她继续带着笑说着，仿佛完全忘记了就在不远处盯着我们的廖青枫："我这个人，很少会对别人产生依赖感，除了'他'，其余的人，很少能引起我的重视。可是璇璞你知道吗，刚才那老头说要杀你的时候，我才忽然觉得自己心里很难过，很难过。"

她的声音逐渐低沉下去："我承认，我以前是骗过你，甚至还想到要利用你。那一天，我将你从天牢救出来其实就是带有目的的……"

这一切，我其实很早便猜到了，只是不知道她现在提起来是为了什么。

"你很善良。"她接着道，"以前'他'告诉过我，一个男人，最忌讳的就是心肠太软，但是你，璇璞，你心肠太软了，谁都能引起你的同情心，一般对于你这样的人我是只会唾弃的，可是到底从什么时候开始，我对你的这种软心肠妥协了呢？"

她似乎是在自言自语，又似乎是在说给我听，我心里隐隐泛起一丝不对劲的感觉，但她就这般靠在我怀里，那不对劲又立刻被一种愈加奇异的感觉所代替。

凤葭忽然拍拍自己的额头："我怎么了，怎么脑子有些糊涂，一次说了这么多。"

她微微抬起眼，忽然道："看来廖老头等不及了。"

我一看，果然，廖青枫又缓步走了过来。

"话说完了吗？我可没有耐性等得太久，这午时可就要到了。"

凤葭抚了抚自己的嘴角，没有理廖青枫，自顾自地站了起来。

她转身看向我，光线从她背后射过来。逆着光，我看不清她的表情，却忽然听见她缓缓地道："璇璞……昨天晚上的问题，你还没有回答我，如果我死了……你会为我难过多久？"

我心里那股不对劲的感觉又窜了出来。

见我不答，她发出咯咯咯的笑声："罢了，我也不想听答案，就让那个我最希望的答案，永远留在我心里好了。"

她忽然转过身，朝廖青枫走去。

"凤葭！"我跌跌撞撞地站起身，"你回来！"

她却只是转过头，伸出手指一点，一道青光瞬间没入了我的身体，我顿时发现手脚都被定住了，再也不能移动半分。

"你放心，我的法术维持不了多久的。"她笑道。

"你疯了吗？"我冲她吼道，"你不想救你的爱人了？"

她的脚步没有一丝停滞，恍惚间，只有一句淡淡的话，也是唯一一句，随风飘进了我的耳朵里："既然已经失去过一次，我就不会允许同样的事情再次发生了，绝对不会允许！"

看着她的背影，我心中忽然涌起一股巨大的恐惧，可是却只能这样无能为力地看着凤葭一直走，一直走，最后停在了廖青枫的面前。

"怎么，你这是要先死吗？"廖青枫眯起眼睛，"那我就先成全你好了。"

"不，"凤葭却摇摇头，一字一顿地道，"不是我先死，而是我们要……一、起、死！"

话音一落，廖青枫还未有任何反应，凤葭就已经抬起手抓住了他的肩膀，接着，她整个身体猛然升腾起了一股碧绿色的火焰。

"这又是什么雕虫小技?"廖青枫没有动,只是转头看了看,"小女娃,你认为这不痛不痒的火能伤到我?"

"你试试看就知道了。"凤葭忽然笑了出来,就连那双眼,都带上了漂亮的弯儿。

她一直挂在胸口的灵玉缓缓升起,洒下一道光芒将两个人的身体笼罩在内。

或许是凤葭的表情引起了廖青枫的诧异,他一试探,终于感觉到不对了,惊呼道:"这……这是专烧人生命的磷火!该死的,你哪来的这么阴毒的东西?"

"呵呵。"凤葭轻声道,"枉你曾为商都国师,奇术里玉石俱焚的绝招,难道你忘了吗?"

廖青枫终于怕了,他颤声道:"焚……焚命炎?"

"现在才反应过来,太晚了!"凤葭狠狠地抱住了廖青枫的身子,廖青枫拼命地挣扎着,不断发出一声声惨叫,可悬浮于二人上方的那块灵玉,却像是一个囚笼,他挣不开,也挣不脱。

我眼睁睁地看着这一幕,心像有人用尖刀生生剜割那般疼!

全身的力气都在方才与廖青枫的最后一击时用光了,如今凤葭一个小小的法术,我却根本挣不开。

前方碧绿色的火光似乎胜过太阳,那里面,是凤葭!

她为了救我,甘愿和廖青枫同归于尽!

"我叫凤葭,商都人士。"

"六皇子殿下,小心大皇子,他或许要对你不利。"

"璇璞,你这样心软,日后必定会害了你自己!"

"如果给你一个选择的机会,你还会回去过那种生活吗?"

"璇璞……我骗了你这么久,你就一点不恨我?"

"如果我死了,你会为我难过多久?"

"我觉得跟你在一起,很快乐……"

两行眼泪不受控制地顺着我的眼角滑下,我努力地想说出什么,可喉咙真的像被堵住了,那巨大的悲痛升腾起来,卡住我的脖子,让我一个字也说不出。

不远处,廖青枫的悲鸣已经渐渐弱了下去,终于没了声息。我怔怔地望着那团火,碧绿色的火焰里,凤葭似乎回过了头,对我微微一笑。

"璇璞，以后即便是一个人，也要快乐。"

　　那团碧火轰然炸开！

　　轰！

　　巨大的响声让大地仿佛都跟着震了好几下，直冲天际的最后浓烟里，那块灵玉最后闪了两下，光芒尽收，缓缓落在了地上。

　　天地之间，唯有化为尘埃的点点碧光在上下飞舞着，清风吹过，瞬间了无痕迹。

　　两人都消失了。

　　身体的桎梏渐渐散去，我一个不稳，倒在了地上。

　　"夙葭！"

第十章

流光闲去厌繁华

卞京的城墙上挤满了士兵，人头攒动，却静悄悄的，没有一丝声音，或许刚才的场面，震撼住了所有的人。

我全身无力地躺在地上，双眼痴痴地望向半空中，那里，什么都没有。

天地之间是如此的宁静，宁静得让人觉得方才惨烈的争斗不过是一场梦境。

廖青枫是败了，他永远也别想实现他成仙的梦想。

可是代价呢？

凤莨呢？

我忽然想起了过去她与我起舞和琴的时光，如谪仙，似清风，明眸一笑，皓月失色。

那像梦一般的幻境忽然出现一丝裂痕，接着片片碎裂，一切一切都化为虚有。

她不会回来了。

"璞小子？"黑崎捂着胸口，撑着长戟，跌跌撞撞地来到我身边，"凤女娃她……"

我摇摇头，眼神空洞，任凭眼角的泪水不断涌出，滴落在沙石的地面上。

黑崎默然了，火暴如他，也知道现在说什么都已经没有用。

"对了……霜华引！"我忽然想到什么，吃力地撑起身子，"我可以用霜华引，将她……将她救回来……"

"别傻了璞小子。"黑崎伸出一只手搀住我，"你的琴呢？你的瑶琴呢？"

"对啊，瑶琴……"我目光望向不远处卞京高大的城墙，忽然醒悟过来，"快！我们快进城！"

"璇璞！"背后忽然传来唤我的声音，我愣了愣，冲着黑崎苦笑一下，"他到底还是来了。"

果然，我话音才落，谷梁轩已经快步跑到了我们身边，看他那样子，应该是从五里外急赶而来，前额的发丝都被汗水黏在了一起。

"璇璞，你这是怎么回事，受伤了？"

他扯住我的胳膊，满眼关切。

我知道我现在的样子相当狼狈，浑身尘土，胸襟前方还沾染了一大片的血迹，脸上因为泪水而弥漫开交错的污痕。

"现在没时间客套了。"我实在没有力气了，身体几乎是勉强挂在黑崎身上才能站稳，"快些，我们快些进城，午时马上就要到了！"

"璞小子，你抓紧。"黑崎一把将我甩到他的背上，身体一轻，御风而起，缓缓地向城内飞去。他受伤不轻，又背着我，听着他急速喘息的样子，好似很快就会因体力不支而掉下去。好在谷梁轩紧随其后，依托着那几只九天冰蚕蛾，轻托着黑崎的肩膀，助了我们一臂之力。

城墙上的士兵看见我们逼近，全部露出惊慌失措的表情，一排排的弓箭也被拉了起来，霎时便由下而上冲起一阵箭雨。

这些士兵，说不定也是被旬帝早已渗透了的叛军，最坏的结果，或许萧镰釉和他的那些嫡系已经全部叛出了商都。

谷梁轩一声冷哼，身体骤然一沉，十数只蛾子再度化为流光，将我们三人密不透风地守护在内，那些铁器制成的箭矢，纷纷被白光荡开，没有一支能近我们的身。

太阳逐渐升到高空，着实是不能再耽搁了。"谷梁兄！"我喝道，"不要太过纠缠他们，我们直接去皇宫！"

"好嘞！"他应一声，将数只蛾子收回到身前，我们一个俯冲便越过了城墙，好在黑崎虽然负伤，可是我按住他的背心，提起仅剩的力量助他一臂之力，也让他轻松不少。卞京的街道在我们脚下一晃而过，片刻之间，广阔的皇宫已出现在眼前。

商都皇宫占地极广，修建得也是中规中矩，一宫接着一宫，层层偏殿众星拱月一般环绕着位于整个皇宫正中的昭和日月殿。

而那殿前广场上，如今已是三步一岗，密密麻麻地站满了戒备的御林军。我们藏匿住身形遁进皇宫，专挑隐蔽的地方走，终于渐渐靠近了昭和日月殿。只是，要想在不惊动别人的前提下越过这大广场，却是不可能了。

我凝神朝那些兵士望去，见都只是一般的御林军，现在我虽然没什么力气了，但单靠着黑崎与谷梁轩，要拖着这些士兵也不是难事。再向前望，我的目光却忽然凝住了。

在昭和日月殿的正门前，笔直地站立着二十名轻甲武士，而他们背后，皆背有一人来高的弩箭。

"神弩营的人。"我沉声道。

"神弩营？我似乎听你提起过。"谷梁轩转过头。

"没错，没想到父皇竟然派出他们来守着门口，如果是这样，要闯进去的话，就不好办了。"

"那现在怎么办？"

我低头思索片刻，又试探了一下体内残存的真元，道："谷梁兄，等会儿就要麻烦你和黑崎了。"

"需要我做什么，你尽管说。"他朗声道。

"你们等会儿先冲出去，引起这些御林军的混乱就行，但尽量不要取人性命，把他们搅得越乱越好，我再趁机冲进昭和日月殿。现在这个时辰，只怕里面三帝聚首已经开始了。"说完之后，我看着他们，"可以吗？"

谷梁轩的眉头皱了皱："璇璞，即便你就这么冲进去了，那璇武帝会听你的？"

"父皇听不听我的，已经不重要了。"我坦然道，嘴角溢出一抹笑意，"我现在不过是求一个问心无愧，即便背着大逆不道的罪名，我也一定要将父皇身边能够威胁到他的人尽数诛杀……毕竟，我答应了我娘。"

谷梁轩点点头："如果最后没有转圜的余地，也只有这个方法了。"

"我现在唯一担心的就是那个赤衣。"我顿了顿，道，"不过，再这么想下去也不是办法，走一步看一步吧，怎么都要在午时到来之前，阻止这一切。"

"黑崎！"我回过头，"你可以吗？"

黑崎握了握拳头："哼，这些小角色，我还没放在眼里。"

"那就好。"我一笑，喝道，"走！"

话音一落，黑崎与谷梁轩立刻双双冲了出去。

黑崎不愧为老妖，被化妖水喷中负伤，依旧本事了得，聚起最后的力气，右手一抓一扬，就甩出去五六个滚着紫焰的火球，火球落在人群里，轰然炸开，漫天烟雾弥漫。

只是这一下，便全乱了。

突然而来的袭击将这些御林军顿时吓傻了，这里可是皇宫，那些突然冒出来的火球到底是怎么回事？

硝烟中，人群的喧嚣声震天响起。

谷梁轩也毫不含糊，笛声阵阵，九天冰蚕蛾双翅抖动，洒下漫天银光，顿时，整个殿前广场的温度都开始缓缓降低，半空中浮现出了淡淡的雾气。

那些御林军经过开始的混乱之后，到底还是精锐，很快就在各自头领的命令下，重新排好了阵形。

这一左一右的攻击气势都宏大无比，所有御林军皆分为两股人流朝黑崎与谷梁轩围剿而去，不过看来这些士兵都没有讨得什么便宜，广场中玄光白雾接连不断，黑崎的厉喝与谷梁轩的笛音透过重重士兵的惨叫声传出来，看情形，他们支撑片刻应该不是问题。

唯一让我失望的，就是那二十个神弩营的人，只是冷眼看着满场热闹，却根本没有动静。

是了，他们是父皇的部下，那些商都御林军闹腾成怎样都与他们无关，他们要做的，只是严守皇令，守住门口。

我咬咬牙，从藏身的地方飘出来，低低地掠向地面，在一层白雾的包裹下不动声色地朝昭和日月殿靠近，周围的人群一片混乱，所以没有人注意到我。足尖轻点，我又向前一跃，这一下足足前进了十丈，昭和日月殿的正门已经近在眼前。

此时，那些神弩营的人也发现了我。

"架弩！"正中那人高声呵斥了一句，顿时，所有的人都整齐划一地迅速将神机弩抽出架好，齐刷刷地对着我的方向。

"好快！"我暗叹一声，正面交锋，已不可避免。

"放箭！"

领头之人话音一落，所有的人都整齐划一地扣下机关，一瞬间，空气撕裂的声音遍布四面八方，二十支弩箭全化为了残影，直直地射向我。

我勉力提起一口气，双手展开，划出两道光弧，身子仿佛一个陀螺似的旋转起来。

叮叮叮叮……

金属碰撞声接连不断地响起，那些弩箭无一例外都击打在了我身上，虽然被借力打力带起的光弧尽数弹了出去，但我双手被震得没了知觉，好在没受什么皮外伤。

这是情急之下，我用身体的旋转模拟出剑轮舞的轨迹来构建出的防御，没想到效果如此之好，虽然费了些力气，我还是冲到了那正殿的台阶之上。

这些神弩营的士兵只放出了一箭，就呆呆地愣住了，想来是因为觉得不可思议而走了神。他们怎么也想不通会有一个人接下那么多支箭还毫发无伤，何况他们射出的还不是普通的箭，而是特制的弩箭！

所以，当我停住身形站在他们面前时，所有的人都还没有回过神来，就那么傻傻地看着我，一动也不动。

我自然懒得理他们，一把就推开了昭和日月殿的大门。

果然是商帝的上朝之地，好气派的正殿！

只是屋顶，就有三丈来高，撑起整个正殿的梁柱都包裹上了厚厚的一层金箔，金光闪闪，让人几乎睁不开眼。

此时，在大殿正前方的高台上，三张龙椅呈弧形放置，三名身着龙袍的男子正襟危坐，正在悄声说着些什么。我的突然闯入，立刻吸引了所有人的视线。

"贼人已经闯进殿了！陛下快走，这里我来应对！"下边随侍的臣子里立刻就有一个将军模样的人大步跨了出来，抽出宝剑对着我一阵挥砍。方才殿外的动静早已惊动了殿中的三位皇帝，只是没人会想到我这么快便突破了层层封锁直入殿中。

我懒得与这将军废话，看着那宝剑，伸出手轻轻架住了剑刃，再一弹指，他整个人立刻凌空倒飞回去，撞倒了一片华美的宫灯。

就算我体内已经没多少力气，对付这种人，还是绰绰有余。

这一动作立刻引起满殿哗然，原本还有数十名大臣在离我较近的地方以一种惊恐的表情望着我，忽然间他们就跌跌撞撞地朝远处退开，不过刹那工夫，我身边就没了人影。

"护驾！"

不知道哪个太监高声尖叫起来，伴随着这声音，那些大臣仿佛都炸开了锅，一时间"保护皇上"的纷乱声音不绝于耳。不过这些大臣也算有骨气，上边的皇帝未动，他们倒也没一个跑出这大殿。

我一眼就看见了父皇。

他还是那般英武的模样，我离宫的这段日子，他没有任何变化，还是那个一身气魄的父皇。

他同样也在看着我，目光里，有惊讶，而更多的，则是疑惑。

"璞儿？"我听见他微微张开嘴，不确定地叫出了我的名字。

原来，他还是愿意如以前这般唤我的小名。

我笑了。

再往他身后看去，夏祝情也正用一种惊恐的目光看着我。她如今凤袍加身，风光无限。大皇兄站在她身后，对于我的忽然出现，他也是满脸诧异，我对着他笑笑，破天荒地，他竟然也对我露出一丝笑容。

最诧异的是，我看见了井霖，他也冲我微微一点头，表情却满是担忧。我明白了，旬帝果然如我预料的一样连这兄弟都要下手，更让我惊异的是，我那一封手书竟然也能起到作用，让父皇加护于他。

而父皇的另一边，紧紧依偎他站着的，竟然是一个和我差不多年纪的高挑男子，那人面目白皙，身体瘦削，却也穿着明黄色的长袍，上绣两条金龙，头戴翠玉发冠。我瞳孔微微收缩，轻语道："太子？"

那件衣服，分明是瑾国储君才可加身的袍服，这身衣服，原本应该穿在大皇兄的身上才对，难道父皇废了大皇兄的太子名份，另立太子了？

再看向大皇兄身上那平凡无奇的皇子服，我的心微微沉下去。

夏祝情，或者说旬帝，得逞了。

太子易位，那么接下来……父皇便全然没有了利用的价值。

他们的凤愿就要达成了吧，如果我没有出现在这里的话。

我露出戏谑的表情，直直地望向那位"太子"。

"真是可笑，你一个冒牌货，竟然有胆子穿上象征我大瑾储君的尊贵龙袍，这一日一日的，你可能心安理得地睡着？"我毫不客气地笑着，声音在空旷的正殿中回荡，周围原本嘈杂的声音立刻便消失了。

那男子的脸色明显白了一下，却强自镇定般地回望我一眼，发出不屑的哼声。

见他这般态度，我暂且也懒得与之辩驳，而望向三人之中右侧那位最年轻的帝王，笑道："旬帝陛下，戏唱到这份上，您还有心思再继续唱下去吗？这午时，可很快就要到了呢。"

"住口，好大的胆子，你这逆贼也太过放肆了！"旬帝身边的仆从还未动，夏祝情却忽然迈步出来，呵斥道，"怎么，你通敌叛国还不够……"说到这里，她的声音却戛然而止。我奇怪地望着这个话只说了一半的女人，见她不安地看了父皇与旬帝一眼，手指颤了几颤，终于收了回去，几步退回到父皇身后。

通敌叛国？如今，我"通"和"叛"的对象正在一起面对面坐着呢，在这种场合大骂我这逆贼，还真是连他的正主旬帝陛下也骂了进去，怪不得那旬帝一下黑了脸。这夏祝情，当真草包得可以。

父皇惊疑不定地看了我一眼，他大概也想不到我这逆贼会用这般语气向自己"效忠"的旬帝这样问话吧。

旬帝眯起眼睛，拂了拂衣袖，站起身道："商帝陛下，让个不明所以的人在这昭和日月殿里胡闹，也太有损商都国威了吧。"

坐在正中的商帝已经须发皆白，却也只是瞟了瞟旬帝，没有开口。

我身后又发出几道响声，两名神弩营的士兵被人大力甩了进来，躺在地上昏迷不醒，黑崎与谷梁轩的身影紧随而入，一左一右站在我身旁。

后面还有御林军大叫着想冲上来，可不得不在昭和日月殿的门槛外停住脚步——这尊贵的皇殿，他们这些士兵如果贸然踏入，全都是不可赦免的死罪。

我看了看身边的一人一妖，他们为了对付那些士兵显然是花费了不少力气，黑崎还好些，谷梁轩却狼狈许多，发髻都有些松散。

旬帝的眼光飘下来，看见黑崎，忽然往后退了一步，失声道："你还没死？"

我奇怪地望着他，转头问向黑崎："怎么，你认识旬帝？"

"我千年来还是第一次下山，怎么可能认识这劳什子旬帝？"黑崎粗暴地接过话，"不过他抓了漓儿，所以看见他我就火大。"

"赤衣！"旬帝忽然大喝起来。

我眼神一凛。

一道红光闪过，那一身红衣的蒙面女子就这么闪现在旬帝身边。

原本护卫着三位帝王的一圈侍卫全被这凭空冒出来的人吓了一跳，差点本能地拔出佩刀。

"快！"旬帝指着我们，"快把这些人杀掉！"

遭了，我忽然意识到不妙，旬帝要动手了！我大叫："父皇！你不要被夏祝情骗了！她是旬帝的人，她要害你！"

我虽然不知道赤衣到底有什么本事，但从廖青枫的言语里可以猜测到，这个女人或许比廖青枫还要厉害些，以我们三人现在的状况是绝对对付不过的，唯有先大声提醒父皇，就算他不相信，也总会有个戒备，那么，我也不枉此行了。

父皇听见我的声音明显迟疑了一下，还是回过头看了看身边的夏祝情。

"皇上，你相信这叛徒的话？"夏祝情急道，"我是你的皇后啊，怎么可能害你？这逆贼是走投无路了才口出狂言，万万不可相信他！"

我冷笑道："夏祝情，多行不义必自毙，你已经贵为皇后，不要动什么歪脑筋最好，不然，我定将你挫骨扬灰！"

"逆贼你好大的胆！"大皇兄终于站了出来，毕竟夏祝情是他的母后，被我这么说，他为人子女，定然有气了。

我干脆将目光收回，不再搭理他们，而是戒备着那赤衣。

"赤衣，你没听见吗？我让你将他们杀了！"旬帝差点没跳起来，实在与刚才沉静的样子判若两人，变化之大让人匪夷所思。

商帝波澜不惊地轻轻抚着胡子，眼神平静，好似旁观者一般看着这闹剧。

赤衣静静地看了我们一眼，目光深邃，她开口，只说了一句话："我拒绝。"

"你！"旬帝脸色白了白，却令人诧异地一句话也没说。他忽然一个猛转身，冲着夏祝情喝道："还不动手！"

糟了！

"小心！"我一个箭步朝那高台冲去，黑崎与谷梁轩同时反应过来，紧随其后。

前方，夏祝情眼神忽然一变，在周围所有人都还没有反应过来的当儿，从长袖中刷一下抽出了一把匕首，而那冒牌的六皇子，也拔出了自己的佩剑，带着一声怪叫，狠狠地朝父皇刺去——

惊变在刹那间发生，父皇，大皇兄，全都没有回过神来！

"不好！"

我眼前一花，眼看就要道冲到父皇身前，那个冒牌货的佩剑，忽然迎面击来一股沛然大力，我一个不稳，身子又朝后倒飞而去。

赤衣忽然出现在我面前，冷冷地轻声道："我不杀你，但不表示可以由着你出手。"言语间，她又轻而易举地将谷梁轩与黑崎逼退。

她目光炯炯，看着那眼神，我心中刹那间涌起一丝熟悉感。

"噗！"利器刺进皮肉的声音在大殿里格外清晰，鲜血飞溅了近三尺高。我心中一跳，忙朝那高台上望去，却看见令人惊心动魄的一幕。

大皇兄凄厉地嘶吼起来："母后！"

父皇怔怔地站着，一动不动地望着挡在他身前的夏祝情，她面色苍白，嘴角血液狂涌，那个冒牌六皇子手中的宝剑，正深深地刺进她的腹中，而夏祝情拔出的匕首，也毫不留情地插进了那冒牌六皇子的胸口！

那个冒牌六皇子不敢置信地望着夏祝情，又看了看自己鲜血狂喷的胸口，喃喃道："你……你……你怎么能……"话还未说话，他就两眼一翻，直挺挺地朝后倒去，归了西。

这突然的惊变，让整个昭和日月殿里的人都呆住了。旬帝面目凝滞，赤衣眼现诧异，就连商帝，一直眯着的眼也突然睁开，手指定定地停在白须上，没了动作。

夏祝情嘤咛一声，身子软软地滑倒，父皇搂着她跪坐在地上。

"母后！母后！"大皇兄嘶吼着扑倒在她身上，"你，你……"他双目变得血红，却讲不出一句话来。或许他最百思不解的，是为什么在这么突然的情况下，夏祝情会像早就预料到一切一样，那么奋不顾身地挡在父皇身前，挡住了那把索命的宝剑。

"皇上……"夏祝情的脸色变得惨白，两行泪水从她眼角滑下，"对不起……"

"皇后……"父皇张开嘴，只是说了这两个字。

他的声音也变哑了。

大殿之中，所有的人都沉默地看着这一切。赤衣诧异地退了两步，回到旬帝身边，或许她也料想不到，早年埋下的一粒棋子，怎么会在最后关头背叛他们。

"对不起……我背叛了你……"夏祝情的眼泪越流越多，"皇上……璇武……你不要恨我……"

父皇没说话，紧紧地握着夏祝情的手。

"母后，你在说什么，什么背叛，你从来就没有背叛过任何人啊！"大皇兄不断地在一边嘶吼着，"母后，你坚持住，你不会有事的，你一定不会有事的！"

"傻孩子……"夏祝情苍白的脸上露出慈爱的笑容，"对不起……母后骗了你这么多年……"

"母后，你别说话！"大皇兄已经完全慌了神，手掌按在夏祝情的伤口上，可是无法减缓那些血液疯狂地溢出。

"璇璞，这到底是怎么回事？"谷梁轩来到我身边，"那个夏祝情……她为什么……"

我轻轻叹了一口气，道："或许，我知道原因了。"

"什么原因？"谷梁轩露出疑惑的眼神。

"因为……"我淡淡地道："因为，她是个女人吧。"

我缓步上前，走到了那相拥着的两人身边，这一次，再没有人拦着我。

我轻轻拍了拍大皇兄的肩膀，道："让我来看看。"

"你让开！"大皇兄猛地推搡了我一把，"你一直对我母后怀恨在心，现在又想过来落井下石了，对不对？"

我苦笑着退了两步。

"不，让他过来吧……"父皇轻声道。

我在大皇兄的怒视中走上前，探出手轻轻按上了夏祝情的胸口，掌心蓝色光芒隐隐泛起，很快，夏祝情伤口就缓缓止住流血了。

"谢谢你。"含着笑，夏祝情对着我轻轻点了点头。

"我也只能聊尽人事。"我站起身，对她道，"你有什么话，赶快说了吧。"说完，我转身欲走。

"等一下。"夏祝情轻咳着勉强撑起身子，"璇璞，有句话我要对你说。"

我转过头。

"对不起。"她急促地说着，好像很怕我会立刻走开一样，"对不起，我把你害成现在这个样子……"

我沉默不语。

"皇上……事到如今，有些事情我也不想瞒你了。不错，我是允国的人，我潜伏在你身边这么些年，一直都怀着颠覆瑾国王朝的不轨之心……"

"什么？"父皇一脸震撼地盯着夏祝情的脸。

"璇璞……璇璞就是我为了达到目的，设计陷害的第一步……"她旁若无人地说着，身边的大皇兄与父皇，也是那般神色震惊地听着。

我静静地站在一边，此时此刻，真想不断澄清，可是我心里却一点也没有释怀的感觉。

毕竟，有些东西，失去之后，就再也得不回来了。

"皇上……对不起……皇上……我骗了你这么多年，请你不要恨我……不要……"夏祝情一边说着，眼泪不断流出，"我错了……我不甘心……我不甘心你的心里只有一个安素伊……"

"皇后……"父皇轻轻应了一声，将夏祝情的头抱进怀里，"我不怪你……"

"果然是人之将死，其言也善。"赤衣轻声说着，全然不顾身边旬帝勃然而怒的脸色。

"陛下……"夏祝情忽然转过眼睛，望向的，却是旬帝，"陛下，臣为你潜伏了这么多年，最后，也该为自己想想了。杀了璇武，这种命令，请恕臣下万不能从命，因为，他是我的丈夫啊……"

"皇后……"父皇轻轻在她额头印下一吻。

"皇上……臣妾骗了你一辈子，唯有以死谢罪。臣妾死后，不妄图入皇陵，只求皇上寻一处青山绿水的地方，让我安睡在清幽的地方就可以了……"

说出这最后的一句话，夏祝情脑袋一偏，合上了眼睛。

她死了？

我呆呆地站着，这个女人，她死了？

这一瞬间，原本我对夏祝情那些入骨的恨意，仿佛都随着她的死去而变得淡薄起来。

这个女人，带着最危险的目的留在我的亲人身边，害我背上骂名，颠沛流离。

我有绝对的理由恨她。

而现在，听着大皇兄在前方嘶哑的低吼，我竟然没来由地，对这个女人泛起了一丝同情心。

"璇璞，你这样心软，日后必定会害了你自己！"

耳边又回响起凤茛的话，我忽然低下头，自嘲地笑了笑。

看来我心软的毛病，这辈子是别想改了。

"真是饭桶！"旬帝望着这一切，愤恨地跺了跺脚。商帝已经在一群侍卫的保护下远远退开，旬帝一脚踢上那龙椅，龙椅轰然爆裂，化为漫天齑粉。

大殿之中的光线忽然间暗淡下来，我眉心一跳，急忙回过身子，看见殿外的天空，已经黑下来一大片。

午时已到。

"天狗食日！"

旬帝的脸上忽然露出一抹狂喜："哈哈，时辰终于到了！"他的双眸诡异地变成了红色，忽然大袖一展，掀起一股气浪直直地卷上屋顶，瞬间将这昭和日月殿的屋顶破开一个大洞，大笑着冲了出去。

"妖气！"谷梁轩在我身边喝道。

"哼，原来是那个贱人！"黑崎没来由地冒出一句话，身体也是冲天而起，跟着旬帝后面追去。

赤衣眼神闪烁不已，红光一晃而过，紧随而上。

"璇璞，我们也快去！"谷梁轩对着我催促一声，唤回几只九天冰蚕蛾，也从那个洞中跟去了。

我却没有动。

父皇揽着夏祝情静静地坐在那里，我迟疑了片刻，想要说些什么，却无论如何也开不了口。

倒是井霖，站在他们身后递给我一个宽慰的眼神。

我轻轻叹了一口气，摇摇头，身子御风而起，升到那屋顶上，顿时看到了这只出现在传说中的异象。

明明是正午，可整个天仿佛都要黑尽了，那原本应该是太阳的地方，已经彻底沦为黑暗，只留有一道细细的光缝。可就连那道光缝，也迅速削减着，最终被黑暗吞噬。

我抬眼向前看去，发现黑崎、谷梁轩，包括那赤衣，都静静地站在皇宫后部一座圆柱形的高台上，而那高台正中，旬帝正飘浮在半空中，双手不断地比着奇怪的印诀，嘴里念念有词。

高台的四个角上，摆放的正是四把瑶琴，正缓缓流淌出不同色彩的光辉，那些光辉升腾而起，统统聚集在旬帝手中一个白色的光球上，而那光球里面禁锢的，是蜉漓！

我急赶过去，离得近了，才听清旬帝嘴里发出来的是一串晦涩难懂的音节，根本不像是我们的语言。而蜉漓，也跟着旬帝的声音，发出好似歌唱般的鸣叫。

"漓儿！"看见蜉漓，黑崎哪里还冷静得下来，身体一次又一次地向前冲撞，想从旬帝手中将那光球夺下来，可每次却连边都沾不到，就会在半空之中被弹回来。

赤衣站在一边轻笑道："真是不自量力，九恸劫阵一旦发动，可是那么轻易就能闯进去的？"

黑崎依旧是不甘心地紧紧捏着拳头，双目血红。

半空中，旬帝那奇怪的语调忽然到了一个制高点，接着他整个身体像失去了什么依托一样，直挺挺地落下来，摔在地面上。

一道轻细的雾气从旬帝的嘴里飘出来，回到半空中，翻腾盘旋，片刻之后，雾气散去，一个妖艳的女子取代了旬帝，继续托起蜉漓。

我霎时被惊得目瞪口呆。

"漓樱！"黑崎嘶吼起来，"我定要将你碎尸万段！"

那个忽然出现的身影，是漓樱！那个曾经追杀黑崎，却被我意外击退的椿树精！

"呵呵，黑妖尊，你很意外吗？"漓樱托着蜉漓，曼妙的身姿在半空中舒展着，轻笑道，"这星辰之力果然奇妙，我感觉自己的修为现在似乎上了一个台阶还不止呢，似乎离晋升天精不远了。黑妖尊，等我成功飞升成了天精，咱们再来算算账吧，看看到底是谁把谁碎尸万段……"

原本黑暗的天上缓缓出现了一个闪耀的白点，那是太白星，正在以肉眼可辨的速度变大，不过短短片刻，就靠拢到了太阳边上。

"太白凌日，开始了。"赤衣在一边开口道。

果然，在太白星和太阳连成一线的刹那，一道七彩的光柱从天而降，直直地轰在了漓樱的身上！

"哈哈哈！"漓樱爆发出一阵长笑，"好美妙的感觉！好强大的力量！天精，我就要飞升成为天精了！哈哈哈——"

可是，她的笑声却在一瞬间戛然而止。

半空之中，她的身体开始急速地膨胀，短短数息的时间，就已经胀成了一个圆滚滚的球。

"怎么会……好难过……"漓樱原本张狂的表情变成了痛苦的呜咽。这一突然而来的变化让我们不禁诧异。唯有赤衣，似乎对这个变化没有任何出乎意料的感觉，依旧是一动不动地凝视着上空。

"不，不，不！"

终于，发出了最后一声惨绝人寰的吼叫后，漓樱的身体忽然爆炸，化作一团血雾，萦绕着那七彩光柱旋而不散。

"完成了。"赤衣莫名地冒出一句话，轻移着步子缓缓迈入那七彩光柱中，这一次，她没有受到任何阻挡。

"看来这个过程很顺利，现在，就只差最后一步了。"

她张开双手，身体缓缓飘起来，握住了蜉漓光球。

"只要掌握了这星辰之力，就可以，颠倒阴阳，扭转乾坤！"她轻轻地念出这么一句话，手指轻柔地抚摸着那光球，"蜉漓儿，你帮了我这次，我也会解开你身上的封印，这样你的力量不受压制，就可以立刻飞升了，我们一同上天去，可好？"

蜉漓发出两声悲鸣，两根触角朝着黑崎的方向不断挥舞着。

"怎么，你舍不得那只蛇妖吗？"赤衣缓缓说着，"你是天精，是仙，是至高无上的存在，人界这些粗俗的东西怎么能蒙蔽住你的双眼，九重天上才是你真正的归宿。"

我紧张地看着这一切，想要出手阻止，可这天地之间的浩然力量已经不是我所能对抗的。

就在这时，赤衣却抬起了头，目光遥遥望向东方，眉头一皱，自语道："怎么又有碍事的来了？"

我们随着那方向看去，果然，东方遥远的天际，隐隐有一道人影带着微微的光芒朝这里御风而来，待那人靠近，我看清他的脸时，顿时欣喜地大喊："师父！"

赤衣的眉头扬了扬："我着实想不到，你竟然还没死，那一日，我明明与廖青枫联手将你的肉身轰成了齑粉。"

师父披散着头发，面含轻笑，一阵金光中缓缓落在我们身边。

我立刻冲过去，看着那带着笑的脸庞，激动得说不出话。

他出手摸了摸我的头，笑道，"璞儿放心，师父没事。"说完，他又转头看向赤衣，"想要杀死我，并不是那么容易的事情，而且我也着实想不到，你费尽心机来布这个局，就是为了要复生一个罪人。"

赤衣笑了："你怎么还保持着这副模样不肯以真面目示人，是想要继续骗这些人吗？你就真的觉得这样对得起璇璞？"

他们仿佛哑谜一般的对话说得我满头雾水，我诧异地将目光来回游移着，为什么，为什么看起来师父竟然与这赤衣很熟悉？

"停手吧。"师父叹了一口气，"真凌的死亡是罪有应得，身为上界妖仙，却下来凡世为虎作伥，屠戮万千，我杀了他，也不过是替天行道。"

"原来真的是你杀了他。"赤衣轻声笑了出来，"哈哈哈，我还在想这凡世之中有谁能够取他的性命，现在想来，也只有你了……"她盯着师父，一字一顿地说："幻妖，安素伊！"

什么？

我愣愣地看着那赤衣，她在说什么？

师父……安素伊……

娘亲？

我呆滞地将双眼缓缓移向师父，他也在看着我，依旧是那副淡淡的笑容："对不起，璞儿，这些年来，我都没有告诉你真相。"

话音一落，他全身金光闪耀，依旧是一身白衣，青丝飘扬，只是那模样，变得与那竹简中的光影一模一样。

是娘亲。

我不可置信地向后退了两步，原来师父，一直就是娘亲？

那个自小出现在皇宫，教我弹琴，教我处世，教我舞剑的人，是娘亲。

这么多年陪在我身边的，原来一直是娘亲！

"你……"我声音沙哑地开口，"你……为什么不告诉我……你就是我娘，为什么要可笑地伪装成什么公孙锦……骗了我这么多年……"

原来，公孙锦能驾驭瑶琴，公孙锦异术通天，公孙锦教导给我的剑法却是幻妖的绝技《天剑神诀》……原来，这些都不是巧合！

因为他是她，公孙锦是安素伊，是我的娘亲，幻妖血脉的上代传承者！

"我也有我的苦衷。"她的表情有些愧疚，"十八年前发生了一件事情，让我不

456

得不离你们父子而去……"

我心中一阵酸楚，怎么都想不到，我竟然会在这样的情景下与娘亲重逢。

"呵呵，这些都是你自找的！"赤衣笑道，"十八年前你杀了真凌，动用了不该属于人界的力量，你就必须离开尘世间你所留恋的一切，这是天条铁律！"

"那么你呢？"娘亲定定地抬眼，一双眸子直视赤衣，"你不也是在畏畏缩缩地逃避着什么吗？你说，我现在是该叫你赤衣，还是应该叫你……凤葭？"

我的全身仿佛被什么惊世的力量贯穿了一下。

这，这是上天故意在开我的玩笑吗？原本一直尊敬的师父，到头来却是我的娘亲，而现在，眼前的这个敌人，却是为了救我而牺牲的凤葭？

不可能！

就在我一心想要否定内心那种荒谬的想法时，半空中那人，却像故意要打破我唯一的希望一样——

"罢了……"赤衣轻轻叹出一口气，抬起手将蒙面的轻纱一把扯下。

细眉纤长，双眼灵动，鼻子小巧挺直，嘴角带着若有若无的笑容，这张脸，我实在太熟悉不过了。

就是这张脸，在几个时辰前，在那片碧绿的火光中，对着我露出一抹微笑，说出了最后一句话："璇璞，以后即便是一个人，也要快乐。"

也是这张脸，几个时辰之后，却屹立在半空中，手握着蚵漓，火红的衣袂翻飞如血，那气势，仿佛不受这天地之间的束缚，望着我们，也如俯瞰渺小的蝼蚁。

"怎……怎么会这样……"黑崎也惊讶得说不出话来，"你……你真的是凤女娃？"

谷梁轩也是一脸震撼。

"可以说是，也可以说不是。"她淡淡地道，"和你们在一起的凤葭，只是拥有我极少力量的一个分身，她所有的记忆皆是来源于我，可以说，我就是她，她就是我。"

"所以，你没死？"我哑着声音问。

"廖青枫那点本事，是杀不死我的。"她望着我，目光忽然柔和下来，"璇璞，对不起，我又骗了你。"

"对不起，我又骗了你。"

我垂下头，自嘲地笑笑，原来是这样啊。

一个人兜兜转转，历尽坎坷，到了最后，却发现自己守护着的，从来都只是一个又一个弥天大谎。

　　"我说过，时候到了，我会告诉你我的真实身份的。"凤莨缓缓开口，"我本是上届妖仙王亲手种下的一株艾草，我从一开始，就不属于这个世界，来到这里，不过是为了寻人而已。"

　　"你寻找的，就是你的师父，那个'他'？"我问。

　　"璇璞，我告诉你的那些往事，都是真的。"她看着我，目光显出隐隐的真诚，"他本是妖仙王座下专门护理花草的童子，在我缓缓修炼出灵智的那些年里，一直是他给我浇水，陪我聊天，甚至教我修炼各式各样的法术。在那一段漫长又孤独的时光里，因为有他陪着，我才一直靠着自己的努力，终于修成正果。我向妖仙王哀求，他终于允许我们一同看管那一片广阔的花园。"

　　"可是，就当我要将这件事告诉他的时候，他却对我说，他要下界去，在人界的一场王权争斗中帮助他一位转世的朋友。妖仙随意下界是违反天条的，我劝过他，可是他还是那般执意地走了。我原以为，以他天精的本事，在人界应该没有对手，可是……"

　　"可是他却死在了我的手上。"娘亲却突然接过话，"到底还是十八年前我亲手种下的孽缘……真凌违反天条，以天精之身肆意插手凡人争斗，我才将其毙于掌下。"

　　"你根本就是自私！"凤莨忽然大吼起来，"我早调查清楚了，真凌要对付的人是你的爱人！你的丈夫！你怎么可能不管？还说什么天条铁律，多冠冕堂皇的借口！"

　　她的语气忽然悲戚起来："我有很多次都想找你复仇，可是你却像忽然消失了一样，再寻不到踪迹，我只好百般寻找能救真凌的法门。也就是这样，我才想起了在上界时听闻的太白凌日的传说，而恰巧在上界，却有那商阡留下的，以九恸劫阵指引星辰之力的全部法门！"

　　"你真可算是处心积虑了。"娘亲缓缓道，"最初将化妖水给漓樱，让她加害于黑妖尊的，便是你吧？"

　　"当然，不这么做，蜉漓又怎么可能下山？"

　　"看来你很早就知道小蜉漓对黑崎的心思了？"

　　凤莨笑道："在那个椿树精傻乎乎地告诉我你安素伊曾经出现在祈灵山，而蜉漓也央求过你，让你帮她封印她体内的力量时，我就猜到这小虫儿的心思了。漓儿也算是重情义，为了黑崎，竟然放弃了直接飞升的机会，以天精之躯待在这人界。"

说完，她还惆怅地摸了摸手中罩着蜉漓的光球。

我转头看了看黑崎，发现他的表情并没有什么变化，眼睛盯着蜉漓，嘴唇抿得死死的。

娘亲道："不得不说，夙莨，你的这些计策，一直都是成功的，你利用了一个又一个的人，最终来达成你的目的。"

"那么……你用分身找到璇璞，取得他的信任，便是为了将我找出来。为了凑齐四把瑶琴，凭你一人的力量太过薄弱，你便又以飞升利益相诱，让那漓樱寄生在旬帝体内，自己则成了神隐堂的赤衣，借着整个允国的力量来达成你的目的……果然是一个一石两鸟的好计策！"

娘亲看了看她："想必你也知道了，九恸劫阵的发动需要千年妖族的精血生祭吧。"

接着，不等夙莨回答，她又道："你骗了那个椿树精，告诉了她献祭时的咒语，她还傻乎乎地以为自己发动了阵势，不想却成了你的祭品。你甚至还担心她修为不够，让她寄生于旬帝体内，一方面影响旬帝的神志，助你成事，一方面还能吸取一国帝王的王霸之气，混合着这些王霸之气，是足以成为血祭的祭品了。"

从天上射下的七彩光柱越来越绚烂，我听着娘亲与她的对话，心里的疑惑终于一点一点解开了。

原来，夙莨，才是这所有一切的始作俑者。

是她，在暗中推动了所有事情的前进，包括允国这些年的扩张，都是她在背后的指使？

我静静地看着她，我应该恨她的，不是吗？

可是就在今天早上，那团碧光之中，夙莨最后回头那深深的凝望，现在还在我的眼前重现。

一想起来，我心里就会传来阵阵刺痛，我这才悲哀地发现，对于她，我恨不起来。

到底是什么时候，我对夙莨的感觉有了微妙的变化呢？

是初见时她与我琴声相和的独舞，还是在刑州，在黄林镇，在卞京，在每个日日夜夜我们说过的每一句话或做下的每一个决定？

还是在最后，她望着我，笑着说："璇璞，以后即便是一个人，也一定要快乐。"

到底是什么时候呢？

凤茛没有再理会我们，对于娘亲的指责，她也只是以微笑回应，七彩的光芒中，她抬起头，静静地看了看天空，说了声："时辰到了。"

衣袖扬起，一小块水晶模样的东西被她抖了出来，那东西随风而长，很快便变得有一人高。我这才看清了，那是一口冰棺，透过幽蓝色的冰面，可以看清里面躺着的是一个清俊的男人。

凤茛大喝一声，一掌猛地拍向冰棺底部，那冰棺立刻冲天而起，转着圈悬浮于她头顶。

"凤茛！"我忽然冲她喊道。

她身形一顿，还是低下头来看着我。

我望着那张无比熟悉的脸，开口道："今日，在城门前，你为什么要救我？"

她没开口。

"如果我只是一枚棋子，"我继续道，"那你为什么要救？"

"你真的要知道原因，我便告诉你。"她淡淡地道，"廖青枫那个老家伙，人心不足蛇吞象，我很早就想找个机会处理掉他，今日之事，不过是顺水推舟。"

"……是这样吗？"我轻轻垂下头。

"还有另一个原因，就是……"她闭目轻言，"我说过，既然已经失去过一次，我就不会允许同样的事情再次发生。"

什么？我猛然抬起眼。

半空之中，那口冰棺旋转得越来越快，凤茛迎着那七彩光柱不断变幻着印诀……终于，天上太白星投下斑驳的星光，顺着光柱倾泻下来，凤茛操控着漓樱爆体之后的那团血雾，包裹住已经落入眼前的星光，送入冰棺之内。

冰棺里光芒大放。

"成了！"凤茛双眼露出喜色。

然而娘亲，一直站在一边的娘亲，此时却忽然皱起眉头，轻轻张嘴吐出两个字："败了。"

她话音一落，凤茛脸色忽然一变，那团血雾像是不受控制一般，在冰棺里四处乱窜起来。凤莨立刻慌了神，一连又是好几个印诀拍入棺中，可是明显徒劳无功。

冰棺开始毫无规律地四下晃动，最终索性哐啷一声摔落在地。血雾霎时散去，而那从天上接引下的星光，又顺着那七彩光柱扶摇直上，重新回到天空之中。

这一切发生得极为突然，几乎就在刹那间，七彩光柱便消失了，原本被遮挡住的太阳迅速出现，周围光亮一片，而一旁耀眼无比的太白星，也被耀眼的日光隐去，再也寻不见了。

太白凌日，结束。

凤莨依旧飘浮在半空中，双目呆滞地望着摔落在地的冰棺，喃喃道："为什么……为什么会这样……明明一点差错也没有……"她手一松，握着的那光球咚的一声破裂了，蜉漓化为人形冲出来，哭着直接撞到了黑崎的怀里。黑崎紧紧搂着蜉漓娇小的身体，不断地用下颚摩挲着她的乌发，嘴里轻声念着"没事了，没事了"，那个表情，真有一种劫后余生的幸福感。

看来这老妖，在这一刻，终于开窍了。

不过我却完全失去了调侃他的心情。

凤莨那失魂落魄的表情，看得我的心一阵发疼。

"你知道你为什么会失败吗……"娘亲缓步上前。

"为什么……"凤莨落下身体，跪倒在冰棺前，声音生硬，"我明明考虑到了一切，什么都考虑到了，为什么失败了，为什么会这样？除非……"

她忽然抬起眼，直视着娘亲："除非商阡留下的阵法是假的！"

娘亲摇了摇头："不，不是假的，一切都是真的，只是你走错了路。"她缓缓说道，"九恸劫阵，需要千年修行妖族的精血献祭才能发动，可是你知道当年商阡摆下此阵时，是以何物来献祭的？"

凤莨摇头。

"他自己的肉身！"

娘亲讲出这句话时，连我也不由得一惊。

"你很聪明，你骗了那个椿树精，让她成了你的生祭，但是你忽略了最重要的一点——她的怨气。"娘亲一字一顿地说，"千年修行的妖族，身上还带有从旬帝那里得来的帝王之气，这样的妖族，如若死得冤屈，那冲天的怨气，就会排斥你接引下的星辰之力，从而让整个九恸劫阵功亏一篑！"

"为何幻妖一族没有妖气，没有原形，其原因并不是像祈灵山传言的那样是为了抵御天劫而牺牲掉了，而是为了摆开这阵势，为了成功引下星辰之力。商阡用他自己的肉身，充当了祭品！"

"原来……原来是这样……"凤葭将脸埋入掌心，"这些年来，我千算万算，终于还是算错了一步，却是一步走错，满盘皆输……"

她抬起眼，凝神望着那冰棺中的男子，眼泪忽然就下来了："真凌，你会恨我吗？我真是没用，千年难得的机会，就被我这么白白浪费掉了……"

我静静地看着这一切。

其实我一直觉得，从我离宫的那一刻，接连不断的变故已经将我的承受能力打成一块铁板，不过一直到现在我才发现，我总是会有脆弱的一面。

我静静地走过去，蹲在凤葭身边，从怀里掏出一块石头，递给她。

"这是你的那块灵玉，不过我捡到时，它已经变成普通的石头了。"

她摇摇头："这东西已经没有用了。"说完，便不再多言。

我想了想，指着那冰棺之中的人道："如果他活过来，你是不是就能开心一点？"

她终于抬起了头，将目光转向我："不可能了，璇璞，这最后的希望，已经没有了。"

"你忘了吗？"我笑道，"还有霜华引啊。"

"霜华引……"她也露出一抹笑容，不过那里面尽是苦涩，"霜华引，并没有什么救人的作用，我之前那样说，不过也是骗你的……"

"有的。"我却肯定地答道，从怀里掏出一块还算干净的小方巾，只是其中一角沾上了我的血迹。

"别哭了，从没见过你流眼泪的样子，丑死了。"我笑笑，将那方巾塞进她手里。

而娘亲却在一边神色复杂地望着我，问道："孩子，这是你的决定？"

我微微一耸肩："因为我明白，我在这个世界上最想要的是什么了。"说完，我走到整个观星台的西面，那里放着的，是我的紫煌。

"老朋友，又看见你了。"我轻轻摩挲着它光滑的琴身，手指轻轻滑过琴弦，一勾，音色沉稳纯净，好生让人怀念。

我将它抱起来，走到冰棺前，再放下。

"璇璞，你这是要做什么？"夙莨似乎看出了我的意图，还是不确定地问了一声。

"救人。"我干脆地答着，盘膝坐好，将紫煌置于膝上。

"你或许还不知道，"我一边调音固弦一边说，"霜华引，并不是没有作用的，关键是看弹奏它的人。"

对一般人来说，霜华引，不过是一曲平常的曲子，但对于幻妖来说，并不是。

千年传承的血脉赐给我不少好东西，至少我脑子里会经常莫名其妙地多出一些本不属于我的记忆。

那商阡，真的是个旷世奇才，不光弄出了九恸劫阵，更谱写了霜华引。

以前师父，也就是娘亲，告诉过我所有关于这首曲子的来历，不过也只是叹道是一妖仙为其逝去的恋人所写，只是，幻妖血脉觉醒之后，我便知道了，这传说中的妖仙，就是商阡。

我奏起第一个音。

夙莨呆呆地看着我。谷梁轩和黑崎走了过来，他们眼里有惊异，也有好奇，我投给他们一个轻松的眼神，十指灵巧地在琴弦上接连滑过。

音符流淌而出。

我忽然觉得，这应该是我这辈子最惬意的一次弹奏。

在过去的很多年里，我弹琴，不过是为了打发闲暇时光，或者自娱自乐，远没有这次心情舒爽。

或许，最大的原因，就是过去，我为自己弹奏，而现在，我是为了心中之人而奏琴。

霜华引，传说，是送给至爱之人的旷世神曲。

我知道，我永远无法弹出什么"神曲"。

但这一次，我很用心，很用心。

为了我心爱的人。

"夙莨，你还记不记得我们的赌约？"我睁开眼。

她愣愣地点头。

"输了的人，要为赢了的人做一件事，是吧？"

她再点头。

"这个，就当是我为你做的最后一件事——如果这样，你以后就会快乐的话……"

心里默念这句话，我终是没有说出口来。

琴弦震动，渐渐一丝银光泛出，我感觉身体里有什么开始流失，汩汩地随着乐曲飘荡开，最后，汇聚在那冰棺之内。

谷梁轩忽然惊呼起来："璇璞，你的头发！"

我略微侧眼看了看，原来，不知什么时候，我的头发已经变白了。

霜华引，如若由继承幻妖血脉的人弹起，可以让一切生灵，甚至九天仙神死而复生，但前提是，必须付出相应的代价。

这便是逆天而行的后果。

看来还真是快。

我睁开眼，细细地看了看眼前曾经陪伴我度过许多日日夜夜的每一个人——凤茛、黑崎、蜉漓、谷梁轩、娘亲，还有……

不远处，有两个人影正在朝这边靠近，我微微一笑，连父皇也来了。

父皇领着大皇兄，渐渐攀上这高台，看见娘亲的一瞬间，这个男人的脸上，竟然露出了与素来的沉稳截然相反的诧异与狂喜。

"素……素伊？"他一脸不可置信地望着站在高台上的娘亲，大喊道，"素伊，真的是你？"

再见到这个男人，娘亲的表情却没有太大的变化，只是对他一笑："璇武，又见面了。"

父皇脱掉了那一身碍事的龙袍，他本就不算苍老，一路狂奔冲上了这观星台，将大皇兄甩在了后边。

"素伊……"他站在娘亲面前，急速喘着气。

"跑得这么快，也不怕累着，你不年轻了。"娘亲笑得温和，抬起袖子细细地擦拭着父皇前额的汗珠，仿佛过去的这些年，他们从未分开过一样。

父皇忽然将目光望向我，眼里浮现出浓厚的愧疚："这些日子，我对不起璞儿，也辜负了你……"

"一个对不起就完事了？你这老子还真当得不对胃口！"黑崎怒道，"璞小子被人害得这些日子吃了多少苦，还总是念念不忘你这个老子，我要是你啊，早从这里跳下去自尽了！"

听见这话，我很想笑，可是除了双手不停拨弄着琴弦外，我连牵动嘴角的力气都没有了。

"我欠你们的，我用下辈子来还。"他紧紧地抓住娘亲的手，"素伊，不要再离开我了。"

娘亲还是笑，却没有回答。

"璞儿的头发……"他再度望向我，忽然道。

娘亲却在此时轻轻推开了他，"你回去吧。"她说，"或许当年，我们就不该相遇，如果我们没有相遇，那现在，也不会牵引出那么多的孽障。"

父皇急了："素伊，你何出此言，你是我的皇后，皇后啊！"

"你的皇后，早已不是我了。"

只一句话，父皇便愣在原地，再也说不出一个字。

娘亲静静地走到我身后，忽然探手按住了我的肩。

顿时，磅礴的力量从我背后涌入，一下子填满了我接近干涸的身体，又朝着琴内涌去。

"娘亲！"情急之下我喊道，"快住手！"

"行了孩子，这些年，我都没有陪在你身边，现在当娘的，怎么可能看着孩子就这么在自己的面前死去？"她这一番话说得云淡风轻，"况且，这人当年是死在我的手上，这笔账我来还，也是不冤了。"

"璇璞……难道你是在……"凤茛愣愣地站起身，忽然冲过来，想要按住我的手，"不要，我不值得你如此！"

"你站住！"娘亲忽然厉喝出声，"此时停止，我们一个都活不成！"

"素伊……"父皇看着娘亲，脸色一片灰白，喃喃道，"素伊……"

"璇武，忘记我吧。"娘亲淡淡地说着，"我们，终究是没有办法在一起的。"

一曲已近尾声。

无数光点汇聚进了冰棺之内，隐约可见，里边的人眼皮微微动了动。

我十指都已经浸出了血珠，终于努力震开七弦，一曲霜华引，结束了。

紫煌发出一道灿烂的白光，整个琴身忽然碎裂成了一地碎片。

它的生命，也结束了。

我浑身无力地倒在地上，喷出一口鲜血。父皇想要过来扶我，倒是凤葭快了一步。

"璇璞！"她拖住我的手，一脸焦急。

我对她摆了摆手，缓了口气，费力地站了起来："只是脱力了，不妨事。"

"可是你……"

"没事的。"我知道，刚才娘亲用她的身体代替了我，我没事，但真正有事的，却是她。

我回头望去，发现她还是静静地站在那里，看不出什么变化。

"凤葭。"娘亲唤出了凤葭的名字，又指了指冰棺，"带着他，回上界吧。"

我这才注意到冰棺之内的人，发现他虽然没有清醒，却面色红润，是真正活过来了。

"可是……"她望向我。

"你去吧。"我推开她，"有些事情，我们都身不由己，这里终究不是你该待的地方。"

她点点头："我明白了。"

冰棺离开地面，凤葭静静地浮上半空。

"璇璞！"她冲我喊道，"我一定会回来的！"

这一刻，我分明看见她眼里有泪光。

为什么要哭呢？

我笑着挥手。

"我会一直等着的！"我冲她喊道，"不管多久，我都会一直等着，一年，十年，哪怕百年，我也会一直等下去！"

天地之间贯穿一道白光，她一动不动地看着我，轻轻点着头，身影缓缓变小，随着那光线，最终消失在了白光的尽头。

走了，这一次，是真的走了。

我放下手，抑制住夺眶而出的泪水。

"璞儿，我也该走了。"娘亲来到我身边，慈祥地轻抚着我的头发，"往后的日子，你要坚强一些，勇敢一些。"

我不知道她现在身体到底怎样，可是我明白，代替我承接了霜华引，她的生命，或许已经到了尽头。

可是我依旧不甘心地上前，轻轻抱住她："娘，你会没事的，不要走，你现在不是挺好的吗？"

"傻孩子。"她拍了拍我的背。

"你要去哪里？"我问她。

"回到我长大的地方，去陪陪你的外婆。"她笑道。

"那我以后，能去看你吗？"

"当你觉得恰当的时候，你就来吧。"她倾过身子，在我的前额上轻轻落下一吻，"其实，就算我不在你的身边，你也要相信，娘一直都在看着你的，一直都在。"

我点头。

"璇武。"她又转头看向父皇，"以前那段日子，谢谢你，我很幸福。"

"素伊……"父皇痴痴地朝她伸出手，"不要再离开我了，和我回去，我们回家，你，我，璞儿，我们回家……"

"璇武，我一直想问你，"娘亲缓缓地开口，"如果你知道我不是人，而是妖，你会不会嫌弃我，惧怕我？"

"怎么可能！"父皇斩钉截铁地道，"我爱你，不管你是人是妖是鬼是仙，我爱的就是你！"

"是吗。"娘亲懊恼地低下头，露出一抹苦笑，"原来……我是被我自己的懦弱……给困住了十几年啊……"

她淡淡地说："不过现在，即便后悔也来不及了……"

她重新抬起眼，凝视着父皇："璇武，谢谢你。"

只是一刹那，她的身体就好像青烟一般，忽然就这么消散不见了，只留下一丝淡淡的清香，萦绕在我们每个人的周围。

她也走了。

父皇捂住脸，跪下了，很快，嘶哑的呜咽声就这么飘散出来。我望着眼前这个撕心裂肺的男人，一直忍住的泪水夺眶而出。

大皇兄此时缓缓上前，对着我伸出了手。

那一双眼睛，依旧是带着血丝与疲惫，宽厚的手掌就在我身前。

我笑笑，握上去。

"太子之位只有你才能胜任。"他低沉地说，"我直到现在才发现，原来一向自命不凡的我，才是最愚昧的人。"

我带着泪水笑笑，摇摇头，不语。

谷梁轩走到我身边，拍了拍我的肩。我转过头，看见的，是他充满期冀的眼神。

"凤荚说过她会回来的。"仿佛是为了肯定一般，我感觉到谷梁轩按住我肩头的手掌紧了紧。

"我知道。"我笑着点头，"我会一直抱有期待。"

商历三九七八年，这一年冬天，神州大地经历了一系列让百姓们预料不到的变故。

允国旬帝在商都国卞京三帝聚首时猝死，国内大乱，群臣无首，国都内各皇室派系分兵割权，内战一触即发。恰逢此时，先皇旬帝的胞弟井霖王爷率商都国、瑾国两国联军百万铁骑自祈灵山脉天行栈直杀而入，叛军丢盔弃甲。

一月后，井霖于允国国都登基，号辰帝。之后辰帝便以铁腕手段横扫国内主战派，大力提拔有识名臣，并下令免税三年，百姓脱离战火苦海，无不称其为一代明君。

商都国原兵马大元帅萧镰釉突然告老还乡，对于这位手握兵权的商都重臣，卞京也是流言遍地，有人称萧元帅曾通敌叛国，之后被商帝识破出逃，告老还乡也是皇室为了遮丑而公布出来的幌子。不过，不管民间传得如何风风雨雨，这位曾经叱咤风云的元帅大人，已带着所有的家眷与谷梁丞相的遗孀，还有长子谷梁甄，交出兵权，离开卞京，不知所终。几日后，圣旨诏国，一位新任丞相走上了商都国权力的巅峰，不光继承了谷梁成华的所有事业，还全盘接手了萧镰釉的兵权，一时风头无两。而据传，这位丞相，竟然是一位不足二十岁的少年人！

接下来，瑾国皇室也是一番动荡，瑾国原皇帝璇武于这年年末宣布退位，帝位传于皇长子璇玮。次年开春，允国辰帝、瑾国璇玮帝，以及商都国新任丞相谷梁轩，于三国交界之地刑州城内，联合缔结永不侵犯条约。条约限定，有生之年，三国不得以任何借口发动战事，并自此建立友好邦交，大开国门，鼓励通商，将整个神州局面推向了崭新的鼎盛时期！

在那日的条约缔结会议上，很多人都看见瑾国璇玮帝身边坐着一名白衣白发的年轻男子，整个过程中他都未发一言，只是在条约缔结完成之后，所有人都惊奇地发现，无论是辰帝，还是新任的谷梁丞相，都对那白发男子礼待有加，其中一向以冷面著称的谷梁丞相，竟然还与那男子执手而坐，相谈甚欢，其身份不得不耐人寻味，有传言说其姓公孙，但也只是市井流言，不可尽信。

许多年后，据后世史书记载，当年神州三国经历一连串的权力更迭，却未引起任何战事，着实令人匪夷所思。自那时之后，原本已经退位成为太上皇的瑾国璇武帝，会在每月的初一与十五单独骑马前往距瑾国都城东面十里的雁翎山地界。那里原本有一处山匪建立的鸡笼山寨，自从那帮山匪莫名消失之后，又有人在原地用青竹搭起了一座小屋，屋外种着一片桃树。璇武帝每次便是去找那小屋主人，一待就是一天，偶尔路过的山民会听见山上传来琴声，都道堪比仙乐，其中玄妙，则需身临其境方可体会。

有人曾找当地山民探查过那小屋主人的底细，那人归来后所言被人编成了野史，其中写道：瑾都十里外，有山涧，而奇士隐于其中，论其来历，不得而知，问于山民，只道其善琴。忽又闻偶见其驾驭黑灵蟒穿行云端之内，玄妙之处，言语不可说。无人知其名号，只赠谓其"逍遥散人"。

尾 声

百年之后。

这一年的春天来得格外早，不过刚进四月，满山的花都姹紫嫣红地开了个遍，早有爱美的姑娘挎着小篮漫山遍野地将花采来，碰上小朵的，可以别在头上，碰上大朵的，就干脆摊开了，用来沐浴净身，也是妙不可言。

这里是距离瑾国霄城不远处的一座小镇，因为毗邻国都，来往商户庞杂，也给这小镇带来了不少好处。不过这镇子里最有名的，却不是那遍地的客栈，而是出了名的桃花酿。

这桃花酿，自然就是酒了，也得益于村外不远处的一片桃林。那桃林开了百年，无边无际，每年都会开出数不清的桃花，风一吹，落得遍地都是。镇民们觉得可惜了，便都收集起来酿酒，这一年一年过去，倒还真是弄出了名堂。

临近中午的时候，镇子口忽然行来一顶小轿，轿子相当朴素，抬轿的也不过是四名壮丁。可是这轿子一进镇，几乎每个人见了，都会对轿子里的人打一声招呼。

那轿子轻车熟路地在镇子里穿行，不多时就来到了一家小酒坊的门前。酒坊掌柜是个老婆婆，见到那轿子里下来的人，立刻眉开眼笑："哎呀苒老，今年你还是这般准时哟。怎么样，还和往年是一样吧？"

轿子里走下来的是一名老者，老人穿着青色长衫，头发已经全白了，身子却未佝偻，也没有拄拐杖，脸上岁月的痕迹虽然抹不去，但五官俊朗，也能看出他年轻时是个英俊公子。他的腰间，还别着一把碧玉笛。

"是啊，上好的桃花酿两坛，麻烦黄婆了！"老人开口，说话中气十足。

"哎哟，您这声'黄婆'我可担待不起！"老妇将两坛子酒递给老者，"芮老爷子，我们这镇子上还有谁不是你看着长起来的，到了您这岁数，身子还这般硬朗，当真是天佑啦！"

"哈哈，过奖过奖！"老人给身边的一名随侍使了个眼色，那随侍立刻掏出一锭金子放在桌上。

"老规矩，多出来的就给镇上的孩子们买些零嘴。"老人笑道。

"哎呀，您每年都这样，这怎么好意思。"黄婆双手在围裙上不住地搓着，推托了半天，还是收下了。

"老爷子，您好走啊！"一直将老人送到门口，重新上了轿，黄婆才继续回去忙活。

轿子继续前行，不过这次却是一直出了镇子，转而向东面，又走了小半个时辰。远远地，天边忽然现出一片桃红，竟然是一望无际的桃林。

"好了，你们就待在这里吧，我一人进去便可。"老人挥手停下轿子，走了下来，冲几名随侍吩咐道。

"丞相！"其中一人忽然单膝跪地，行了一个标准的军礼，"请让我等务必随行，这树林诡异，恐有危险！"

老人古怪地看了看这人，朝边上一个年级稍微大一点的随从问道"这个小娃娃是新来的？"

那人带着歉意行了一礼："回丞相，他确实是新提拔上来的，兴许还不懂规矩。"说完，他直接上前将那人一把拉了起来："行了，我们就待在这里，丞相他年年如此，过两年，你就习惯了。"

那人还想说什么，可看见旁边同僚警告的眼神，还是住了嘴。

老人微微一笑，转身进了树林。

这桃林虽然广阔，不过老人脚程也快，片刻之后，他便寻着了路子，又绕了个弯，眼前豁然开朗，一栋小巧的青竹屋立刻出现在他面前。

老人长吐了一口气，这些年，他的年纪越来越大，走这段路也越来越吃力，不知道往后要变成个什么样子。

　　这么想着，他来到了竹屋旁的一座墓碑前，望着那墓碑叹了叹，轻抚着上面已经褪了色的字迹笑道："璇璞，我来看你了。"

　　老人一面说着，一面靠着墓碑盘腿坐下，动作豪放不拘，拿起一壶酒，顺着墓碑淋了过去："这些年，我也是越来越老了，说不定再过两年也要下去见你啦，到时候你可别笑我老啊！"

　　"前些日子，你那位皇兄驾崩了，他身体也是硬朗，与我一样硬生生地撑了一百多年，也是不容易了……"他忽然叹了一口气，"辰帝五十年前就已经死了，现在允国皇室绵延到了他的孙子辈，似乎又有些蠢蠢欲动的迹象……我就知道，那么一个好战的民族，怎么可能有多安分，那份条约约束了他们百年，恐怕也到头了吧……不过你放心，只要我还有一口气，就绝对不让允国人再在神州大地上兴风作浪！"

　　老人这一番话说得甚是豪迈，拿起另一壶酒，仰头就是一大口："只是……我觉得我也活不长了，如果有一天我死了，天下间，又会变成怎样的局势呢……"

　　他笑了两声，继续道："当年你说要三国签条约的时候，我还有些反对，不过看来效果甚好，至少这一百年来天下太平……往后的事情，我也只能期待不要太不可控制，只希望那些新任的帝王能明白一个道理：置百姓于水深火热，才是动摇了民之根本啊。"

　　他摇摇头，忽然一笑："算了，别总跟你说这些沉闷的事情。告诉你吧，前几天黑老妖托梦给我了，那个老家伙，飞升成了天精也是不老实，还说过两年要偷跑下界来看我们，哈哈……如果他知道你已经去了，会是个什么表情？他现在和漓儿在上边日子过得可……"

　　说着说着，老人的话语忽然凝住了。

　　他的视线落在这青竹小屋旁，心里涌起一股怪异的感觉。

　　这里，他一年只来一次，往年来的时候，这小屋边已经是杂草丛生，就连墓碑上也布满了灰尘，都要他来慢慢清理。

　　可是现在，这里却异常的干净整洁，甚至在墓碑前，还摆放了一束鲜花。

猛然间，他像想起了什么似的，怔怔地站起身，不自觉地开口："难道……难道……"

青竹小屋的门就在这时发出了吱呀的响声，接着，缓缓打开。

一抹雪白的衣袂出现在漫天的桃花中。

阳光下，女子翩然而立，她浅浅地笑着，望着那老人，说了声："谷梁轩，你来了。"

声音清脆动听，如山间的汩汩清泉。

老人往后退了两步。

他的眼泪忽然就这么下来了。

"璇璞……你是对的……"

他喃喃开口。

"你终于等到她了。"

（全文终）

初稿二〇〇九年七月二十八日完成于天津

二〇〇九年八月二十三日第一次修改完成于天津

二〇一五年八月六日第二次修改完成于贵阳

二〇一五年八月二十二日第三次修改完成于贵阳